토요일은 회색말

• 일러두기
1) 『 』: 책 제목(작품집, 시집 등등)
2) 「 」: 단편, 논문, 시제, 화제, 곡명, 영화, TV 프로, 신문, 잡지의 제목
3) 본문에서 소개하는 도서 중 국내에 출간된 경우는 번역된 도서명과 저자명을 따랐다.

토요일은
회색 말

온다 리쿠 지음

이야기가있는집

목 차

재미있는 책은
모두 오락

소녀만화와
함께 성장하다

어둠 속에 있는 신은
보이지 않는다

유리창 너머로 속삭이다

1

룸서비스로 부탁했던 따끈한 커피 한 잔은 어느샌가 사라지고, 일천 장분의 교정지 수정작업도 어느덧 막바지에 접어들었다. 시계를 보니, 새벽 3시 반이다. 일을 하다 이렇게 정신을 차리고 보면 항상 새벽 3시 반인 이유는 뭘까?

최근 몇 년 사이, 내가 호텔에 묵는 경우는 장편 교정지를 수정할 때뿐이다. 그것도 시간에 쫓겨 당장 며칠 이내에 교정지를 편집자에게 돌려보내지 않으면 발간일에 맞출 수 없는 시점이 되어서다. 이 정숙함과 고립감, 피로감, 이미 내게는 친숙한 것들이다.

아뿔싸, 일을 내고 말았다.

룸서비스를 가져다주는 보이는 무슨 까닭에서인지 늘 집요하게 이른다. "다 드신 뒤에는 밖에 내놔 주세요."라고. 짐작컨대 몇몇 손님이라도 그러기를 은근히 기대하는 마음에서이리라.

아침은 아직 멀었고, 호텔 복도는 단 일 분의 틈도 용납하지 않는 침묵이 지배하고 있었다. 내 방은 가장 안쪽에 있는 탓에 조명을 낮춘 복도가 속절없이 길게만 느껴졌다. 슬리퍼를 신기는 했지만 다행히도 옷은 제대로 갖춰 입고 있다. 한숨을 내쉬고는, 다시 걸음을 내딛는다.

오래된 호텔이 흔히 그렇듯 여기도 본관과 신관으로 나뉘어 있고, 안은 미로 같다. 프런트까지는 멀다. 복도 정면은 직각으로 굽어 있고, 그 벽에는 그림이 장식되어 있다. 방에 장식되어 있던 그림도 같은 화가가 그린 연작 풍경화다.

최근의 호텔들은 먹색이나 회색을 기조로 해 꾸민 모던한 인테리어가 주류를 이루는데, 오랜 전통을 자랑하는 호텔을 보면 소위 뉴잉글랜드 풍의 인테리어를 채택한 곳이 많다. 이번에 묵은 호텔도 역시 뉴잉글랜드 풍이다.

나는 이 뉴잉글랜드 풍이 싫다. 아마도 책이나 영화를 통해 얻은 이미지 때문일 것이다. 영화 「샤이닝」의 배경이 되었던 눈 덮인 크고 호화로운 호텔. 그리고 영화 「사랑의 은하수」에서 과거로 시간여행을 떠난 주인공이 동경하던 여배우와 만났던 호텔처럼, 기묘하고 오싹한 이야기가 숨겨진 호텔은 한

결같이 뉴잉글랜드 풍이었다.

엘리베이터로 향하는 긴 복도를 걸어갔다. 엘리베이터를 타고 내려간 다음 또 기나긴 복도를 걸어 신관 1층에 있는 프런트에 도착했다. 그곳에서 열쇠를 받아들고 방으로 되돌아올 때까지 나는 아무도 만나지 않았고, 어떤 소리도 듣지 못했다. 내가 사는 맨션은 차도와 접해 있기 때문에 한밤중에도 자동차 소리가 들리고, 아침에도 이른 시간부터 주위가 부산스러워 좀처럼 고요함이나 엄숙함을 느낄 수 없는 곳이다. 온전한 침묵이 주는 압박감을 이토록 강렬히 느낀 게 몇 년 만인지 떠올릴 수조차 없다.

언제였을까? 오래전에 도호쿠 지방의 산속에 있는 한 호텔에 묵은 적이 있었다. 나는 그 호텔을 무대로 소설을 쓰기도 했는데, 그곳 역시 뉴잉글랜드 풍이었다. 호텔이지만 원천源泉에서 뜨거운 물을 직접 끌어와 만든 큼지막한 공중목욕탕이 특색인 곳이었다. 자정 즈음이 되어 아무도 없는 텅 빈 욕조에 몸을 담그고 있자면 커다란 창 너머로 펼쳐진 야생 숲의 어둠 속에서 이상한 소리가 들려왔다. 산을 가로질러 건너는 바람 소리. 그것은 꽤 먼 곳에서 낮게, 그리고 땅을 울리듯이 들려왔다. 짐승의 울부짖는 소리로도, 수많은 사람의 외침소리로도 들려 가만히 귀 기울이고 있으면 내가 잊고 있던 기억의 어둠 속으로 서서히 끌려들어가는 기분이 들었다.

•

지금도 그때와 똑같은 감각이 되살아난다. 현실 세계에서 벗어난 곳에 있는 것처럼 이질적이고도 생생한, 그렇지만 보이지 않는 무언가를 확인하는 듯한 감각이.

복도를 잰걸음으로 걷는다. 양쪽의 우묵한 벽면에는 뭔가가 숨어 있는 것만 같다. 불현듯 정신을 차려보니, 어느새 총총히 달리고 있다. 물론, 무슨 일이 일어날 리는 없다. 쌍둥이 소녀도, 피를 뿜어내는 엘리베이터도 없다.

방에 들어선 순간 나는 내심 안도감에 가슴을 쓸어내렸다. 남은 교정지를 수정한 뒤에도 여전히 머릿속은 맑다. 침대에 들어가 책을 읽기로 했다. 침실은 거실과 별개의 방으로 꾸며져 있다. 그러나 침실에 들어섰을 때, 기묘한 위화감에 휩싸였다.

이 침실에는 젖빛유리가 많다. 욕실로 통하는 문도 젖빛유리고 옷장도 젖빛유리다. 게다가 옷장 안쪽에는 거울이 달려서 사람이 다가가면 저절로 등이 켜진다. 그것 때문에 옷장 안에 걸린 코트는 마치 누군가 거기 서 있는 것처럼 보인다. 기분 탓이라고 생각하면서도 나는 차마 방 조명을 끌 수 없었다. 유령이나 UFO, 육감이라는 것과 무관한 나는 캄캄해도 어디서든 잘 자곤 하는데 말이다.

이 방은 뭔가 이상해. 그런 생각이 내 머릿속을 맴돌았지만, 한편으로는 이 상황을 즐기고 있었다. 그때 읽기 시작한 책은 기묘하게도, 이 상황과 딱 맞아떨어졌다.

영국 시골구석에 이상야릇한 건축가가 기묘한 형태의 집을 짓는다. 중후한 석조주택. 그런데 이 집에 사는 사람에게 차례로 불행이 찾아든다. 삼각관계가 겹치고, 남편의 마음에는 아내의 부정에 대한 의혹이 둥지를 튼다. 불길한 과거의 그림자. 이 집은, 뭔가가 이상해—등장인물이 속삭이는 말을, 나도 살며시 따라한다. 이 방, 뭔가가 이상해.

책이 재미있어 책장을 넘기는 손은 멈추질 않고, 새벽은 다가오는데 전혀 졸리지가 않다. 석조로 지은 것으로 보이는 꽤 견고한 이 방 안에서 나는 고딕 로망스(괴기소설)를 읽는다. 머리가 맑은 상태로 책장을 훑고 있지만, 내 몸은 잠들어 있다. 시간도, 장소도, 책 속으로 녹아드는 기묘한 시간대다. 그리고 나는 아까부터 발아래서 뭔가의 기척을 계속 느끼고 있었다. 거기에는 뭔가가 있다. 뭔가가.

무엇이 나타나는 게 제일 무서울까? 머리 한구석에서는, 또 다른 나, 소설가인 내가 생각하고 있다. 침대 아래서 슬금슬금 무언가가 나온다고 상상해 본다. 가장 무섭게 느껴지는 건 무얼까? 손일까? 머리일까? 아니, 그건 너무 평범해. 뭐가 나왔을 때, 나는 최고의 공포를 느낄까?

한겨울, 새벽은 멀고 방은 싸늘한 고요함에 지배당하고 있다. 어쩌면 이런 순간에, 현실 바로 곁에 있는 이질적인 것, 그러나 진짜 무언가가 모습을 드러낼지도 모른다. 나는 책장을 계속 넘기면서도, 침대 아래서 뭔가가 나타나기를 은근히 기다린다.

2

마을 풍경이 엄청난 기세로 변해간다. 재개발이 진행된 도쿄에서는, 오랜만에 방문한 마을이 옛 정취를 찾아볼 수 없을 정도로 송두리째 변해버리는 일도 빈번하다. 거품경제기의 그것과 성질이 다른, 남김없이 철저하게 바꾸고야 말겠다는 강한 의지가 느껴진다. 때로는 그것이 굉장히 폭력적이라고 생각되기도 한다. 개찰구를 빠져나와 우라시마 타로(구해준 거북의 안내로 용궁에서 사흘간 머물다 돌아왔지만 세상은 이미 300년이나 지나 있었다는 전설의 주인공—역주)처럼 얼떨떨해져 '도쿄는 파노라마 섬 같다'고 생각한다. 역을 나설 때마다 완전히 풍경이 달라져 있어서 매번 별세계에 있기 때문이다. 혹시 큰 캔버스가 겹쳐져 있는 건 아닐까? 그런 착각에 그 주변을 팔락 넘기고 싶어진다.

내가 사는 마을도, 마을이 커지면서 야금야금 풍경이 변했고 체인점 반찬가게와 음식점이 부쩍 늘었다. 그런데 이상하게, 역 바로 옆의 목 좋은 곳에 있으면서도 무슨 까닭에서인지 끊임없이 주인이 갈리는 가게가 있다. 볼 때마다 늘 새롭게 단장하여 신장개업을 한다. 그런 가게일수록 전에 무슨 가게였는지를 떠올릴 수 없다. 대체 왜일까? 주위 가게는 영업을 계속하고 있는데, 왠지 그곳만 빠끔히 공허한 기운이 흘러 생기를 느낄 수 없다. 그런 장소는 열이면 열 종업원도 안절부절못하는 듯 보인다.

그 반면에, 어떤 이상한 박력을 뿜어내고 있어서 지나칠 때마다 왠지 발걸음이 멈춰지는 장소도 있다.

평소 산책하는 코스 가운데 있는 집이 그랬다. 강변 산책로 옆에 지어져 있지만 도로와 인접해 있는 게 아니라 상당히 안쪽으로 들어선 곳에 있다. 그래서 무심코 지나쳐 버린다 해도 이상할 게 없는데, 항상 어떤 기운이 그 집을 돌아보게 만든다.

상당히 오래된 집으로, 요즘 세련된 집들이 즐비한 주택가에서는 이색적으로 보였다. 슬레이트 지붕에 2층 목조 가옥으로 새시창틀이 아닌 옛날 그대로의 유리창이 있는 주택이었다. 집이라기보다는 무언가의 창고로 사용하고 있지 않을까 싶은 분위기를 자아내고 있기도 했다. 게다가 한쪽 벽이 새파란 넝쿨로 덮여 있는데 그것이 묘하게 잘 어울린다.

기묘한 것은 도로 쪽 벽에는 큼지막한 유리문이 나 있는데,

단 한 번도 집 안을 본 기억이 없다는 점이다. 평소 불이 켜져 있지 않아 집 안은 어둡다. 물론 사람이 드나드는 것도, 안에 사람이 있는 것도 본 적이 없다. 생각과 달리 주택이 아닐지도 모른다. 하지만 창고라면 굳이 한쪽 면을 유리문으로 할 필요는 없지 않을까?

늘 물끄러미 그 집을 바라보고 고개를 돌려 다시 산책을 시작하는 것이 나의 습관이 되어 있었다. 이상한 것은 전혀 사람이 드나든 흔적이 느껴지지 않는데도 집 유리문이 언제나 반짝반짝 말끔히 닦여 있다는 점이었다. 낡은 건물이었지만 말끔히 청소하고 관리하는 것은 분명했다.

너무나 인상에 남는 집이라 사실 이 집을 모델로 소설을 쓴 적이 있다.

어떤 남자가 이 집을 세컨드 하우스로 쓴다. 남자는 잘나가는 인기 방송작가이며 다른 호화저택을 가지고 있다. 하지만 이 낡은 집에 있으면 왠지 차분해지곤 해서 가족에게는 알리지 않은 채 이곳에 드나들고 있다. 그는 이 집에서만큼은 직장도 없는 밥버러지로 행세한다. 그를 그런 인물이라 믿고서 오가는 여자도 있다. 그런 이중생활이 잠시 동안 이어지고, 남자는 기묘한 사실을 깨닫는다. 이 집에서 잠을 자면 반드시 늘 같은 꿈을 꾼다는 것을.

거대한 건물이 등장하는 꿈이다. 꿈속에서 그 건물은 하나의 국가이고, 밖은 늘 억센 뇌우가 몰아쳐 아무도 밖으로 나갈 수 없다. 사람들은 나이를 먹을 때마다 한 층씩 위로 올라간다. 그는 꿈속의 나라에서 나이를 먹고, 날이 갈수록 최고층에 다가간다 — 그런 이야기다. 이윽고 남자는 한 가지 가설을 깨닫는다. 자기가 꾸고 있는 꿈은, 사실은 이 집이 꾸는 꿈이 아닐까? 그 꿈이, 자기 꿈을 잠식하는 것은 아닐까?

결국은 장소가 가진 기억이라는 것이다. 주인이 끊임없이 새로 갈리는 가게는 과거의 기억을 가지지 않는다. 세월의 축적이 없는 것, 그것이 그 장소의 아이덴티티 부재로 이어진다. 반대로, 연속적으로 이어지는 진한 기억을 가진 장소도 있다. 그곳에서 살아가는 사람들에게 그 기억이 옮겨갈 만큼.

지금은 손쉽게 지도를 손에 넣을 수 있다. 자동차 내비게이션이나 인터넷의 지도검색 서비스도 발달해 실시간으로 정밀한 지도를 볼 수 있다. 그러나 정밀한 지도가 결코 보기 쉬운 것은 아니다. 손으로 쓱쓱 그린 지도나 가게 안내전단지 뒷면에 그려진 약도가 훨씬 보기 쉬운 것은, 사람이 지도를 그릴 때 장소가 가진 기억이 짙은 곳을 무의식중에 골라내기 때문일 것이다.

바둑판 눈금처럼 질서정연한 긴자에서도, 교토에서도, 나는 자주 길을 잃는다. 방향감각은 나쁘지 않은데, 영원히 목적지에 다다를 수 없을 것 같은 착각에 빠진다. 긴자도, 교토도, 실은 의외의 곳에 에어포켓 같은 골목이 숨어있다. 언뜻 보기에 질서정연해 보이는 길이지만, 나에겐 역시 미궁이다.

기묘하게 어느 마을이든 그 가게를 향해 가면 다다를 수 없지만, 그저 타박타박 정처 없이 산책하고 있을 때는 반드시 맞닥뜨리게 되는 가게가 있다. 발은 무의식중에 장소를 기억하고 있는 것 같다. 나는 은근히 헤매기를 바란다. 한 번도 가본 적 없는 낯선 골목길을 헤매다, 낯선 가게의 문을 열고 들어가길 바란다.

회사원이던 시절, 도저히 곧장 집으로 돌아갈 수 없는 날이 있었다. 몸은 천근만근 피로에 젖어 있고, 내일도 일찍 일어나야 하는 것을 빤히 알면서도 곧장 집으로 돌아갈 수 없다. 그럴 때 들르는 곳이 몇 있었는데, 나는 그것을 '손 피하기'라고 불렀다. 과거 음양오행설에 따라, 출타하는 곳의 방향이 나쁠 때는 일단 다른 장소로 간 뒤에 목적지로 향하는 행위를 가리키던 말이다.

도시에서 생활하는 자의 기쁨이라면 익명의 존재로 숨어들 장소를 여럿 가질 수 있다는 것이다. 직장과 자택 사이에, 그렇지 않으면 황혼과 밤사이에. 어른에게는 1차 대피소가 필요하다. 그것도 짙은 기억을 지닌, 즉 많은 세월이 축적된 곳으로 말이다. 때로는 사뭇 다른 휘황찬란하게 빛나는 새로운 곳을 원할 때도 있지만, 나는 지금 도쿄에서 어른을 위한 틈새가 완전히 사라져버리지는 않을까 우려하고 있다.

현실은 꿈, 밤에 꾸는 꿈이야말로 진실.

도쿄처럼 거대한 파노라마 섬을 꿈꾼 에도가와 란포의 말이다. 그는 지금의 휘황찬란한 빌딩숲을 마음에 들어 할까?

3

어린 시절부터 오빠와 나는 꽃가루 알레르기가 심했다. 당시에는 꽃가루 알레르기라는 말이 없었기 때문에, 부모님은 "대체 쟤네들은 왜 그런지 모르겠다"며 연신 고개를 갸웃거렸다. 특히 나는 원래 코가 좋지 않아서 늘 비염기가 있었는데, 코 푸는 게 서툴렀다. 그토록 셀 수 없이 코를 풀었건만 지금까지도 여전히 잘 풀지 못한다. 사람들 앞에서 세련되게 코 푸는 사람을, 사실 은근히 존경하고 있다.

그런 까닭에 어렸을 때부터 냄새에 그다지 민감하지 않았다. 하지만 중년이 되어 오감이 약해져 가는 지금, 나이들면서 유일하게 나아진 것이 후각인 것 같다. 특히, 썩은 내나 약 냄새에는 신경질적이리만치 예민해졌다.

언젠가 감기 기운으로 몸이 굉장히 안 좋았을 때였다. 아무래도 외출하지 않으면 안 되는 일이 있어서 어떻게든 용무를 마치고는 돌아오는 길에 비틀거리는 걸음으로 편의점에 들러 도시락을 사왔다. 그런데 그것을 입에 넣으려는 순간 구역질이 났다. 입 안에 약맛밖에 나지 않았다. 반찬이 아닌 밥이었는데. 보통 흰쌀밥에 그토록 첨가물이 들어갔다니, 그때까지는 생각해본 적도 없었다. 몸이 약해지고서야 비로소 약 냄새를 느낄 수 있었다. 결국 도저히 삼키지 못해 몽땅 버릴 수밖에 없었다.

이상하게 코가 예민하지 못한 데 비해 강한 냄새는 질색이라 향수는 물론, 허브나 아로마도 멀리하고 있다. 회사원 시절에는 라커룸의 뒤섞인 향수냄새를 견디지 못했고, '독'이라는 이름의 향수가 유행했던 시절에는 심한 꼴을 당했다.

때때로 후각은 기억을 강하게 자극한다. 매년 가을이 되어 길모퉁이에서 금목서향을 맡으면 유년기의 세월이 고스란히 피어올라 기억의 홍수에 휩쓸리는 것만 같다. 일상의 냄새나 바닐라 에센스 냄새, 스토브에 무언가 구워지는 냄새에서도 이런 감각을 맛본다. 이런 감각은 아마도 누구나 어렴풋이 의식하는 것이라 생각한다. 츠츠이 야스타카의 『시간을 달리는 소녀』속 주인공이 이과 실험실의 라벤더 향기를 맡고 시간 여행자가 되는 것은 결코 우연이 아니다. 그러고 보면 『시간을 달리는 소녀』를 읽고 한때 라벤더 향기라는 것을 동경했지만, 어른이 된 이후에 그 향기를 처음 맡고는 "뭐야, 이런 거였어?"하며 실망했던 기억이 있다.

며칠 전, 텔레비전을 보고 있을 때 '공감각'이라는 주제의 다큐멘터리가 방영되고 있었다. '공감각'이라는 것은 숫자를 보고 색을 느끼거나 단어를 듣고 맛을 느끼는 현상으로, 옛날부터 존재한다고 알려져 있었지만, 그런 말을 하는 사람이 있어도 주위에선 그저 기분 탓이라 생각했다. 그러나 공감각의 소유자로 만년에 실명한 사람의 뇌를 조사했더니 분명히 단어를 들었을 때에 색채를 느끼는 장소가 기능한다는 사실이 판명되어 거짓이 아님이 증명되었다고 한다.

이 감각은 인간이라면 누구나 소유하고 있다는 사실이 최근 들어 점차 밝혀지고 있다. 어째서 이런 감각이 존재하는 걸까? 오랫동안 의문으로 여겨져 왔는데, 얼마 전 이 '공감각'이 인류가 언어능력을 획득하는 데 크게 기여하지 않았을까 하는 의견이 나왔다.

예컨대 이런 실험이 있었다. 하나의 나무판자에 고슴도치의 가시처럼 보이는 구름과 두루뭉술한 타원형의 구름을 나란히 그려 놓는다. 이것을 여름철, 인파가 북적이는 해수욕장에 가져간 뒤 다양한 연령대의 사람들에게 보이고 '어느 쪽이 키티고, 어느 쪽이 마리인지' 묻는다. 그러면 아무런 부연 설명을 하지 않았음에도 불구하고 거의 모든 사람들이 가시 돋은 쪽을 키티, 타원형을 마리라 답했다. 무의식중에 음성 이미지와 시각 이미지를 일치시키는 것이다. 결국 인류가 이미지를 공유하고 그 공유된 이미지가 추상적 기호인 언어를 낳아 의사소통이 성공적으로 이뤄질 수 있도록 공감각이 기여하였다는 것이다.

아마도 그것은 언어뿐 아니라 문화나 예술이 성립하는 데도 지대한 영향을 미쳤을 것이다. 내가 긴자를 빠져나와 하루미晴海 거리로 접어들 때 바다 내음을 느끼거나, 신칸센을 타고 교토역 플랫폼에 내려설 때 늘 죽 냄새를 떠올리는 것처럼 감각은 서로 연결되어 이미지 공유는 물론 상상력의 확대로 이어지는 역할까지 한다.

프리랜서로 집에 틀어박혀 일하다가 밖으로 나갔을 때, 분명 물리적으로는 존재하지 않는 것이지만 거기에는 다양한 냄새가 감돌고 있다는 것을 깨닫는다. 예를 들면, 조직의 냄새와 같은 것이다. 가끔 처리할 일이 있어 회사 사무실을 방문하거나 출판사 회의실에 들어서면 '조직의 냄새'라고밖에 할 수 없는 어떤 냄새를 강하게 느낀다. 인파로 북적이는 스크램블 교차로나 전차 운행이 늦어져 이용객으로 북적이는 역 플랫폼에서는 초조의 냄새나 증오의 냄새, 여름철 아침의 태만의 냄새가 피어오른다. 그뿐 아니라 일주간 쯤 집 안에 틀어박혀 있다가 밖에 나가면 '인간의 냄새' 그 자체에 흠칫 놀라기도 한다.

그러나 지금은 과거에 없던 향기 산업이 성황을 이루고 탈취 산업도 해마다 확대되고 있다. 입냄새나 체취는 물론, 특유의 향기로 어필하던 신선식품이나 발효식품의 냄새마저도 사라지고 있다.

오로지 냄새를 맡아 식품이 아직 먹을 수 있는 상태인지를 판단해왔는데, 지금은 냄새도 나지 않을 뿐더러 쉽사리 상하지도 않는다. 예전의 어머니는 아이가 화장실을 이용한 뒤에는 화장실 냄새로 아이의 건강 상태를 파악했지만, 지금은 부끄럽다는 이유로 어린 아이조차도 냄새를 지운다. 이렇게 썩는 냄새나 체취가 보내는 어떤 위험신호는 인공적인 향기에 은폐되어, 경고의 기능을 잃어가고 있다. 또, 복잡하고 풍성하게 결부되어 있던 인류 공통의 상상력 역시 줄어들고 있다.

나는 가끔 무언가가 타는 것 같은 냄새를 맡기도 한다. 그것은 언제나 느닷없어 화들짝 놀라 주위를 둘러본다. 어디서 불이라도 난 것인지, 아니면 근처 어디서 모닥불이라도 지피고 있는 것인지. 그러나 이리저리 주위를 둘러봐도 아무것도 찾을 수 없고 그러는 동안에 냄새는 사라지고 없다. 어쩌면 이것은 어떤 공감각인지 모른다. 과연 무슨 이유였는지, 대체 내게 무엇을 알려주려는 것인지 짐작도 할 수 없지만.

4

휴대전화는 왜 그런지 2년 쯤 되면 늘 고장이 난다. 적어도, 지금까지 산 것들은 그랬다. 물론 모델 변경이 빈번히 이뤄지고 소수 다품종화가 대세이니 같은 모델이 다시 내 수중에 들어올 가능성은 거의 없다.

디지털 영상을 송수신할 수 있도록 휴대전화에 카메라 기능을 부착할 것을 착안한 인간은 참으로 위대하지만, 그 결과 특별히 카메라가 필요하지 않은 나 같은 인간도 카메라가 달린 휴대전화를 구입할 수밖에 없게 되었다. 지금은 카메라 기능이 없는 걸 찾기 어렵기 때문이다. 구입한 지 반년이 다 되어가지만, 나는 여태 단 한 번도 그 카메라를 사용해본 적이 없다.

나는 홍보나 일 때문에 자주 카메라 앞에 선다. 사진 찍히는 일은 꽤 어려운 일로 언제나 나를 긴장시키는데, 도무지 익숙해지질 않는다. 셔터를 누르는 순간 자꾸만 눈을 질끈 감게 되어 쓴웃음을 짓기도 한다(이와 반대로, 어떤 장면이든 어떤 순간이든 늘 똑같은 표정으로 찍히는 사람도 있는데, 그것도 그 나름 꽤 소름 돋는 일이다).

그때 사진작가 중에는 "그렇죠. 역시 긴장이 돼요. 저도 찍는 건 좋은데, 아무래도 찍히는 건 별로예요"라고 말을 건네는 사람도 간혹 있다. 아마 나의 긴장감을 풀어주려는 생각에서 해주는 말이겠지만, 솔직히 그런 말을 들을 때마다 화가난다. 자기가 찍는 건 상관없다는 말인가? 자기는 늘 촬영하는 입장에 있는 게 당연하다는 말인가? 과연 휴대전화 카메라를 아무 때나 들이밀고 찰칵찰칵 사진 찍는 사람들에게 위화감을 느끼는 것은, 자신은 카메라 렌즈 뒤편에 있어 안전하다는 근거 없는 오만 탓일까?

게다가 그 모양 탓에 휴대전화로 사진을 찍는 이들은 마치시력검사를 하고 있는 것처럼 보인다. 우리는 시력검사를 할때 검은 국자 같은 것으로 한쪽 눈을 가린다. 그것은 시야를차단하여 검사표와의 거리감을 측정하기 위한 것인데, 휴대전화의 카메라도 단지 피사체와의 거리를 확인하기 위한 것이지 결코 대상 그 자체를 확인하려는 것이 아니다. 오히려대상과 자신을 차단하고, 손바닥을 보이며 부정하는 듯이 보인다. 굳이 저런 작은 틀 안에 가두지 않아도 피사체는 실물그대로 눈앞에 존재하는데, 저 작은 틀을 통해서만 그 존재를 확인한다.

CD와 컴퓨터, 디지털 카메라가 등장한 지금의 세계는 '검색'을 통해 세상과 만난다. 지금까지 일일이 입수하기 어렵던 정보가 애초부터 모두 거기에 있었던 것처럼 한순간에 손에 넣을 수 있는 것이 된다면, 정보의 전체량 따위는 문제될 게 없다. 오히려 서랍이 그득 채워진 듯 여겨져 전체적인 파악이 쓸데없는 일처럼 생각된다. 당연히 하나하나의 정보에서 느끼는 고마움도 현저히 낮아질 수밖에 없다. 최근 젊은 사람들은 접하기도 전에 이미 그 거대한 지식에 충분한 만족감을 느끼고, 때때로 질린 듯 뒷걸음질 친다.

동시에, 기록과 표현의 기술이던 사진은 반추와 확인의 미디어가 되었다. 평소 산책할 때도, 카메라를 손에 들고 있는 사람이 많아 놀란다. 휴대전화의 카메라뿐 아니라, 일안렌즈나 디지털카메라를 들고서 일상생활을 하는 사람도 자주 눈에 띈다.

지금까지 인간은 객관성을 획득하기 위해 시행착오를 반복해왔다. 활자도 사진도 방송도, 어떻게 주관이 편견에서 벗어나 제3자의 시점을 획득할 것인가 하는 것이 궁극의 명제였다. 그런데 길모퉁이에서 두리번두리번 사진 찍을 대상을 물색하는 사람들을 보고 있자면, 지금은 사진이라는 게 필시 사적이고 주관적인 미디어로 변모한 것 같다.

나도 취재하러 가면 많은 사진을 찍는다. 처음에는 나중에 도움이 될지 모른다는 생각에 마구 사진을 찍었는데, 결국 나중에 그 사진들을 보면서 '대체 이 사진을 찍을 때 무슨 생각을 했던 거지?', '무엇을 느꼈던 걸까?'라고 생각한다. 찍는 것은 기억하는 방법에 불과하지, 결코 대상 그 자체를 남기는 것은 아니다.

대수롭지 않은 돌층계의 그림자나 뉘엿뉘엿 해가 저물어가는 하늘, 그것을 사진에 담고 싶은 기분을 추억하기 위해 나는 사진을 찍는다. 그 기분 가운데 어떤 힌트가 숨어 있지 않을까 하고 기원하면서. 산책 중 사진을 찍는 모든 이들도 '내'가 본 세계, '내'가 느낀 세계를 인식하고 묶어두기 위해서일 것이다.

그리고 여행을 마친 뒤에 남겨진 엄청난 사진을 보면서, 언제나 절망한다. 어째서 사진이라는 것은 이토록 불완전한 걸까? 눈으로 본 것, 느낀 것의 불과 일부조차도 담아내지 못하는 걸까 하고. 내 친구가 얼마나 아름다운지 눈곱만큼도 알지 못하고, 흘러가는 구름의 불온함이나 신비함도 알지 못한다. 비단 기술 탓만은 아니다. 아무리 기계가 진보하고, 매일 수많은 사람들이 무진장으로 사진을 찍어도, 거기서 넘쳐흐르는 세계의 무한함은 갈수록 증식될 따름이다.

한편, 객관성을 획득하기 위해 필사적으로 찍은 옛 사진에 깜짝 놀라기도 한다. 얼마 전 독일의 젊은 현대 사진작가의 전람회와 함께 20세기 초 서민들의 초상사진을 찍어온 아우

구스트 잔더August Sander의 사진전이 열렸다. 현대 사진은 하나같이 큼지막한 패널로 전시했는데, 흥미롭게도 내가 매료된 것은 잔더의, 별다를 것 없는 매우 작은 흑백의 가족사진이었다.

그 중에서도 젊은 세 농부의 사진에는 놀랐다. 춤추러 가는 것이라 하니 나들이 의상일 것이다. 모자를 쓰고 지팡이를 짚고 정장차림을 한 그들이 살풍경한 들판에서 뒤돌아보는 순간을 찍은 것인데, 돌아본 그들의 시선은 이상하다는 듯, 의아하다는 듯, 전혀 꾸밈없는 표정이지만 확실히 사진을 보는 현대의 나를 뚫어지게 응시하고 있다. 무엇 때문에 사진을 찍는가? 대체 그것으로 뭘 하자는 것인가? 기록한다는 것은 어떤 것인가? 약 백 년 전 그들의 눈빛은 지금도 여전히 그것이 중요한 문제라 말하고 있다.

5

어떤 데서 소설의 힌트를 얻습니까? 그런 질문을 자주 받는다. 글쎄요, 어디서 힌트를 얻을까요? 고개를 갸웃거리며 나는 대답한다. 사실, 나 자신도 잘 모른다. 소설마다 제각기 다르고, 늘 동일한 방법으로 떠오르는 것도 아니기 때문이다. 내 경우에는 9·11처럼 구체적인 사건에 충격을 받아 촉발되기보다는 불현듯 눈에 들어온 풍경이나 신문 한구석에 실린 작은 기사가 마음 어딘가에 남아 있다가 어떤 장면을 통해 급속도로 발전해가는 패턴이 대부분이다.

예를 들면, 지금 내 머릿속에 남아 있는 신문기사로 이런 것들이 있다. 오빠가 교통사고로 사망한 현장에 꽃을 바치러 간 여동생이 오빠가 세상을 떠난 날 같은 장소에서 사고를 당해 죽었다. 어느 지방도시에 폭우가 퍼붓던 날, 택배회사의 마크에서 튀어 나온듯한 남자가 빗속을 달려가는 것을 몇 명이나 목격했다. 외상도 없고 바이러스 감염 흔적도 없는 건강한 참새가 원인불명으로 돌연 떼죽음을 당했다.

이런 기사에서 알 수 없는 기운을 느낀다. '이거 소설이 되겠어' 또는 '좋은 얘깃거리야'라는 생각이 아니라, 그저 내 몸 어딘가가 불온하게 술렁이는 느낌이. 나는 어린 시절부터 그런 걸 찾았다. 소설가가 되지 않았더라도 계속 그런 것을 찾았을 것이다. 그것은 신문 한 구석이나 잡담 중 들은 이야기, 눈앞을 스쳐 지나는 경치 속에 숨어 있다.

그래서 여행 떠나는 것이 즐겁다. 여행에는 일상의 산책도 포함되는데, 이동 자체를 좋아한다. 우연히 마주치는 고양이를 세거나 칸다 강 다리에서 신주쿠 파크타워가 온전히 보이는 유일한 곳이 다른 다리와 뭐가 어떻게 다른지 그런 것들에 대해 생각하는 게 즐겁다.

어린 시절부터 다른 사람보다 상상력이 컸던데다 자주 이사를 갔기 때문에, 지금 생각해 보면 내가 실제로 본 풍경인지 아닌지 분간하기 어려운 이미지가 여럿 있다. 그 하나로, 수확을 마친 겨울 논에 업라이트 피아노가 놓여 있는 장면이 있는데, 창밖으로 논을 바라볼 때 가끔 떠오른다. 그 이미지 속 텅 빈 논에는 아무도 없고 송전선을 둘러맨 철탑이 저 멀리까지 이어져 있다. 실제로 본 풍경이 아닐지도 모른다. 심지어 나는 엄마가 읽던 격월간지 「생활수첩」에 실린 파리의 사진을 반복해 보는 동안에, 파리에 가본 적이 있다고 굳게 믿었을 정도다. 그러나 일본 한신 대지진이 있은 지 얼마 지나지 않아서 마을이 모조리 불타서 흔적도 없이 무너졌는데, 온전한 형태의 업라이트 피아노가 길모퉁이에 덩그러니 놓여 있는 사진을 봤을 때는 흠칫 놀랐다. 그 사진의 구도나 뒤 배경은 다르지만 기억 속 그것과 똑같은 이미지였기 때문이다.

어딘가에 갔을 때 강렬한 기시감을 느끼기도 한다. 게다가 지나치게 또렷하여 공포에 가까운 기시감에 흔들릴 때도 가끔 있다. 얼마 전, 산속을 무대로 한 소설을 쓰기 위해 머나먼 시코쿠의 산속을 찾았다. 이런 때 일본은 산림국이구나, 실감한다. 어느 도시에서든 자동차로 30분만 달리면 산속에 이르기 때문이다. 특히 이번에 방문한 마을은 시가지에서 돌연 고요한 산골로 이동하는, 기묘한 행로에 여러 차례 놀랐다.

봄철 보드라운 초록에 물들어가는 산들은 아름답고, 끝없이 이어지는 산봉우리는 하늘에 녹아들어 성스럽다. 유서 깊은 거리를 지나 때때로 차가 지나는, 꾸불꾸불 이어지는 국도를 따라서 걸었다. 전방에 뻥 뚫린 터널이 나타났다. 길이 1킬로미터 남짓의 터널로, 그 안은 오렌지색 빛이 어렴풋이 이어져 있다. 완만한 오르막길인 탓으로 출구가 보이지 않는다. 터널 안 인도를 걷고 있자니 트럭의 굉음이 공포영화의 돌비사운드 효과음 같아 색다른 공포가 몰려온다. 옆사람에게 무슨 말인가를 건네려 해도 목소리가 나오지 않는다. 어딘가에서 물이 새는지 벽을 타고 천천히 흘러내리고 있다.

터널 전후 몇 킬로미터 내에는 촌락도 없는 그야말로 산중이다. 우리 말고는 어린애 하나 보이지 않아 맞은편 차선에서 달려오는 트럭 운전사는 느릿느릿 걷는 우리를 유령이라 생각했던지 흠칫 놀란 얼굴을 하는 걸 본 것도 같았다.

살풍경한 터널은 걸어도, 걸어도 출구가 보이지 않았다. 이윽고 우리가 들어온 입구가 더 이상 보이지 않고, 오렌지색 조명에 둘러싸인 세계가 색을 잃었을 때 맹렬한 기시감이 밀려왔다. 이 같은 체험을 했던 일이 전에도 있었다. 안절부절못해 앉지도 서지도 못하는, 글자 그대로 눈앞이 빙글거리던 감각. 그리고 나는, 하늘에서 산속의 구불구불 이어진 국도를 내려다보는 형태의 이미지가 떠올랐다.

갓길에 승용차가 멈춰져 있고, 그 옆에 네댓 살가량의 어린 여자애가 땅바닥에 웅크리고 앉아 울고 있다. 그리고 소녀 옆에 있는 자동차는, 웅크리고 있는 소녀와 비슷한 높이밖에 되지 않는다. 왜일까? 위에서 거대한 압착기에 눌려 찌그러진 듯, 밋밋하게 짓눌려 있다. 창은 흔적도 없고 불에 탄 것 같지도 않다.

터널을 빠져나올 무렵엔 그 이미지는 이미 지워져 있었지만, 분명 예전에도 떠올린 적이 있다는 걸 생각해냈다. 이후, 내 머릿속에선 험한 산속을 가로지르는 국도의 아스팔트 위를 예쁘게 차려입은 어린 소녀가 타박타박 혼자 걸어가는 모습이 지워지지 않는다.

이미지는 어디서 오는 것일까? 최근 다원우주나 평행우주의 존재에 대하여 진지한 논의가 이뤄지고 있는데, 여행은 어떤 의미에서 일상과 평행하는 우주다. 홀로 묵묵히 낯선 풍경 속을 걸을 때, 나는 다른 인생을 살고 있음을 느낀다. 왠지 장년의 남성이나, 사람들과 거의 왕래하지 않고 자연 속에 파묻혀 생활하는 늙은 여자가 되어 있는 나를 실감하고, 그 기억에 갈기갈기 찢겨져 나갈 것 같다. 기묘한 여행을 떠나면 지금 이 순간도 또 다른 많은 내가, 많은 다른 세계에서 살고 있을 것만 같다.

어쩌면 이 세계에서 망상이라 생각하며 소설을 쓰고 있는

나는, 다른 세계에서 사는 내가 의식 아래에 짓누르고 있는
이미지 중 하나일지도 모른다.

1

재미있는 책은
모두 오락

소설은 창작물이고 독자의 고통을 대신 떠안을 수는 없다.

그러나 우리에게 슬며시 다가와,

우리가 혼자가 아니라는 사실을 지금도 가르쳐주고 있다.

본문 〈상실에 대하여〉에서

맨덜리의 그림자 — 대프니 듀 모리에 《레베카》

* 주의 : 『레베카』는 매우 재미있는 소설이다. 하지만 이 해설에서 진탕 풀어헤쳐 놓았기 때문에 모쪼록 작품을 읽은 뒤 이 글을 봐주길 바란다.

1. '여주인으로서의 삶'을 향한 갈망

『레베카』를 읽고 있자니 돌연, 먼 옛날일이 떠올랐다.

장소는 도요야마. 나는 막 초등학교 5학년이 되었다. 당시 학교에서는 집단등교가 이뤄졌다. 우리는 아침마다 근처 어린 이공원에 모여 상급생을 따라 줄지어 등교했다. 원래 학교를 싫어해 늘 행렬 끄트머리에서 느릿느릿 걷던 나는 그 신학기 아침, 어느 겨를에 집단의 최고 상급생이 되어 있다는 사실을 알았다. 나 말고도 같은 학년의 남학생이 몇 명 더 있었는데, 무슨 까닭인지 그 날 아침은 나만 거기에 있었다. 그때의 난감함이라니……. 나는 "자, 모두들 가자"라는 말은 도저히 못 하고 그저 시선을 외면하듯 느릿느릿 걷기 시작했다. 그러자 하급생들도 태연히 내 뒤를 따라 평소처럼 함께 학교로 향했다. 학교에 도착할 때까지 견딜 수 없이 어색했다. '모두가 내 지시를 기다리고 있다. 내가 지시하지 않으면 아무도 움직이지 않는다'는 그때의 난감함을, 꼬박 30년 만에 기억해냈던 것이다.

이 세상에는 사람을 부리는 자와 부리지 못하는 자가 있다면, 나는 명백히 후자에 속한다. 『레베카』의 주인공도, 대프니 듀 모리에도 후자일 것이다. 오랜만에 『레베카』를 읽고 나는 '나'가 놓인 처지를 깊이 동정하고 내 자신이 이런 상황에 놓여 있다면 어땠을까 상상해보고는 몸서리쳤다.

별다른 사회경험과 교양도 없고, 지금껏 사람을 부려본 적도 없는 젊은 여자가 나온다. 그 여자가 그 지역의 명소이자 유서 깊은 거대한 영지에서 수십 명의 하인을 관리해야 하다니, 생각만으로도 소름이 돋는다. 게다가 얼굴도 모르는 이웃사람과 손님이 밀어닥치고, 그들을 상대하거나 파티를 열어야만 한다.

로버트 알트만의 영화 「고스포드 파크」는 미스터리식 구성으로 영국의 '계급'을 날카롭게 그려내고 있다. 귀족의 대저택에서 일하는 하녀가 방문객이 차려 입은 의상의 레이스를 두고 "저런 싸구려 레이스"라며 얕잡아보는 장면이 나온다. 『레베카』에서 '나'의 속옷을 집어든 하녀 엘리스가 초라한 몰골에 어이없어 하는 장면에서 그 장면이 또렷이 떠올랐다. '나'가 받은 수많은 굴욕, 충분히 상상할 수 있다.

한편 여자에게는 여주인을 꿈꾸는 욕망이 분명 존재한다. 최근 몇 년간 료칸이나 요릿집 여주인이 되기 위한 학원이 성업을 이루고 있다고 들었다. 남편의 오른팔로서 최고의 안주인 역할을 하는 일은 동서고금을 막론하고 여성의 사회적 성취를 상징하는 모양이다. 그리고 완벽한 안주인이던 레베카(소설의 제목이기도 하여 뇌리에 강하게 각인된)와 이름 없는 주인공의 이야기는, 예나 지금이나 젊은 여성에게 신데렐라처럼 신분상승을 위한 결혼은 '사업경영'에 준하는 현실 파악력과 경영수완 없이는 엄청난 도박이자 불행을 초래할 수 있음을 보여준다.

2. 완벽한 이야기

하지만 실로 완벽한 소설이다. 맨 처음 읽은 편집자가 말한 바대로 '독자가 원하는 모든 것'이 갖춰져 있다. 좋은 의미에서 통속적이고, 진정한 우아함이 완벽한 균형을 이루는 작품이 가질 법한 흔들림 없는 아우라가 있다.

과거 재미있었던 소설을 다시 읽는 데는 용기가 필요하지만, 『레베카』는 그리 힘들이지 않고 읽으면서(오히려 여성 번역자에 의해 나온 좋은 번역서라는 데서 오는 믿음도 있었다) 그 재미에 다시금 놀랐다. 이치에 맞게 이야기하고 있음에도 불구하고 기억 속의 강렬한 서스펜스적인 인상은 전혀 달라지지 않았다. 완벽한 플롯. 군더더기라고는 하나 없이 세밀한 부분에도 신음하게 만들었다. 뭐니 뭐니 해도 그 멋진, 첫 문장.

지난 밤 다시 맨덜리로 가는 꿈을 꾸었다.

이 수수께끼로 가득한 문장의 '맨덜리'라는 단어가 선사하는 울림, 괴기소설의 서두로 이보다 안성맞춤인 문장은 없다. 현재의 회상 장면부터 시작하여 플래시백 기법으로 조금씩 과거를 떠올리고, 현재와 과거를 오가면서 이윽고 독자를 과거의 맨덜리로 데리고 간다.

조금씩 드러나는 레베카에 관한 정보. 자근자근 번져오는 레베카의 그림자. 편지지, 꽃병, 자기 큐피트 같은 소도구, 가속되는 의혹과 증오. 치매를 앓는 시어머니가 '나'를 향해 "레베카와 만나고 싶다. 너희들 레베카를 어떻게 한 거야?"라며 소리치는 장면이나, 가장무도회에서 두근거리며 무대에 뛰어올랐지만 일순간 밑바닥으로 고꾸라져 얼어붙는 장면 등 여성작가이기에 그릴 수 있는 장면이 실로 뛰어나다.

더불어 이야기의 완급이 매우 맛깔나다. 히치콕의 영화에서도 인상적인, 댄버스 부인에게 주인공이 자살을 부추신는 장면. 맥심과 끝났다는 절망에 심하게 대드는 '나'에게 댄버스 부인이 보인 것은 악의도 조소도 아닌, 연륜과 슬픔이라는 점이 굉장하다. 그 슬픔이 고조되어 오히려 '나'를 몰아붙이는 기묘한 분위기도 훌륭하지만, 거기서 신호탄이 울리고 두 사람이 제정신을 차리는 데도 감탄했다. 이 신호탄을 경계로, 좌초된 배를 구출하는 장면부터 단숨에 이야기가 전개되기 시작하여 숨 막힐 듯한 긴장감으로 가득한 클라이맥스까지 몰아치는 전개는 뛰어나다. 대프니는 독자의 호흡을 잘 알고 고삐를 늦추거나 당기며 목적지까지 독자를 이끈다. 의도적이라기보다 본능적인 그 수법에 넋을 잃었다.

이번에 다시금 읽고 놀란 것은 맨덜리가 화염에 휩싸이는 장면이 전혀 그려져 있지 않았다는 사실이다. 내 기억 속에는, 암흑 속에서 맨덜리가 불타오르고 발코니에 댄버스 부인의 실루엣이 어른거리고 있어서 분명 소설에도 그 같은 묘사가 있을 것이라 생각했던 것이다. 그런데 그런 장면이 묘사되기는커녕 화염을 암시하는 것은 마지막 한 문장뿐이다.

그리고 바닷바람을 타고 재가 날아왔다.

깜짝 놀랐고, 여기서 다시 감탄했다. 이야기 첫 문장에서 암시한 맨덜리의 최후가 오직 이 한 문장만으로 그려졌다는 것에. 듀 모리에, 실로 훌륭하다.

3. '나'란 누구인가?

그렇다. '나'는 결국 마지막까지 그 이름을 밝히지 않는다. 과거 무거운 괴기소설이라 여겼던 『레베카』를, 새로 번역되어 출간된 것을 계기로 '나'의 사랑과 성숙에 주목하여 읽었다.

'나'의 사랑은 매우 위태롭고 윤리적으로도 문제가 있다. 어쨌든 이 이야기가 교양소설Bildungsroman로 변모하기 시작 하는 것은 맥심이 레베카를 죽였다고 고백하는 때이고, 그때 '나'의 머릿속에는 그가 레베카를 살해했다는 충격이 아니라 '그는 레베카를 사랑하지 않았다!'는 오직 한 가지 생각뿐이 었다. 그녀에게는 '레베카를 이겼다'는 환희밖에 없다. 무서운 범죄를 규탄하기보다 그를 감싸고 사랑하는 쪽을 선택한 '나' 는 그 대가로 때 묻지 않은 소녀시대를 잃는다.

이제 아무 걱정 없이 맥심과 함께할 수 있다. 그를 만지고, 그를 안고 마음껏 사랑할 수 있다. 나는 두 번 다시 아이로 돌아가지 않을 것이다. 앞으로 난 혼자가 아니다. 우리가 되는 것이다. 우리가.

하룻밤 사이 완전히 달라진 '나'에게 맥심은 말한다.

이 일이 당신을 그렇게 만들었다는 생각이 머릿속을 떠나지 않아. 점심식사 때도 내내 당신을 보고 그것만 생각했어. 내가 좋아했던 그 표정, 어쩔지 몰라 하는 그 묘한 때 묻지 않은 순수한 느낌, 그것이 사라져 버렸어. 이제 다시는 그 얼굴을 보지 못하겠지. 레베카를 죽였다고 고백했을 때, 나는 그 표정도 죽이고 말았어. 하룻밤 새 사라져 버렸어. 당신은 완전히 어른이 되어버렸어……

사랑의 승리일까? 정말로 '나'는 승리한 것일까? 그 답은 사실 처음부터 제시되어 있다. 서두에 묘사된 '현재'의 장면에 드리운 어둠, 음울함은 뭘까? '온화한 나날'을 보내며 '모든 일이 잘 될 것'이란 분위기를 풍기지만 패기라고는 찾아볼 수 없는 맥심은 이대로 '나'에게 의존해 살아갈 것이 분명하다. '나'는 그를 손에 넣었다. 그럼에도 불구하고 '나'는 '어젯밤도 역시' 맨덜리의 꿈을 꿨다. '단지 허물이 아닌 과거처럼 숨 쉬고 살아있다고밖에 생각할 수 없는' 맨덜리의 꿈을.

증거는 여기저기에 있다. 『레베카』를 읽으면 '나'의 심경묘사는 모두 맨덜리의 풍경묘사에 의지해 그려진다는 것을 알 수 있다. 그리고 집요하게 거듭 강조되는 맨덜리의 흔들림 없는 일상.

내일도 모레도 반복되는 엄숙한 의식이 다시 집행된다. 테이블의 보조탁자를 올리고, 다리를 조절하고, 눈처럼 새하얀 테이블보를 깔고, 은으로 만든 티 포트를 놓고, 난로 위에 주전자를 얹는다. 스콘에, 샌드위치, 세 종류의 케이크.

무슨 일이 있든 일과는 변함없이 진행된다. (중략) 우리들은 똑같은 일을 한다. 먹고, 자고, 목욕하는 행위를 연기한다. 어떤 위기가 닥쳐오더라도 습관의 껍질을 깨부술 수는 없다.

맨덜리의 평안, 그 아름다움과 평온함. 저택에 누가 살든, 어떤 알력이나 문제가 있든, 맨덜리의 이 평안함을 깰 수도 그 아름다움을 파괴할 수도 없다. 많은 불안과 고통으로 얼마만큼 울든, 어떤 슬픈 일이 생기든 저택은 변하지 않는다.

그 어떤 사람도 맨덜리를 결코 상처 줄 수 없다. 저택은 숲에 둘러싸여, 마치 마법에 걸린 듯 평온하게 분지에 가로놓여 있고, 바로 아래 작은 바위가 있는 해변으로는 파도가 밀려왔다가 부서진다.

'나'가 감동한 것은, 훌륭한 일상인 그 장소였다. 맥심도, 레베카도, 댄버스 부인도 그 장엄하고 화려한 존재를 위한 구색에 지나지 않는다. 그 장소는 잃어버린 것에 의해 완전한 존재가 되고, '나'도 맥심도 그 기억에서 도망칠 수 없다. 이윽고 잃어버린 것에 대한 갈망을 책망하고, 그것을 이미지 속에서 몇 번이고 끊임없이 구축하기 위해 살아가는 것이다. '나'는 원래 그를 위한 존재였다. '그곳'을 더럽힌 자들로부터 탈환하기 위해 '그곳'에서 나온 '나'에게, 이름이 존재하지 않는 것도 당연하다.

1인칭의 덫

 소설을 쓸 때, 1인칭으로 쓸지, 3인칭으로 쓸지는 상당히 큰 문제다. 나는 1인칭이 매우 서툴러서 대개 3인칭을 채택하는데, 1인칭의 경우는 장마다 이야기하는 등장인물을 바꾸는 구성의 1인칭을 채용하는 경우가 많다.

 처음 1인칭 소설이 서툴다고 깨달은 것은 전업 작가가 된 이후의 일이다. 간혹 편집자나 기자의 질문을 받는 동안 나 자신도 그 이유를 생각하게 되었다. 그 결과, 여러 이유가 있었고, 그중에서 가장 큰 이유는 어린 시절에 읽은 책이 모두 3인칭이었다는 단순한 사실을 기억해냈다. 처음 읽은 그림책도, 아동문학도, 과거에 읽은 거의 대부분의 이야기가 3인칭이었다. 문자 그대로 그림책과 아동문학으로, 세계를 부감하고 외부에서 자신을 바라보는 방식을 익혔다.

게다가 내 기억으로는 대략 30년 전에는 1인칭을 사용하는 것 그 자체가 이야기의 장치이거나, 상당히 완고한 기성 사회에 대한 저항을 표시하는 경우뿐이었다. 그렇기 때문에 제롬 데이비드 샐린저의 『호밀밭의 파수꾼』이나 쇼지 가오루가 열광적으로 도입하였고, 현재는 무라카미 하루키가 세계적으로 '청년 문학'으로서 명성을 떨치고 있다.

나는 소설을 쓰기 시작할 무렵부터 1인칭이라 하면 '금지된' 수법이라 생각했다. 이렇다 할 기술도 경험도 없어서 3인칭으로 쓰는 것이 소위 대양에 내던져진 듯 불안할 때, '맞아, 1인칭이라는 수법이 있었지' 하고 생각할 때가 간혹 있고, 또 실제로 써보면 쉽게 써지고 장벽이 낮아진 듯 느껴지지만(덫이기도 하다) '아니, 처음부터 1인칭은 안 돼' 하는 본능이 몸속 어딘가에서 꿈틀거려 결국에는 회피한 적도 있다. 또 내 이야기에는 미스터리적인 요소가 다분하기에 장치로서의 1인칭은 적합하지 않았다는 이유도 있다.

생각해보면, 일본의 근대 이후의 '사소설'이라는 장르에서 1인칭을 사용하는 일은 드물다. '독자에게 이야기를 들려주는 작가'라는 인상의 다자이 오사무조차 1인칭을 마음껏 사용했을 것 같지만 그렇지 않다. 굳이 말한다면, 그는 드물게 2인칭 작가일지 모른다.

최근 뼈저리게 실감한 것은 1인칭이라는 형식에는 많은 덫이 숨겨져 있다는 점이다. 특히 순문학이라면 아무래도 작가와 동일시되어 버리고, 실제로 이건 내가 아니라 의식하면서도 '나'의 이야기를 '나'의 시점만으로 엮어간다는 것은 이중 감옥에 갇히는 것과 같아서 나는 강한 저항을 느끼고 만다. 어지간히 강한 자기 객관성을 가지지 않는 한 관리와 제어가 어려운 형식이다.

반대로, '켄사쿠는……'이라는 식으로 이름을 붙여 등장인물을 객관적으로 다루게 되면, 오히려 거기에 사적인 일이나 감정이 이입되기 쉽다. 근대 작가들은 이 점을 이해하고 있었을 것이다. 또한 책을 읽는 독자에게도 1인칭에는 '공감'이라는 큰 올가미가 있다. 최근 몇 년 새 발달한, 소위 'YA(영어덜트)'를 대상으로 한 소설은 '나'가 친근한 어조로 세계에 대한 위화감을 이야기하여 '여기 날 이해하는 사람이 있다'라는 공감을 느끼도록 만들어진 작품이 많지만, 그렇다고 해서 '공감'이 진짜 '이해'와 동일한지, 공감하지 못하는 사람은 '나'를 이해하지 않는지에 대한 근본적인 문제를 제기한다.

그러나 최근 10년간 1인칭의 성질은 크게 달라졌다. 잘 아는 편집자에게 들으니, 순문학 부문의 신인상 응모작품은 거의 99퍼센트가 1인칭이라 한다. 그것도 실제 작가와 1인칭의 '나'가 거의 일치하고 그에 저항은 없는 것 같다.

세계가 1인칭으로 되어 있다는 것은 매일 느낀다. 특히 휴대전화가 널리 보급되면서, 1인칭을 공적인 장소로 가져오는 일도 일상이 되었다. 세계는 '나'가 되고 '나'를 그대로 세계와 일치시키는 데 저항이 사라지고, 세계 속에 있는 '나'를 부감하기보다도 '나'라는 감옥 속에서 세계를 보고 '내가 상처 입고', '내가 치유되는' 것이 최우선이 되었다. 빈번히 '나는······'이라고 중얼거리는 그들은 말 그대로 '1인칭의 덫'에 푹 빠져 있다. '나'를 표현하기 위해서는 냉철한 자기 관찰력을 필요로 한다는 것, '나'의 시점으로 있는 한 영원히 자신을 발견할 수 없다는 것. '진정한 나'를 파악하기 위해서는 무엇보다 3인칭의 시점을 획득하는 수밖에는 없다는 역설적인 사실을 알아야 한다.

상실에 대하여 – 로버트 네이선 『제니의 초상』

솔직히 예나 지금이나 로버트 네이선에 대해서는 거의 모른다. 『제니의 초상』이 영화화되고, 그의 몇몇 작품이 비록 소품이지만 일부 사람들에게 오랫동안 사랑받아왔다는 것을 빼고는.

『제니의 초상』을 맨 처음 읽은 것은 초등학교 6학년 무렵이었다. 어딘가에 소개된 글을 보고, 집어 들었다. 짧아서 간단히 읽을 것이라 생각했을지도 모른다. 평온한 이야기는 자연스럽게 이어지고, 읽다 보면 어느 순식에 끝나버렸다. 끝났는지 어쨌는지도 모를 정도도. 어안이 벙벙하여 제대로 내용도 파악할 수 없었다. 그러나 무언가가 마음에 걸렸다. 그 뒤로 몇 번을 읽었는지 모른다. 그때마다 고개를 갸웃거렸다. 단순히 판타지나 SF라 부르는 데도 반감이 있었다. 이 소설에는 그런 딱지를 붙일 수 없는 것이 있었다.

다시 읽어봐도 이토록 고요하고 카타르시스가 없는 이야기가 이 세상에 남아 있다는 게 놀라웠다. 울기 위한 눈물, 공감을 확인하기 위한 눈물, 눈물을 위한 눈물로 가득한 이야기가 넘쳐나는 이 세상에. 그와 동시에, 과거 어린 시절에 읽었을 때의 느낌이 지금도 변하지 않았다는 데 놀랐다. 읽는 동안 마음이 차분하고 고요해진다. 마음 어딘가에 늘 잔물결이 일고 통증 같은 애절함이 술렁이는 이 불안한 느낌.

네이선의 소설에는 변해가는 계절의 빛이 비추고 늘 메마른 바람이 분다. 공기는 한시도 동일한 빛깔을 띠지 않고 맑은 하늘에도 비가 내릴 것 같은 예감이 늘 감돈다. 그것은 그가 느끼던 상실의 예감이다.

이번에 새로 번역되면서 한데 묶인 『제니의 초상』과 『그래서 사랑은 돌아온다』에서는 매우 비슷한 인상을 받는다. 인기 없는 예술가를 찾아오는 아름다운 여성. 그녀의 존재는 현실을 초월한다. 한쪽은 시간을 초월하여 잠깐 동안 순식간에 성장해가는 딸. 한쪽은, 죽은 아내에 대한 마음이 형상화 되어 바다에서 찾아오는 여자. 주인공은 그녀들을 찾아갈 수 없고, 언제나 그녀들이 찾아온다. 그가 할 수 있는 일은 잠깐 동안의 밀회를 기다리는 것뿐. 게다가 밀회는 만난 그 순간부터 기필코 끝이 있다는 생각이 이어지고, 그 끝은 느닷없이 찾아온다. 예측할 수 없는 허리케인이나 건조하게 메마른 언덕의 화재라는 자연현상을 경계로 하여.

왜 네이선은 이 같은 이야기를 여러 차례나 썼을까? 먼저 생각할 수 있는 것은, 시인인 그에게 제니나 캐슬린은 예술가를 찾아오는 영감을 상징한다고 할 수 있다. 그녀들이 자신을 만나러 와줄까 하는 불안은, 주인공들이 자신의 작품에 영감이 찾아와줄까 하는 공포와 겹쳐져 이야기된다. 젊은 예술가 자신에게 영감이 찾아올까? 그것은 단 한 번으로 그치는 것일까? 앞으로도 찾아와 줄까? 계속될 수 있을까? 이런 불안은 매우 큰 문제이고, 공포다. 자신은 영감을 컨트롤할 수 없어 오로지 여신이 찾아와 키스해주기만을 기다린다. 이것은 그야말로 모든 젊은 예술가가 놓여 있는 불안한 상황이 아닐까? 그들은 언젠가 영감을 잃게 될 것을 두려워하며 살고 있다. 그들에게 있어 영감이라는 것은 언젠가는 오지 않을 제니나 캐슬린 같은 존재인 것이다. 그만큼 예술이란 인간에게 있어 요행이고 숭고한 것이기도 하다.

그러나 네이선의 주인공들에게는 자기연민이 티끌만큼도 느껴지지 않는다. 그들에게는 메마른 체념으로 관망하는 시선이 있다. 중요한 것을 잃는 일을, 애초부터 받아들이고 있다. 그것이 네이선의 작품을 주옥같은 것으로 만든다. 네이선이나 그가 그린 예술가들에게 '미리 잃는' 것은 인생의 정상적인 상태일 것이다. 달리 말하면, 상실 가운데 인생이 있고 예술이 있다. 반대로 상실하고 비로소 얻는 것도 있고, 잃지 않고는 손에 넣을 수 없는 것도 있다. 그들은 그러한 존재가 인간이라는 것을 직관으로 알고 있다.

아니, 네이선만이 아니다. 우리는 누구나 그 사실을 태어날 때부터 이미 알고 있다. 상실의 고통, 쓸쓸함, 괴로움 속에 인생의 본질이 있다는 것을. 시간, 젊음, 꿈, 생동감 넘치는 감정, 사랑하는 사람을 잃는 가운데에서 말이다. 그렇기 때문에 나는 몇 번이고 이 소설을 집어 들었고, 그 작품을 손에 든 모두가 이 소설을 기억하고, 지금도 이렇게 새로이 누군가가 집어 들려 한다.

네이선의 소설 속 주인공을 에워싼 등장인물은 한결같이 소극적이고 온순하다. 살며시 다가와 어깨에 손을 얹고는 떠나가 버린다. 어느 누구도 나서서 주인공을 도울 수는 없지만 멀리서 지켜봐준다. 네이선의 소설은 우리에게, 주인공에게, 미스 스피니(아담스의 그림을 좋아해준 여인)나 미스터 매슈즈, 딕이나 엘리스 같은 존재다.

소설은 창작물이고 독자의 고통을 대신 떠안을 수는 없다. 그러나 우리에게 슬며시 다가와, 우리가 혼자가 아니라는 사실을 지금도 가르쳐주고 있다.

심화한다 – 오가와 요코의 소설

　작가가 선택한 재료라는 건 닭이 먼저냐, 알이 먼저냐 하는 부분이 있어서, 때때로 작가가 재료를 선택할 작정이라도 사실은 재료가 작가를 선택하는 게 아닐까 생각할 때가 있다.

　오가와 요코도 초기부터 선호했던 모티프는 명백했다. 열거해보자면 육체, 표본, 컬렉션, 컬렉션의 수집 장소로서의 건물, 특화된 박물관, 그런 장소에 사는 관리인, 희귀하지만 망라된 도감, 낡은 서책, 기분 좋은 비밀스러운 의식, 동물들, '과학적인' 것을 꼽을 수 있다. 그러한 모티프는 산산이 흩어진 별들처럼 처음에는 오가와 요코의 주위를 둥실둥실 정처 없이 떠돌지만, 시간이 지나고 작품 수가 늘어남에 따라서 서서히 원을 그리며 규칙적으로 돌기 시작하고 그 하나하나를 구분하게 되었다.

하물며 최근 몇 년간은 오가와 요코의 인력引力은 아무리 생각해도 "이건 오가와 요코"라 여겨지는 재료를 끌어오는 듯하다. 특히 『고양이를 안고 코끼리와 헤엄치다』의 체스 혹은 체스선수라는 존재만큼 요 몇 년간 오가와 요코적인 것은 발견할 수 없다. 『박사가 사랑한 수식』에서의 수학자도 그러했지만, 그들 존재가 지닌 일종의 비딱함, 참혹함, 비극성이라는 것이 오가와 요코가 추구하는 모티프에 견고하게 담긴다. 이렇게 말할 수 있는 것도 작가 오가와 요코에게는 전혀 비극적인 취미가 없기 때문이다. 비극을 제대로 쓸 수 있는 것은 비극 취미가 없는 작가뿐이어서, 존재 그 자체가 비극적인 체스선수를 그릴 수 있는 것은 현재 아무리 생각해도 역시 오가와 요코뿐이다.

일본의 국민작가라 불리는 가와바타 야스나리는 본질적으로는 엽기작가로, 엄청난 변태작가였다. 그 행복한 순수의 『설국』이나 『고향』을 사랑하는 사람들이 역시 본질적으로는 엽기작가이자 변태작가(물론 칭찬의 의미에서)인 오가와 요코의 『박사가 사랑한 수식』을 사랑했다고 생각하면, 일본인은 상당히 뉘우칠 줄 모르는 사람들이다. 표면적으로는 꽤 어리숙어 보이지만 다분히 무의미하게 공유하는 가치관이 있어 자신들이 상당한 변태라는 것을 어딘가에서 인정한다.

그러나 『고양이를 안고 코끼리와 헤엄치다』를 쓴 오가와 요코는 소설이라는 것, 혹은 자신의 소설이 행복한 순수의 작품으로서 읽히는 것을 어디선가 단연코 거부하고 있다. 맑은 청주는 밑에 가라앉은 탁주나 불순물과 원래는 한 몸이었다고 이 소설로 증명해 보인다. 그렇게 생각하면 『미나의 행진』에서, 도모코가 도서관에서 『이즈의 무희』를 빌려 읽다가 가와바나 야스나리의 자살 소식을 듣고 『잠자는 미녀』를 빌려 나오는 장면은 매우 의미심장하게 느껴졌다.

브래드버리는 변함없다 — 레이 브래드버리 『먼지로부터 소생』

　레이 브래드버리. 이 이름을 중얼거리기만 해도 왠지 달콤새콤한 애절한 마음이 되는 사람이 많을 것이다. 나도 그런 사람 중 하나이기 때문에, 이후 조금 냉정함이 결여된 개인적인 에세이가 되어 버리는 것에 양해를 구한다.

　나는, SF는 청춘소설이라고 생각한다. 어른이 되는 과정에서 자신과 세계가 맞서는 계절에 요구하는 것, 그것이 SF다. 그중에서도 브래드버리의 작품은 청춘소설인 SF의 청춘을 가장 상징적으로 보여주는 것 같다.

　삶과 죽음을 만나는 소년. 일리노이의 10월. 할로윈 밤. 다락방에 있는 낡은 물건.

　브래드버리에 대하여 들을 때마다 머릿속에 떠오르는 이

미지는 언제나 그렇다. 소년들의 계절인 여름이 끝나고 가을
이 찾아오고, 황금빛 들판에 바람이 지나고, 그들은 어른이
된다.

　흔히 브래드버리를 두고 'SF의 시인', 그의 작품을 '사이언
스 판타지'라 부른다. 프랑수아 트뤼포가 영화화한, 분서焚書
국가를 그린 SF『화씨 451』의 제목이 '책장에 불이 붙어 타오
르는 온도'라 기억하는 독서광도 적지 않을 것이다. 그러나 그
본질은 단편작가고, 나를 매료시킨 것도『10월은 석양의 나
라』,『검은 카니발』,『태양의 황금 사과』등 풍부한 상상력으
로 가득한 단편집이었다. 그것은 이미 보석상자 같다고 밖에
는 형용할 수 없는 풍요롭고 생동감에 넘치는 세계로, 내용도
매우 다양하고 풍성하여「선물」의 아름다움,「도깨비 상자」가
안겨주는 전율,「바다에서 돌아온 뱃사람은」에서 배회하는
사람의 이미지는 머릿속에 떠올리기만 해도 황홀하다. 이『먼
지로부터 소생』처럼 연작 단편을 엮어 하나의 장편으로 만든
형식의 책도 많다.

　다시 생각해보면, 내 안의 브래드버리가 하기오 모토의 만
화 이미지인 게 놀랍다. 실제로 만화가 하기오 모토가 브래드
버리의 단편을 만화화한 탓도 있지만, 그녀가 그린 만화의 사
소한 부분에서 엿보이는 이미지가 브래드버리에게 얻은 것이
기 때문이다. 초등학교 시절에 읽은 그녀의 만화를 통해서,

나는 브래드버리를 읽기 전부터 이미 브래드버리를 만났다.

이런 이미지가 강하게 각인되어 있는 탓에 그의 소설은 "어른이 된 이후에 읽으면 아기자기하고 달콤해 도저히 읽을 수 없다"는 말을 듣기도 한다. 이 해설을 쓰기 위해 다시금 작품을 읽은 나도 그 점에 대해서는 우려했다. 예전 보석의 빛이 퇴색되어 버리면 어쩌나 하고.

그러나 그것은 기우였다. 「나그네」, 「집회」, 「엉클 에이나르」, 「4월의 마녀」 등 기억 속 단편이 생생히 되살아나고 나중에 발표된 단편과 무리 없이 어우러져 한 편의 장편이 된다. 그 찬란한 아름다움은 과거와 조금도 달라지지 않았다. 55년이라는 세월을 들여 완성했음에도! 얼마나 경이로운 일인가? 다른 사람은 어떨지 모르겠지만, 나는 2~3년이 지나면 글이 완전히 달라진다. 문장도, 이야기 전개 속도도, 호흡도 변한다. 문고본이 될 때는 고치고 싶어 안달이 날 정도다. 그러나 브래드버리는 역시 언제나 브래드버리라 실감한다. 변하지 않는 것, 영원한 청춘소설, 그것이 브래드버리라고.

한편으로 내가 브래드버리에 대해 떠올리는 또 다른 이미지가 있다. 멕시코 축제인 '죽은 자들의 날'이다. 멕시코의 풍부한 설탕과자로 만든 해골 이미지다. 브래드버리는 이 모티프에 애착을 느끼는 듯 여러 차례에 걸쳐 이 축제를 자신의 작품에 사용하고 있다. 나는 이것이 그의 어둠을 상징하고 있다고 생각한다.

내게 브래드버리는 가와바타 야스나리와 닮아 있고 이것은 내 나름의 가설이기도 하다. 과거 중학생 시절에 브래드버리의 단편집에 심취해 있었을 때, 그 무렵 읽은 가와바나 야스나리의 단편집『손바닥 소설』의 인상이 브래드버리의 단편집과 매우 유사해 놀란 경험이 있기 때문이다. 두 작가 모두 정서적인 이미지가 강한 국민작가이지만, 본질적으론 괴기소설 작가라는 공통점이 있다.

맞다. 브래드버리는 본질적으로는 어둠을 그리는 작가, 어둠의 나라에 사는 주민이다.『민들레 와인』이나『화성연대기』같은 서정적인 이미지는 표면적인 것이고, 그것들이 떠다니는 바다는 끝없이 어둡고 깊다. 그는 상당히 그로테스크한 단편을 꽤 많이 썼고, 그들 단편이 소설로서 훨씬 사실적이고 기교적이다. 가와바타 야스나리도『잠자는 미녀』나『산소리』라는 가히 엽기적이라 할 만한 작품을 썼고, 그의 작품이 전체적으로 어둡고 괴이하지만 이상하게도 국민작가로서 가지는 인상은『이즈의 무희』나『설국』의 청초한 아름다움이 앞선다. 그러한 인상이 강한 것은 그들이 어둠의 나라에 사는 주민이기 때문이다. 그들의 세계가 그러하기 때문에, 그 어두운 바다에서 떠오른 물거품은 빛의 세계에 사는 주민이 만든 것보다 숭고하고 아름다운 것이다.

그것은 『먼지로부터 소생』에서도 짙게 풍겨 나온다. 언덕 위 저택에 모이는 일가는 모두 어둠에 사는 사람들로, 결코 밖을 걸어 다닐 수 없다. 오히려 오래 전부터 사람들이 불길한 존재로 여겨 성호를 긋는, 불온한 존재로서 멀리하고, 봉인되어온 존재다. 브래드버리가 깊이 공감하고 작품에서 한꺼번에 만나게 하는 것은 이런 존재다.

그곳에 버려진 '평범한' 인간 아기 티모시. 그는 '평범하지' 않은 일가를 동경한다. 달밤에 하늘을 나는 아이나, 삼촌이나 생물의 의식 속에 파고들 수 있는 세시처럼 되기를 오랜 세월 갈망한다. 늙은 할멈이 그에게 들려주는 언덕 위 저택의 역사, 일가의 역사. 그러나 사람들이 더 이상 어둠을 두려워하지 않고 유령이나 전설을 믿지 않게 된 시대, 그들의 존재는 절망적인 위기에 놓인다.

여기에는 브래드버리의 모든 모티프가 있다. 색다른 것, 흔해 빠진 것, 스쳐가는 것, 잊혀지는 것, 변하지 않는 것, 일순간 반짝이고 사라져가는 것. 그것이 언덕 위 저택에 모인 일가 속에서 이야기되고 있다. 여기서도 티모시는 생과 사와 만나고, 홀로 여행을 떠난다.

브래드버리에게는 여행하는 소년이라는 모티프도 있다. 그의 단편에 영원히 나이를 먹지 않고 노부부의 아이로서 몇 년 동안 살다가 다시 다른 노부부를 찾아 여행을 이어가는 소년의 이야기가 있는데, 티모시는 몇 천 년이나 똑같은 생활을 계속하는 일가에 이별을 고하고, 끝이 있는 인간으로서 살아갈 것을 선택한다. 그리고 그는 기나긴 여행을 떠난다.

55년의 세월 동안에 이 결말을 선택한 브래드버리에게 나역시 '브래드버리는 변함없다'고 중얼거리고는, 그 변함없는 모습에 울고 싶은 심정이 되어버린다.

『비가 내리니까 미스터리라도 공부하자』를 다시 읽다 — 우에쿠사 진이치에 대하여

철들 무렵부터 우에쿠사 진이치는 이미 존재하고 있었다. 그의 세피아색의 세계가 오랜 지도처럼 처음부터 그곳에 있었다. 우에쿠사 진이치는 나중에 알고 보니 J.J 아저씨였다. 류 치슈가 늘 영화 속에서는 할아버지였던 것처럼.

내게 J.J 아저씨는 『비가 내리니까 미스터리라도 공부하자』다. 초콜릿색과 자주색이 뒤섞여 있는 책표지. 그것은 J.J 씨가 내 머릿속을 차지하는 공간과 거의 일치한다. 물론 밍거스나 알프레드 히치콕은 이후에도 조금씩 알아갔지만, 내게 아저씨는 『비가 내리니까 미스터리라도 공부하자』 단 한 권뿐이다.

이 책은 구입할 당시의 일을 기억하는 몇 되지 않는 책 중

하나다. 서점에서 초등학교 5학년생이던 나를 사로잡은 제목과 디자인. 조르고 졸라 간신히 손에 넣은 책. 내가 갖고 있는 것은 1965년 7월 25일에 발행한 제11쇄이지만 1,200엔이라는 책값은 당시 내가 가지고 있던 책과는 비교도 안 될 만큼 비쌌다. 그러나 이 책은 글자가 작고 400쪽이 넘어 원고지로 환산하면 1000매 분량은 된다.

그리고 그 내용은 J.J 씨의 안테나에 걸린 신인작가의 페이퍼백을 소개하는 것이다. 고작 애거서 크리스티와 엘러리 퀸 정도밖에 읽지 않은 초등학생이 읽기에는 상당히 어려운 내용이었지만, 여러 차례 즐겁게 읽은 기억이 있다. 무엇보다 이 책 전체에 흐르는, '미스터리'라는 장르가 갖는 의심스럽고도 괴이한, 가슴 두근거리는 분위기가 즐거웠다.

대체 몇 번을 읽었는지 기억할 수 없지만 미스터리 작가 나부랭이가 된 지금, 오랜만에 다시 읽어보기로 한다. 본문은 '프라그란테 테리쿠토(フラグランテ・デリクト, 현행범—라틴어로 '범죄가 명백히 일어나는 동안'을 의미—역주)'와 '크라임 클럽'이라 이름 붙인 두 부분으로 나뉜다. 실로 멋진 제목이다.

읽으면서 나도 모르게 '우와!' 하고 소리친 것은 그 쟁쟁한 '신인'작가군 때문이다. 존 르 카레의 『죽은 자에게 걸려온 전화』, 라이오넬 데이비드슨의 『몰다우의 검은 물결』, 마크 맥쉐인의 『비 오는 오후의 교령회』, 카트린 아를레이의 『지푸라기 여자』, 노엘 칼레프의 『그 아이를 죽이지 마라』, 세바스티앙 자프리조의 『살인급행 침대열차』, 그리고 존 파울즈의 『콜렉터』까지 있는 것이다.

어느 작가나 신참 시절이 있어 이 같은 거장들에게도 데뷔작은 존재한다. 그리고 처음 대면하는 독자에게 그들도 별 표시를 받았을 것이라 상상하니 마냥 신기할 따름이다. 물론 나도 그랬다. 독서노트에 잘난 듯이 작품마다 별을 매기고 코멘트를 적어 넣었다. 별 다섯 개가 최고의 작품이 된다.

하지만 다시 읽어보고는 다시금 깜짝 놀랐다. 신선하다. 무엇보다 이 책은 참으로 이상한 북 가이드다. 그것은 J.J 씨가 얼핏 독자에게 말을 건네는 듯 착각할 만한 문장이지만, 사실 그 모든 것은 J.J 씨 자신을 위해 쓰고 있다는 점이다. 전편 모두 J.J 씨 본인이 미스터리 팬으로써 자신을 위해 쓴 각서인 것이다. 따라서 독자에게는 불친절하기 그지없는 구절이 곳곳에 있다.

"아웃라인을 적어보자"며 느닷없이 줄거리를 설명하기 시작하는데, 그것이 그저 일어난 사건들을 막연히 열거할 따름이라 지루하다. 본인도 그렇게 생각했던지 "이런 줄거리를 쓰는 게 싫어졌다"며 돌연 줄거리 설명을 포기하고 만다. 게다가 설명하는 도중에 때때로 "그러고 보면…"이나 "여기서 생각난 것이 있는데…"라며 이야기가 이쪽저쪽으로 마구 튀고,

자칫 잘못하면 "설명해야만 한다"며 핑계를 늘어놓고 결국 다른 추억담으로 이어지다가 별 다른 설명 없이 끝내버리는 곳도 있다.

이것은 그가 어린 시절부터 영어에 친숙해 번역에 익숙한 탓일지도 모른다. 왜 이런 생각을 하는가 하면, 이 책을 다시 읽으면서 과거 고등학교 시절 영어 과외에서 과제로 받은 서머싯 몸의 『아쉔덴 Ashenden』을 번역할 때가 어렴풋이 떠올랐다. 영어에는 「 」 안에 『 』가 있고, 또 그 안에 괄호로 하나의 단어를 수식하는 문장이 문단이 끝날 때까지 계속 이어지는 상황과 흡사하다.

여하튼 그의 의식의 흐름이 고스란히 북 가이드가 되었다고 할 수 있는 기묘한 책이다. 그런데 그것이 즐겁고, 지루한 설명에 서서히 인이 박히고 만다. 아뿔싸, 이 문장도 왠지 그의 의식의 흐름의 아류처럼 되어버리지 않았는가. 그렇다고 그의 작품소개가 결코 읽을 수 없을 만큼 서툰 것은 아니다. 그가 감탄하고 소개한 작품은 지금도 세부적인 부분까지 똑똑히 기억한다.

그중에서도 기분 나쁜 단편소설 「거미」. 시골로 이사 온 부부가 서서히 정신적으로 이상해지는 모습을 그린 작품인데, 하루하루 여위어 가는 아내에게 무슨 걱정이라도 있느냐고 묻는 남편에게 "(내·말 듣고)웃지 마요. 이 집에는 거미가 한 마리 있어요"라고 아내가 대답하는 부분은 토씨 하나 빠뜨리지 않고 똑똑히 머릿속에 남아 있고, 「비스킷은 됐다」는 이야기에서 어떤 남자가 낯선 마을에서 잡화점에 들르는데, 그곳에서 구더기가 들끓는 비스킷을 내주는 데 격분하여 주인을 때려죽이는 장면도 똑똑히 기억한다. 내가 이 책을 손에 넣었을 때, 어린 시절 자주 먹던 맥비티의 통밀이 들어간 초콜릿 비스킷을 떠올린 것은, 표지의 색깔뿐 아니라 이 기분 나쁜 장면 탓일지도 모른다. 얼핏 이런 생각을 해보지만 그리 기분 좋은 연상이 아니니 더 이상 깊이 생각하지 않기로 하자.

고서점을 돌다가 에드먼드 크리스핀이나 마이클 이네스의 페이퍼 북을 찾았다니 부럽다. 게다가 그는 어디까지나 '산책과 잡학을 좋아하는' 것이지 결코 컬렉터가 아니다. 그 발랄함. 나도 일 년에 몇 번은 큰맘을 먹고 하루 온종일 진보초 고서점가를 돌지만 그 시절의 즐거움과는 비교할 수 없을 것이다. 나는 최근 유행하는 한껏 꾸민 고서점은 질색이고 인터넷으로 찾는 것 역시 그다지 좋아하지 않기 때문에 이전부터 찾는 책을 지금까지도 발견하지 못했다. 하지만 그가 그랬던 것처럼 어느 고서점 구석에서 우연히 맞닥뜨릴 것이라 믿고 있다.

아무튼, 정말로 그는 무엇이든 쉽사리 모아 스크랩해둔다. 따라서 여러 가지가 분류되지 않고 같은 레벨로 수집된다. 이 책에서도 아무리 봐도 재미없는 페이퍼 북의 플롯을 걸작 옆에 나란히 놓고, 담담한 어조로 설명하고 있다. 그것이 너무도 즐겁다. 처음 읽었을 때부터 반복하여 읽은 이유를 충분히 알 것 같다.

나는 어린 시절부터 예고편이나 카탈로그를 좋아했고, 특히 도서목록은 제목과 줄거리뿐이라도 몇 시간이고 즐길 수 있었다. 그것을 더욱 분량을 늘려 읽을거리로 가득하게 엮어낸 이 책이 즐거웠던 것은 당연하다. 아니, 말 그대로 옥석이 뒤섞여 있다. 기대를 밑도는 플롯과 제목이 나열되어 있는 것을 읽자면 매일 플롯 구성에 어려움을 겪으며 한숨짓는 나도 어떻게든 되겠지 하는 내일의 희망이 솟아오를 정도다.

게다가 현재의 내게 도움이 되는 정보도 가득하다. 이안 플레밍이나 조르주 심농, 400권이 넘는 책을 쓴 존 크리시의 소설작법이나 조언도 전혀 생략하지 않고 담담히 번역해주고 있다. 이것은 독서가나 소설가가 하기에는 의외로 어려운 일이다. 그것을 곧이곧대로 옮기는 것은 실력이 아니라는 강박관념에 쫓겨서 요약하거나 분석하는 법인데, 그는 1차 정보를 온전히 전한다. 역시 이 책은 우에쿠사 진이치의 스크랩북이다.

또 한 가지 놀란 것은 그가 본격 미스터리의 상당한 팬이라는 사실이다. 그가 소개한 책 중에는 불과 얼마 전에 번역되거나 새로운 번역으로 출간된 것도 다수 포함되어 있다. 알렉스 앳킨슨의 『찰리의 퇴장』, 프레드 카삭의 『살인교차점』, 마이클 길버트의 『포로수용소의 죽음』, 존 프랭클린 바딘의 『악마여 먹어라, 파란 꼬리 파리』, 레오 브루스의 『세 탐정을 위한 사건』, 윌리엄 몰의 『해머스미스의 구더기』, 퍼시벌 와일드의 『검시심문』, 빌 S. 빌린저의 『연기로 그린 초상화』 등등. 그들 대부분이 본격 미스터리라 불리는 장르다.

우에쿠사 진이치는 이 책 『비가 내리니까 미스터리라도 공부하자』의 본문과 후기에도 "나는 본격추리소설에는 그리 몰입하지 못하는 편으로, 변격추리소설이 재미있다"고 서술하고 있는데, 단순히 애거서 크리스티나 엘러리 퀸, 존 딕슨 카나 밴 다인으로 대표되는 보수적인 작품을 멀리해 왔을 뿐으로, 오히려 그의 취향을 보면 실로 급진적이고 열광적인 본격 미스터리 팬이라는 사실을 알게 된다.

그의 '지도'는 놀라울 정도로 광활하다. 어른이 돼도, 소설가가 돼도 이토록 재미나게 읽고 있고, 언젠가 다시 읽을 정도로.

잠두콩의 저주 — 잭 피니 『지하 3층』

　매년 봄이 오고 잠두콩 삶는 계절이 되면, 반드시 잭 피니의 『바디 스내처』를 떠올린다.

　이 경지에 이르기까지는 오랜 세월이 걸렸다. 원작은 모르는 채로 이시노모리 쇼타로가 그린 만화를 읽은 것이 원체험이다(만화화한 것인지 오마주인지는 모른다. 제목도 기억하지 못한다). 지하실에 있는 커다란 콩깍지. 어느 사이엔가 지하실을 데굴데굴 구르고, 그 안에 자신과 꼭 닮은 사람이 들어 있다는 이야기가 얼마나 무서웠던지 커다란 콩깍지는 거의 트라우마가 되었다.

　그만큼 무서웠던 것이 영화다. 여러 차례 영화화되었는데, 맨 처음 영화화된 흑백작품 「우주의 침입자」(1956년. 미국 돈

시겔 감독)는 흑백이 괴기스러움을 효과적으로 살린 덕분에 지하실의 콩깍지가 무서웠고, 마침내 '잠두콩=지하실 괴물'이라 머릿속에 박혔다.

『지하 3층』의 개정판 장정도 보기만 해도 꽤 호러 분위기가 풍긴다. 게다가 황토색 띠지에 적힌 고딕 글자가 자아내는 무시무시함―아마도 이 띠지 문구는 번역본 띠지 중 역사에 길이 남지 않을까.

죽을 만큼 지루한 당신, 울상 지을 필요는 없다! 당신은 지루함을 털어낼 수 있다. 이것이 그 출구다!

군이 말하면, 내용은 이 말대로다. 잭 피니의 단편에 반복적으로 사용되는 모티프의 본질을 꼭 짚어내는데, 이 띠지도 역시나 무시무시하다. 그럼에도 불구하고 웬일인지 잭 피니 본인의 이미지는 눈곱만큼도 무섭지 않다. 내 안에서는 『게일즈버그의 봄을 사랑하다』나 『꿈의 10센트 은화』의 이미지가 잭 피니의 그것이다. 우선 『바디 스내처』도, 소설을 읽은 뒤의 느낌은 불쾌함과 유쾌함을 거의 동의어로 만들었다.

소설가가 되어 15년 정도가 지났다. 어린 시절에 읽은 책에 그때그때 즉흥적으로 오마주를 바쳐왔는데, 최근 옛날에 읽은 책을 다시 읽을 기회가 늘어 냉정히 비교해보면 나의 긴장감은 잭 피니에 가까운 것 같다. 설명하거나 이유를 생각하기보다는 현상이 자아내는 술렁이는 감각이나 정체를 알 수 없는 어중간한 감각을 그리는 것이 목적으로, 원인과 결과보다는 과정과 분위기가 중요하다(잭 피니가 그렇다는 것은 아니다). '공포' 그 자체보다도 '공포' 일보 직전의 불온한 공기를 그리고 싶은 것이다. 이처럼 세피아 빛깔 혹은 파스텔 빛깔이 강한 인상을 가진 잭 피니이지만, 그것은 틀림없는 테크닉이 빚어낸 것임을 다시금 강조하고 싶다.

『지하 3층』에 수록된 단편을 보자. 서두가 무엇보다 훌륭하다.

뉴욕 센트럴 철도회사 사장이나 뉴욕 뉴헤븐 하트포드 철도회사 사장이라면 산더미처럼 쌓인 시간표에 대해서, 지하는 2층밖에 없다며 단언할 것이 분명하다. 그러나 내게는 3층이다「레벨3」.

솔직한 이야기로, 헬렌벅 부부에게 어딘가 이상한 데가 있다고 처음부터 생각했던 것은 아니다. 분명 조금 남다른 구석이 두세 가지 있는 것 같았지만 설마 하는 생각에 곧 머릿속에서 떨쳐버렸다「이상한 이웃사람」.

이 이야기는 내 자신을 위해 한다. 마음에 걸려서, 괴로워 견딜 수 없기 때문이다「물때」.

친숙한 독자에게 말을 건네고, 게다가 무심코 '대체 무슨 얘기지?'라고 귀를 쫑긋 세우게 만드는 도입 부분은 독자를 슬쩍 다른 세계로 이끈다. 단 몇 줄로 자신의 세계로 끌어들이는 잭 피니의 테크닉은 그야말로 수준급이다. 이야기 속으로 끌려 들어가면 그 세계의 분위기에 흠뻑 젖어든다. 들려주는 이야기에 젖어 마지막까지 끌려가 가슴을 조이며 그 여운에 빠져 있자면 어느 사이엔가 주위에는 한 사람도 남지 않는다.

잭 피니의 작품을 읽은 감상은 어떤 작가보다도 '꿈결처럼' 느껴진다. 그가 창조해낸 꿈은 온화하지만 좀 난처하게도 때로는 악몽이기도 한다. 늘 고개를 숙인 채로 결코 소리 높여 이야기하지 않는다. 그러나 지금까지 그랬던 것처럼, 앞으로도 계속 그의 꿈을 필요로 하는 사람들에게 끊임없이 지지받을 것이다. 늘 어딘가에서 게일즈버그나 베르나 행 편도티켓을 손에 넣을 수 있는 아크메ACME 여행안내소를 찾는 나나, 당신 같은 인간에게.

심야의 기계 — 스티븐 킹 『다크 타워 2 : 세 개의 문』

여행을 떠난다. 편집자나 현지인과 술을 마신다. 숙소에 돌아오는 시간이 늦어진다. 내일도 일찍부터 일정이 잡혀 있다. 에어컨 탓인지 목이 말라 잠이 깬다. 부스럭부스럭 침대에서 기어 나와, 냉장고를 연다.

냉장고 안은 텅 비어 있다. 요즘 호텔은 투숙객이 사온 음료를 냉장고에 넣도록 되어 있다. 머리는 여전히 술기운에 취해 있다. 침대에 다시 누울까도 생각했지만 차를 마시는 게 내일 아침의 숙취를 가볍게 해줄 것이라는 것을 경험상 잘 알고 있다. 스케줄이 언뜻 머릿속에 떠오른다. 내일도 고되게 이곳저곳 돌아다니지 않으면 안 된다.

몽롱한 머리로, 복도로 나간다. 유카타 차림으로 다니지 말라고 하지만, 프런트나 로비가 아니니 괜찮겠지 하고 내 자신을 납득시키고 슬리퍼를 신고 철떡철떡 걸어간다. 조명은 한껏 낮춰져 있어 눈이 몹시 가슴츠레하다.

자동판매기 코너는 한 층 아래에 있다. 엘리베이터를 탄다. 단 한 개 층인데 매우 천천히 움직인다. 느닷없이 덜컹, 하고 멈춘다. 문이 열리고, 밖으로 나온다. 옅은 어둠이 드리운 복도 한구석에, 어렴풋이 밝은 공간이 보인다. 저곳이 그곳이다. 걸음을 내딛는다. 위층과 완전히 동일한 구조. 엘리베이터 홀에 장식된 그림이 다를 뿐이다. 위-잉, 하는 희미한 기계음이 들린다. 작은 방을 이룬 공간을 들여다본다.

흠칫 놀란다. 그곳에 두 남자가 멀뚱히 서 있었기 때문이다. 물론, 그곳에 있는 것은 인간이 아니라 좁은 공간에 나란히 놓인 두 대의 자동판매기다. 길쭉한 맥주 전용과 음료 전용으로 나뉘어 있다. 이 녀석들, 마음에 들지 않는다. 왠지 그런 느낌이 들었다. 맥주를 파는 것은 덩치 큰 녀석이다. 사주기를 기다리는 주제에, 사려는 사람을 경멸한다. 음료 쪽은 얼핏 온후하지만 굽실거린다. 곁에 있는, 알코올을 파는 자동판매기에 콤플렉스를 느끼는 것이다. 온후한 녀석에게 동전을 넣고, 붉은 램프가 들어온 버튼을 누른다. 동전이 떨어지는 소리. 한 박자 늦게 덜컹 하고 묵직한 것이 발아래로 떨어지는 충격. 이 순간 어떤 이야기가 떠오른다.

예뻐해 주던 할머니가 세상을 떠났다. 어느 날 밤, 할머니의 목소리가 들린다. 아무래도 방 한 구석에 놓여 있는 옷장 서랍에서 들리는 것 같다. 옷장 서랍을 연다. 거기에는 서랍 하나 가득, 죽은 할머니가 들어 있었다. 이쪽을 올려보고 부끄러운 듯이 웃는다.

뺨을 두드려 그 상상을 지운다. 몸을 구부려 구멍으로 손을 뻗는다. 누군가의 손과 닿는다. 거친 그 손은, 안으로 넣은 손을 덥석 잡는다. 비명을 긴 복도가 집어 삼킨다.

옅은 어둠 속의 지하실. 기계음이 울린다. 숨 막힐 것 같은, 묵직한, 습한 공기. 달캉달캉 소리를 내고 작은 창 너머에서 돌고 있는 세탁물. 팔꿈치가 닳아빠진, 보풀투성이 스웨터를 입은 청년 킹은 살벌한 세탁실에서, 오로지 원고를 써내려가고 있다. 청년은 때때로 손을 멈추고, 유명해진 자신이 플레이보이 잡지와 인터뷰하는 모습을 몽상한다(물론 여기서는 실제로 킹이 훗날 플레이보이의 인터뷰를 받았을 때의 원고를 사용한다. 과거 자신이 이 인터뷰를 받는 모습을 수없이 상상하였다고 대답한 곳을).

세탁기는 계속 돈다. 덜덜, 덜덜, 덜덜. 조용히 귀를 기울이자, 그 소리에 작은 노크가 섞여 있다. 돌아가는 세탁물 사이에서 누군가의 하얀 손이 뻗어와 동그란 세탁기 유리문을 두드리고 있는 것이다. 킹은 알아차리지 못한다. 어느 사이엔가 문틈에서 바닥을 향해서, 피가 흘러나오는 것도 알아차리지 못한다. 카메라는 바닥에 떨어진 피를 비추고, 바닥에서 몽상하는 킹의 등짝을 비추고, 이윽고 세탁실에서 나간다. 지하에서 계단을 올라, 어두운 방 안을 비춘다. 좁다란 침대에 누워 있는 아내와 아이. 낡아빠진 TV가 어둠 속에서 켜진 채로 있고, 그곳에서 흑백의 옛 괴기영화가 흘러나오고 있다.

창이 살짝 열려 있고, 커튼이 나부끼고 있다. 카메라는 밖으로 나와, 지면을 훑는다. 쥐 죽은 듯이 고요한 밤의 끝. 카메라는 천천히 집에서 멀어진다. 이윽고, 풀벌레 소리가 들리고, 카메라는 옥수수 밭을 가르며 들어간다. 안으로, 깊숙이.

거기서 이런 제목의 인터뷰 책이 나타났다. 『악몽의 종자』.

만약 내가 스티븐 킹의 자전영화를 찍는다면 이런 장면부터 시작할 것이다. 킹이 좋아하는 B급 호러영화에 경의를 표하고, 이 영화를 굳이 B급 호러영화로 만들 바에는 일찍이 킹이 젊은 시절에 체험한 악몽 같았던 사건이 훗날 그의 작품에 반영되었다는 줄거리가 될 것이다.

반대로, 예술적 자전영화로 만든다면 아마도 시작은 그가 말년에 구사일생으로 목숨을 건진 교통사고 장면에서 시작될 것이다. 충돌하는 순간, 그는 이제까지의 인생을 회상하고, 갓길에 그가 탄 자동차의 범퍼가 부서져 덜걱거리는 소리가, 좀

전의 세탁기 소리에 겹쳐지고 초보 작가 시절로 돌아온다는 전개가 될 것이다.

스티븐 킹. 본명인 것 같다. 그에 대해 생각하면 '심야의 기계'라는 단어가 머릿속에 떠오른다. 한밤중 인기척 없는 곳에서 일하고 있는 기계. 그것은 어딘지 모르게 생리적인 공포를 느끼게 한다. 언제 올지 모르는 손님을 기다리고 있는 자동판매기, 무인 자동세탁기. 사무실 커피메이커조차 조명이 꺼진 사무실 한구석에서 뚜껑 틈새로 빛이 이동해가는 모습은 기분 나쁘다. 이것들은 모두 스물네 시간 깨어 사람의 생각 따위 개의치 않고 묵묵히 일한다. 그들은 지치지 않는다. 항상 덤덤히 일을 해낸다. 그 모습이 어딘지 킹이 원고를 쓰고 있는 모습을 상상하게 만들어 무섭다.

그는 지금도 여전히 질리지 않고 자신을 위한 소설을 쓰고 있다. 자신이 느낀 공포와 망상을, 반복하여 엮어내고 있다. 그의 소설의 줄거리는 사실 간단하다. 간단하기는 하지만, 그의 펜에 의해 그 세계는 드디어 강고하고 사실적인 것이 되고, 그의 망상은 지금도 더욱더 커지고, 그야말로 '공포의 제왕'으로서 세계를 제패하고 있다.

킹은 직소퍼즐을 바깥부터 채워간다. 무수히 흩어진 퍼즐을 독자가 하나하나 줍도록 한다.

'다음은 그곳에 있는 것을 주워 주지 않겠어?'

'이번에는 그것. 그래. 그 빨간 거.'

그는 덤덤히 조각을 가리키고, 천진하고 솔직한 독자는 시키는 대로 그것을 주워 건넨다. 그는 사람 좋은 얼굴로 고맙다고 말하면서 조각을 받아 퍼즐을 채워간다. 퍼즐은 너무나도 커서 좀처럼 무슨 그림이 그려질 것인지 알 수 없다. 얼핏 그림의 일부가 보인 것 같지만, 살짝 그림이 보이면 킹은 빙그르르 방향을 바꿔, 다시 다른 쪽을 채우기 시작하는 것이다. 그런 만큼, 퍼즐의 전모가 보였을 때의 충격은 크다. 설마 이런 그림이었다니! 그 조각이 이것의 일부였다니!

몇 번이고 그런 놀라움을 안겨주는 킹이 무려 전 7부로 그린 그림이란 것은 대체 어떤 것일까? 일찍이 출판된 제I부 『최후의 총잡이』를 새롭게 고쳐 쓰면서까지 그린 거대한 직소퍼즐이 완성될 때, 무엇을 보게 될까? 나도 당신과 마찬가지로 다음에 주워들 조각을 입을 벌리고 기다릴 따름이다.

추신: 『다크 타워』문고 전16권. 아직 다 읽지는 않았다.

가방에 책과 맥주를 챙겨 넣고

　기본적으로는 밖에 나가는 걸 싫어한다. 걷는 걸 대단히 좋아하지만, 인파로 북적이는 곳이 싫어서 이벤트나 축제에 가고 싶다는 생각은 아예 하지 않는다. 전차를 타는 것도 좋아한다. 가능하면 3시간 정도 타, 책 한 권을 읽을 수 있는 정도가 적당하다. 신칸센 좌석만큼 책 읽기에 집중할 수 있는 공간은 없다. 따라서 혼자 훌쩍 교토나 나라 근처로 가는 게 제일 좋다. 그런 곳이 산책하기에 적합하고, 홀로 식당에 들어가 먹을 만한 곳도 많다.

　전차에 올라탄다. 자리에 차분히 앉는다. 발차를 알리는 벨소리. 움직이기 시작한다. 캔 맥주를 딸깍 딴다. 책을 꺼내 첫 페이지를 펼친다. 이 순간 '최고의 행복'이라는 말을 떠올린다. 최근에는 승객 유치 사업이 시작되어 어느 역에서든 다양한 술과 안주를 살 수 있어 정말로 기쁘다. 열차 안에서 마시는 캔 맥주는 그 나름 풍취가 있지만, 다른 술은 플라스틱이나 종이컵으로 마시면 멋이 없기 때문에 최근에는 술잔도 가방에 챙겨 넣는다. 강화유리나 스테인리스 제, 칠기나 도자기, 여러 가지를 챙기고 그때그때 기분에 따라 선택한다.

여행에 반드시 책이 필요한 것은 아니지만, 여행과 책은 궁합이 잘 맞아 내 경우엔 느긋하게 책을 읽기 위해 여행을 떠날 때도 있다. 여행지에서 읽을 책을 고르는 일도 몹시 즐겁다. 읽는 시간이 없다는 것을 잘 알고 있을 때도 손가방에 책한 권, 여행 가방에 여러 권의 책을 챙겨 넣지 않으면 진정이 되지 않는다. 일주일이나 열흘, 장기 여행을 떠날 때는 책 선택에도 신경을 쓴다. 마치 도박하는 기분으로, 여러 타입의 책을 골고루 섞어 넣는다. 시집에 단편소설집, 국내서, 원서, 딱딱한 내용에 부드러운 내용의 책. 어느 것에 손이 갈지는 현지에 가보지 않고는 좀처럼 알 수 없다.

이전에는 여행에 어울리는 책은 번역된 미스터리 책이라 생각했다. 비일상과 비일상의 조합이 최고라 생각했고, 실제로도 그랬다. 야간열차에서 호러. 이것도 무대효과가 으뜸인데, 말하자면 딱 내 취향이다. 야간열차의 흔들림, 암흑 속에 때때로 떠오르는 건널목의 불빛, 차단기 소리. 그것들이 객실에 그림자를 만들고, 이상한 분위기를 연출한다. 마치 그림자처럼 통로를 지나는 차장이나 다른 승객에도 흠칫 놀란다. 호쿠토세(우에노 역에서 삿포로 역 사이를 오가는 특별급행 침대열차—역주)에서 데이비드 모렐의 『도시탐험가들』을 읽고 오싹한 공포를 느꼈던 일이 생각난다.

요즘 여행을 하면서 읽는 데 적합한 장르를 또 하나 발견했다. 블로그 책이다. 전차를 타면 집중하여 책을 읽을 수 있지만, 그래도 뜻밖에 이곳저곳에 주의를 빼앗기게 된다. 표 검사를 하는가 하면, 역에 멈추고, 안내방송이 나오는 통에 독서는 자주 중단된다. 그런 점에서 하루 단위의 짧은 분량으로 쓰인 블로그 책은 안성맞춤이다. 어디서 중단해도 괜찮고, 곧 다시 읽기 시작할 수 있다. 디자이너나 건축가, 극작가 등 다양한 분야에서 바삐 활약하는 사람들의 블로그 책이 재미있다. 얼마 전에는 마츠이 게사코의 『게사코의 저녁밥』시리즈를 애독하고 있다. 저녁식탁에 내는 반찬을 참고하기도 하고, 여러 가지 의견을 감상하는 것도 재미있다. 반년마다 다음 책이 나오는 점도 왠지 믿음직스럽다.

해외여행을 떠났을 때 적합한 것은 얼마 전에 나온 일본소설이나 에세이다. 요시다 겐이치나 우치다 햣켄, 오사키 미토리, 모리 마리 등, 스피드를 중시하는 평소 생활에서는 답답하게 느껴지던 문장이 해외에서는 아무렇지 않게 본래 속도로 머릿속에 들어온다. 여기에 고단샤 문예문고의 작품들이 안성맞춤이다. 외국어로 커뮤니케이션하기 위해 머릿속으로 문장을 천천히 생각하기 때문이 아닐까? 뒤집어보면, 평소 얼마만큼 빠른 속도로 책을 읽는지 알게끔 한다.

최근 몇 년 동안 인상에 남는 것은, 나라의 비즈니스호텔에서 니시와키 준자부로를 읽었을 때의 일이다. 아직 세워진 지 얼마 되지 않은, 기능성을 제일로 생각하는 심플한 호텔 방에서 니시와키 준자부로는 뜻밖에도 산뜻하게 머릿속으로 들어와 차분하게 즐길 수 있었다.

집에선 수많은 책과 잡지가 넘쳐나 늘 대량의 정보에 둘러싸여 있다. 어떤 책을 읽고 있어도 시야 한 구석에서는 언제나 다음에 읽을 책, 다른 책이 유혹해오고, 쌓여 있는 일이나 앞으로 해야 할 일에 마음이 빼앗기기도 한다. 호텔 방이라는 곳은 쓸데없는 정보가 없기 때문에 문장의 내용에 집중할 수 있다.

최근에는 여행지나 여행 도중에 다른 여행 책을 읽기도 한다. 행선지와 다른 곳을 선택하면 재미의 효과를 한층 높일 수 있다(그 반대의 효과도 있을지 모르지만……). 모로코 왕국의 붉은 빛 도는 대평원을 열차로 달리면서 아라시야마 코자부의 『바쇼 기행』을 읽었을 때는 이상하게 그 아무것도 없는 평원과 책 내용이 어우러지면서 만년의 바쇼 심경을 이해할 수 있을 것만 같았다.

해가 갈수록 여행서가 좋아진다. 때문에 '여행'이라는 제목이 들어가면 무심코 사게 된다. 최근 몇 개월 동안 구입한 책만도 이렇게나 된다. 『일본 골목길을 여행하다』, 『야마토 길여행』, 『홈즈 성지순례의 여행』, 『오리쿠치 시노부와 고대를 여행하다』, 『차마고도의 여행』, 『애거서 크리스티를 찾아가는 여행』, 『미국 남부소설을 여행하다』, 『여행은 게스트룸』, 『사선의 여행』, 『프리드리히로의 여행』……

사실 이 이외에도 많은데, 거의 조건반사적으로 닥치는 대로 집어든 감이 있다. 그만큼 이 세상에는 '여행'이라는 글자가 들어간 책이 많이 존재한다. 이전에는 기행문 따윈 전혀 흥미가 없었다. 사람이 어딘가에 가서 무엇을 보고 무엇을 먹었는가, 그런 게 뭐가 재미있다는 거지? 그렇게 생각했다. 지금은 사람이 어디에 가서 무엇을 보고 무엇을 먹었는가에 엄청난 흥미가 있다. 물론 어떤 사람이 그러는가에 달려 있지만.

무엇보다 이렇게 되기까지 오랜 세월이 걸렸고, 과거에는 극히 일부의 기행문밖에 흥미가 없었다. 시각적인 기행문 시대를 활짝 연 것은 가이코 다케시의 『OPA!』(세계 곳곳에서 낚시를 한다)일 것이다. 지금은 휴간한 일본판 PLAYBOY의 기행 연재는 스케일이 크고 호화로워서 후지와라 신야의 『전동양가도』(터키에서 동쪽으로, 동쪽으로 일본으로 향한다)나 참신한 이케자와 나쓰키의『문명의 산책자』(대영 박물관에 소장하고 있는 것에서 거꾸로 그 고향을 되짚는다)는 읽는 재미가 있어 여행을 떠나고 싶은 마음을 불러 일으켰다.

학생시절에 읽고 새롭다고 생각했던 것은 이타미 주조의 『유럽 지루한 일기』다. 엄밀히 말하면 기행문이 아닐지 모르지만, 영화배우로서『북경 55일』을 촬영하기 위해 체류했던 유럽에서 쓴 에세이로, 아티초크나 스파게티를 먹는 올바른 방법, 책꽂이 노릇을 하는 코끼리 조각상 등의 이야기는 지금 읽어도 신선하다.

내게 명저인『요리의 사면체』를 쓴 다마무라 유키오의『파리·여행 잡학노트』도 재미있었다. 이렇듯 20대까지 내게 기행문이란 해외여행서에 한정되어 있었다. 음식 얘기가 나온 김에 덧붙이자면, 이시이 요시코의『파리의 하늘 아래 오믈렛 냄새는 흐른다』도 엄연히 요리책이기는 하지만 파리 기행문으로 읽혀져 왔고, 깃초吉兆의 창업자인 유키 테이이치의『깃초 맛 이야기』에서 유럽의 별 세 개짜리 레스토랑을 탐방하는 여행기도 단정한 어조로 입맛을 돋웠다. 요리사가 쓴 문장, 요리사의 여행 일기는 의외의 재미가 있다.『OPA!』시리즈도 낚은 물고기를 다듬어 온갖 요리법을 씩씩하게 시도하는 츠지 조리사 전문학교(요리계의 도쿄대—역주)의 다니구치 교수가 동행하면서 한층 재미있어진다.

색다른 책으로는 SF 작가 마이클 크라이튼이 쓴 『트래블스』가 기억에 남아 있다. 2미터의 덩치 큰 남자로, 명문대학의 의학부를 나온 엘리트 중의 엘리트, 게다가 재학 중에 작가로 데뷔하여 발표하는 책마다 베스트셀러가 되는 그야말로 엄청나게 혜택 받은 환경에 있으면서도 무슨 까닭에서인지 자기 자신에 자신감을 가지지 못하고 이른바 영적인 만족을 찾아 여행을 떠난다는 논픽션이다.

소설가가 되어 취재로서 여행을 하게 되니 소위 자료라 불리는 것들을 읽게 된다. 특히 해외에 갈 때는 여러 가지 사전조사를 하는데, '꽤 도움이 되었다'고 생각되는 안내서는 좀처럼 찾아볼 수 없었다. 인상에 남는 것은 체코에 가기 전에 읽은 치노 에이이치의 『맥주와 헌책의 프라하』로 맥주 대국 체코의 유명한 맥주홀을 소개한 것과 카렐 차페크의 『체코슬로바키아 순례』나 『영국소식』이다.

카렐 차페크는 『한 개의 포켓에서 나온 이야기』 같은 미스터리도 많이 썼기 때문에 영국에서 체스터턴(알려진 바와 같이 역설적 논리를 구사하는 명탐정 브라운 신부를 탄생시킨 장본인)과 만나기를 열망하지만, 자신과 사이가 나빴던 허버트 조지 웰스와 먼저 만났다는 이유로 불쾌해진 체스터턴이 끝내 만나주지 않았다고 한다(체코와 직접적인 관계는 없지만).

스페인의 산티아고 데 콤포스텔라로 향하는 순례 길을 따라 여행하기 전에는 무슨 까닭에서인지 순수의 시인(그래서 술을 더 찾았다) 다네다 산토카의 하이쿠집을 읽었는데, 그것이 현지의 황량한 풍경과 절묘하게 어우러졌다. 대만에 가기 전 읽은 것은 반년 전쯤에 갑자기 타계한 영화감독 에드워드 양의 평전으로, 영화 속 대만과 겹쳐져 흥미로웠고, 서울에 가기 전에 읽은 서경식의 『디아스포라 기행』이나 『시대의 증언자 쁘리모 레비를 찾아서』는 묵직한 내용을 담아내 아시아에 있어 일본의 숙업에 대하여 생각하게끔 했다.

모로코에 가기 전에는 엘리아스 카네티의 『마라케시의 목소리』나 가와다 준조의 『마그레브 기행』를 읽었는데 한결같이 재미있었다. 이렇게 다양하게 읽다보면 차츰 차페크나 카네티의 글 같은 옛 기행문에 마음을 빼앗기게 된다. 예를 들면, 1907년 신문에 연재된 『샛별』의 젊은 시인들 기행문인 「다섯 켤레의 구두」. 기타하라 하쿠슈나 기노시타 모쿠타로를 포함한 다섯 명이 번갈아 가며 나가사키나 구마모토, 야나가와의 기행문을 익명으로 쓴 것인데, 자기들 시나 하이쿠를 오가는 것이 단편소설처럼 완성도가 높아 매우 훌륭하다. 일본이 패전을 맞이한 해에 일부러 상하이를 찾아가 일기를 썼던 홋타 요시에의 『상하이에서』나 『상하이 일기』도 마찬가지다.

영국의 탐험가가 50년대 이라크의 습원에 살고 있는 사람들의 모습을 그린 『습원의 아랍인』. 원래 이라크에 습원이 있다는 것 자체도 알지 못했고, 생생히 그려진 풍습이 흥미로웠다. 또한 은사의 아내와 사랑에 빠져 둘이서 여름휴가를 떠난 만큼, 열악한 상황으로 결코 쾌적하지 않은 여정일진대 세세하고 날카로운 관찰이 빛나는 데이비드 로렌스의 『바다와 사르데냐』. 도저히 90년 전에 쓰인 작품이라고는 생각되지 않을 만큼 신선하다.

시간이 흐른 뒤 누군가의 발자취를 좇는 것도 좋다. 요사노 아키코나 하야시 후미코가 탄 시베리아 철도를 뒤따르는 모리 마유미森まゆみ의 『세 여자의 시베리아 철도』, 200년 전 프랑스 정치학자 토크빌과 동일한 루트의 여행을 함으로써 현재의 미국 민주주의의 행방을 관찰하는 베르나르 앙리 레비의 『아메리칸 버티고』가 그런 예이다. 그리고 철학자가 고금의 예술가들의 여행을 사색하는, 여행에 대한 최고의 재미를 선사하는 책으로 알랭 드 보통의 『여행의 기술』 같은 게 있다.

최근에는 여행에 가지고 가기 위한 책을 따로 챙기고, 여행지에서 여행 책을 읽고 싶다며 평소 읽는 책과 구분할 정도다. 일상의 대부분의 시간을 집에 있는 컴퓨터 앞에서 소모해버리는 탓인지 여행에 대한 동경, 여행 책에 대한 기대가 해마다 커져간다.

인생은 여행과 비슷하고, 여행은 책과 비슷하다. 시작과 끝이 있고, 그것을 통과하면 조금은 다른 인간이 된다. '여행이란 조금 죽는 일이다'라는 프랑스 속담이 있다는 것을 요모타 이누히코의 책에서 읽은 적이 있다. 덕분에 최근의 나는 '객사'라는 죽음의 방식을 조금은 동경하고 있다. 사실, 여행을 꿈꾸면서 우리 모두는 무의식중에 마지막 여행을 떠날 준비를 하고 있는지도 모른다.

기대와 망상의 사이, 혹은 「공장의 달」

　귀로 익힌 잘못된 동요의 노랫말이 자주 우스갯소리로 등장한다. 동음이의어가 매우 많은 일본어의 특성 때문이기도 하고, 동요가 만들어진 시대의 어휘와 현대의 어휘에 틈이 있기 때문일 텐데, 나의 경우 최근 이 화젯거리에 올랐던 동요는 「황폐한 성의 달」이었다.

　무코다 구니코가 이 노래의 노랫말 '돌리는 잔'을 '잠자는 잔'이라 알고 있었다는 에세이에 대하여 알고 있는 사람도 있을 것이다. 그런데 나는 '황폐한 성의 달'을 오랜 세월 '공장의 달'이라 알고 있었다. 원래 '하루코로노 하나노엔(하루코 누각의 꽃 연회)'으로 시작하는 노랫말의 의미는 귀로 듣는 것만으로는 무슨 의미인지 분명하지 않아 몇 번이나 들어도 정확히 이해할 수 없었다. 나아가 '고조의 츠키(발음상 '황폐한 성의 달'과 '공장의 달'이 같다)'라는 말을 듣고 '황폐한 성'을 떠올리는 어린 아이가 과연 있을까?

그래서 내 머릿속에서는 여러 개의 굴뚝과 비스듬히 경사진 슬레이트 지붕이 즐비한 공장 지대 위에 만월이 떠올라 흑백으로 공장을 비추고 있는 풍경이 만들어져 있었는데, 훗날 '황폐한 성'이라는 것을 알고는 몹시 놀랐다. 그럼에도 머리에 아로새겨진 '공장 지대에 떠 있는 달' 풍경은 지금도 여전해 다른 것으로 바꿀 수가 없다.

이와 비슷한 일이 책이나 영화에도 일어난다. 가장 많은 것은 SF나 미스터리처럼 누군가가 소개한 글을 미리 읽고는 좀처럼 본래의 것을 읽지 않는 경우다. 후쿠시마 마사미의 『SF 입문』, 이시카와 다카시의 『SF·미스터리 재미 대백과』 등 실제보다도 재미있는 안내서를 반복해 읽으면 머릿속에 아직 보지 않은 책의 이미지가 멋대로 부풀어 올라 자칫하면 이미 읽었다는 착각에 빠진다. 판권 탓인지 제목만 알고 있을 뿐 읽을 수 없는 책은 SF에 특히 많다. 그리고 기대가 컸던 만큼 실제 작품을 손에 넣고 읽었음에도 불구하고 읽기 전의 상상에 의한 이미지가 강한 탓에 이미지가 새롭게 칠해지는 것이 아니라 읽기 전 망상이 그대로 살아있는 경우가 있다. 그야말로 '공장의 달' 현상이다.

SF에 있어 최강의 '공장의 달'은 나의 경우 필립 K. 딕의
『높은 성의 사내』였다. 제2차 대전에서 추축국이 승리한 세계
를 다룬 딕의 대표작 중 하나로, 그 이후 같은 모티프의 작품,
게임, 만화가 여럿 나온 대체역사 SF의 명작이다(비슷한 설정
의 소설은 그때까지도 있었지만, 이 작품이 새로운 시대의 획을 긋는
작품이었다는 것에는 이론이 없을 것이다).

이것이 내가 어린 시절부터 '이름만 아는', 그리고 가장 읽
고 싶다고 열망하던 책 중 하나였다. 무엇보다 제목이 멋있다.
SF의 대명사가 되어서 수많은 패러디를 낳은 필립 K. 딕의 대
표작인 『안드로이드는 전기양의 꿈을 꿈꾸는가?』도 멋진 제
목이지만 이쪽은 독자의 흥미를 이끌어내려는 의도가 다분
하다. 『높은 성의 사내』가 단연 세련되고 수수께끼 같은 분위
기를 띠면서도 어딘가 고상함이 감돌지 않은가.

『높은 성의 사내』가 발표된 것은 1962년. 일본에서 처음으
로 번역된 것은 1964년인데, 오랫동안 품절 상태여서 내가 손
에 넣은 것은 1984년 하야카와 SF문고판으로, 스무 살 때의
일이다. 그러나 처음 그 작품에 대한 존재를 안 지 이미 10년
이상의 세월이 지나 마침내 실제 작품을 손에 넣었을 때는
내 머릿속에 이미 오랜 세월에 걸쳐서 상상해온 나의 망상판
이 완성되어 있었다.

따라서 상당히 큰 기대감을 안고 읽었지만 다시 20년 이상

의 세월이 지난 지금, 기억에 남아 있는 것은 역시 내가 망상했던 『높은 성의 사내』였다. 아니, 실제 작품인 『높은 성의 사내』와 뒤섞인, 그래서 전혀 다른 것이 되어버린 『높은 성의 사내』다.

그것은 어떤 것인가 하면, 일단 무대는 미국이다. 이야기가 전개되는 곳은 대부분 실내이고, 분위기는 밀실극이다. 세계를 지배하는 나치와 일본육군의 고관이 수면 아래서 지배지에서의 권익 쟁탈전을 벌이고, 그 음습한 흥정이 이야기의 중심이다. 등장인물의 대부분이 군복을 입고, 이야기 톤은 어둡다. 제2차 대전 후의 혹독한 공포정치의 세계가 그려진다.

주인공은 추축국 지배의 세계에 의문을 품고 있는 일본계 미국 젊은이로, 사상경찰의 말단직원이다. 그는 최근 연합국이 승리한 세계를 그린 소설이 암암리에 널리 읽히자 그 위험 사상을 유포하는 그룹을 조사하라는 명령을 받는다. 그 소설의 발행은 금지되었는데, 아무리 압수해도 끊임없이 인쇄되어 유포된다. 그 인쇄공장을 적발하려고 기를 쓰는 사상경찰. 그러나 주인공은 그 소설을 조사하는 동안에 다른 역사를 가진 평행세계의 존재, 그리고 지금 그가 존재하는 세계가 성립하는 데 이르는 비밀에 다다르게 된다.

어떤가? 나의 망상과 실제 작품이 뒤섞여 만들어진 『높은 성의 사내』. 이쪽도 재미있을 것 같지 않은가? 이 원고의 집필을 계기로 실제 작품의 책장을 넘기면서 힐끔힐끔 읽어보았는데, 이게 또 기억하고 있는 것과 너무나 달라서 경악하고, 두려움에 다시 읽지 못하고 있다. 조만간 마음을 차분히 가라앉히고 다시 읽어볼 생각이다.

미스터리 분야의 '공장의 달'은 솔직히 말해 애거서 크리스티의 『오리엔트 특급 살인』이다. 애거서 크리스티의 유명한 작품의 트릭은 한 줄의 설명으로 끝나버리는 경우가 많은데, 소위 스포일러가 등장하면 모든 게 끝장나 버린다. 『오리엔트 특급 살인』도 그중 하나다. 내가 읽기 전에 친구가 그 트릭을 귀띔해 준 소설이 바로 이 『오리엔트 특급 살인』이었다. 그 때문에 오늘날까지 아직 한 번도 읽은 적이 없다.

아니, 사실은 수차례 읽으려 시도하기는 했다. 잘 만들어진 미스터리는 다시 읽을 만하다는 것을 성장하면서 알게 되었기 때문에, 한 번쯤은 속임수를 알고 읽어보는 것도 좋을 것이라며 여러 차례 책을 손에 들었다. 그러나 읽어야 할 책은 늘 산더미처럼 쌓여 있고, 때마침 '이번만큼은 꼭 읽어보자'고 생각할 때마다 반드시 방해물이 나타났다. 그렇듯 자신과는 좀체 인연이 닿지 않는 책이 있는 법이다. 마지막으로 도전한 것은 몇 년 전 일로, 터키에 갔을 때 이스탄불에서 앙카라로 향하는 야간열차라는 더할 나위 없는 환경에서 시도했는데 피로에 지친 나머지 폭풍 수면에 빠져들어 결국 첫 몇 페이지밖에 읽지 못했다.

그런 까닭으로 설정과 속임수만 아는 『오리엔트 특급 살인』
도 내 머릿속에서 어렵지 않게 만들어져 그 영상은 호소노
후지히코의 그림이 되어 있었다. 호소노 후지히코의 걸작 만
화 『갤러리 페이크』의 이미지가 이후에 각인되었기 때문이다.
미술계의 겉과 속을 그린 『갤러리 페이크』는 한 에피소드로
완결되는 만화인데, 그중 한 편의 무대가 오리엔트 특급으로,
소더비즈가 오리엔트 특급 관련 물품을 경매에 내놓으려고
하는 내용이다.

그리고 보니 어린 시절에 읽은 만화는 미국 영화나 번역 SF
에 빗대어 아슬아슬하게 이야깃거리로 삼은 것이 많아 그것
을 먼저 읽어 원래 작품이 '공장의 달'처럼 되어버리는 패턴
이 많았다. 환상의 『오리엔트 특급 살인』. 이 책 역시, 가능하
면 열차 안에서 반드시 읽어보고 싶다.

영화에 있어 '공장의 달'은 「아라비아의 로렌스」다. 대작으로
느껴지는 명작 영화이지만, 이것도 또한 오랜 세월 제목밖에
모르고, 로렌스가 검을 높이 들고 있는 그 친숙한 포스터 이
미지밖에 없었다. 결국 「아라비아의 로렌스」란 '사막에서 싸우
는 백인' 이야기라는 이미지다. 틀리지는 않다. 그러나 내 머릿
속 「아라비아의 로렌스」는 사막에서 낙타나 전차가 마구 달리
고 백병전과 포격전이 섞인 엄청 스펙터클한 액션 영화였다.

이미 알아차린 사람도 있을지 모르지만, 나는 무슨 이유에서인지 '아라비아의 로렌스'와 '사막의 여우'라 불리는 롬멜 장군을 뒤죽박죽 뒤섞은 것이다. 모두 '로'로 시작하는 이름으로, 사막에서 싸우는 백인이다. 이 단 한 가지 공통점을 가진 영국의 탐험가와 독일의 군인을 하나로 생각하다니 양쪽 나라에서 엄청나게 분노할 일이다.

게다가 로렌스가 싸운 것은 제1차 대전 중의 아라비아 반도로 영화는 터키 반군의 게릴라전을 지휘한 시기를 주로 그린 것이다. 롬멜 장군은 히틀러의 친위대장(훗날 히틀러 암살계획에도 관여한다)이다. 제2차 대전 초기의 서부전선에서 전차사단을 지휘하고, 아프리카 군단을 이끌고 영국군과 싸우는데, 그의 부대가 몽고메리 장군이 이끄는 연합군에 패배하여 제2차 대전의 추축국이 열세에 몰리는 계기가 되는 알라메인 전투가 펼쳐진 것은 이집트 북부였다.

그러나 내 머릿속에서는 아라비아의 사막이고, 낙타를 탄 흰 옷을 입은 백인과 많은 아라비아인, 그리고 전차사단이 뒤섞여 싸우고, 이곳저곳에서 대전차전을 시도하는 아랍인 게릴라가 전차에 매달려 폭탄을 장치하고, 펑펑 폭발이 일어나고 모두가 날아가는 영상이 만들어졌다. 게다가 무슨 까닭에서인지 「콰이강의 다리」가 배경음악으로 흐르는 터무니없는 이야기다.

따라서 처음 「아라비아의 로렌스」를 봤을 때는 놀랐다. '뭔가 이상해! 내가 상상했던 이야기와 다르잖아'라고 생각하는 동안에 완전히 내 망상 속의 영화와는 시기도 무대도 다르다는 것을 깨달았던 것이다. 그 충격에 견디는 동안에 영화는 서서히 진행되고, 결국 인상에 남은 것은 사막을 달리는 낙타의 실루엣이 아름답다는 것과(맞다, 낙타는 의외로 빨리 달려서 놀랐다), 자외선 차단을 위한 것인지 피터 오툴(로렌스 역-역주)의 눈가에 칠해진 기묘한 화장이 무섭게 느껴졌다는 것뿐이다. 따라서 지식으로서는 바로잡았지만 지금도 내가 망상했던 「아라비아의 로렌스」가 액션영화로서는 더 흥미롭지 않을까?

차라리 『높은 성의 사내』처럼 대체역사 SF로서의 「아라비아의 로렌스」는 어떨까? 아라비아의 사막에서 싸우는 로렌스와 북아프리카에서 전쟁 중인 롬멜 장군이 시공을 초월하여 이어지고, 로렌스와 롬멜이 시공의 웜홀인 사막에서 대결하여 최후의 결전을 벌이는 것이다(분명 SF이나 게임에서 누군가 하고 있을 테지만). 이렇다면 내가 망상하는 「아라비아의 로렌스」에 꽤 가깝다. 전차도 낙타도 잔뜩 등장하고, 대영제국과 독일제국이 맞대결을 펼친다.

덧붙여 그 결말에 대하여 이야기하면, 로렌스와 롬멜이 사투를 벌이는 가운데 터키제국이 영국 점령지를 차츰 탈환하고, 그 기세를 몰아 수에즈 운하까지 차지하고, 오스트리아와도 싸워 이기고, 터키제국이 유럽의 절반을 좌지우지하는 세계가 되어서 정교분리 정책은 채택되지 않아 세상이 차츰 무슬림화 되어간다는 전개를 예정한다.

'공장의 달'에서 수에즈 운하까지, 꽤 멀리까지 와버렸다. 바로 이것이 망상이 가지는 힘일지 모른다.

우리의 외부에 있는 것 – 야마다 마사키『신 사냥 2 · 살인마』

　SF라는 호칭은 일반적으로 '과학소설Science Fiction'이라 설명되지만 예부터 자주 '사변소설Speculative Fiction'이라 불리기도 했다. 즉, 사색적인, 사고실험으로서의 소설이다.

　야마다 마사키의 놀라운 데뷔작『신 사냥』이 출간된 지 30년 뒤에 나온『신 사냥 2』를 읽은 직후에 그런 생각을 했다. 작가 자신이 '전기轉機'라 말하는 최근작『러시안 룰렛』을 읽었을 때도 그랬는데, 야마다 마사키는 이미 등장인물에 대해 흥미를 잃은 것처럼 보인다.

　『신 사냥 2』에서도 다수의 등장인물은 야마다 마사키가 '신神'이라는 존재를 사색하기 위한 영매에 지나지 않고, 화려한 액션장면이 이어지지만 전체적인 톤은 엄청나게 고요하여 그

·
099

야말로 '사색적'이다. 문자 그대로 소설의 신神 야마다 마사키가 소설을 통해 신神에게 다가가는 것이 『신 사냥 2』이다. 그러나 야마다 마사키의 '사색'을 좇는 작업은 일찍이 사춘기 시절에 세상에 대하여 느끼던 그 왁자지껄했던 감각을 되살리고, 오랫동안 사용하지 않던 뇌의 매력적인 부분을 자극하여 스릴이 넘친다.

야마다 마사키는 말한다. 이 세상에서 가장 완벽한 형무소는 본인이 갇혀 있다는 것조차 깨닫지 못하는 형무소라고. 그리고 인간은 '현실을 직시하지 못하도록' 편집된 뇌라는 감옥 속에서 살아가는 존재라고. 그런 인간이 과연 뇌라는 감옥 밖을 체험할 수 있을까? 거기에는 무엇이 있을까? 누가 '밖'을 인간에게서 은폐하고 있는 것일까? 그는 그 존재를 '신'이라 부른다. 그리고 오랜 옛날부터 논쟁해온 '왜 신은 침묵하는가?', '신은 인간을 초월한 존재인데, 어째서 인간은 신을 느낄 수 있는가?' 이 같은 단순한 의문을 갖가지 숙명을 짊어진 등장인물을 통해서 사색하고 있다. 언어학, 사해문서, 시각, 퀼리어, 서번트 증후군 등 최신 지식이 동원되지만 현란하지 않고 온갖 방향에서 '신'을 파악하기 위한 작가의 집념으로 보인다.

작가는 등장인물의 입을 빌려 말한다. "신은 인간에 흥미 따윈 없다. 그러나 항상 인간이 신에게 흥미를 가지도록 만들어져 교활한 덫에 걸린다. '신'이야말로 인류에 주어진 최대 저주다"라고. 기독교마저도 인간의 힘만으로 이상 사회를 만들 수 있다고 말한 예수를 말살하고, 신에 대한 원죄라는 의식을 각인시키기 위한 속임수였다고. 뇌의 기억을 관장하는 해마가 지극히 위기에 취약하고, 늘 기억을 향수의 빛깔로 각색하도록 프로그램된 것은 증거은폐를 위해 컴퓨터 메모리를 파괴하는 것처럼 밖에서 간단히 '입막음'을 하고 인간을 쉽게 '편집'하기 위해서가 아닐까 하는 설 등, 『다빈치 코드』적인 고찰과는 전혀 다른 방향에서의 접근이 여기에 있다.

때마침 요한 바오로 2세의 장례식 뉴스를 곁눈질로 보면서 『신 사냥 2』를 읽고, 기독교인들에게 이 책의 감상을 들어보고 싶다는 생각을 했다. 그 뒤로 이어지는 TV 방송은 중절한 태아의 신경간세포를 뇌신경에 이식하여 신경손상이나 난치병을 고친다는 다큐멘터리였다. 이것은 새로운 '저주'일까? 아아, 역시 세계는 야마다 마사키가 되어 가고 있다고 실감한다.

1970년의 충격 — 호시 신이치『목소리의 망』

내가 서력西曆이라는 것을 인식한 것은 1972년부터다. 그것은 주로 소녀만화 월간지의 책등에 의해서였는데, 지금까지도 「리본」, 「나카요시」의 책등의 '1972'의 숫자가 눈에 아로새겨져 있다. 가정에 전화가 보급되기 시작한 것도 이 무렵의 일로, 아버지의 전근이 잦았던 우리 집의 첫 번째 전화번호는 지금도 기억하고 있다. 다이얼 방식의 검은색 전화기에는 어느 가정에서든 동그란 레이스 커버가 씌워져 있었다. 지금도 그다지 나아지지 않았지만, 나는 일찍이 전화가 견딜 수 없을 만큼 무서웠다. 걸려오는 전화도, 내가 거는 것도 참을 수 없을 정도로 싫었다. 얼굴이 보이지 않고, 어디서 걸려오는지 알 수 없는, 갑작스러운 침입자. 편리하다는 생각보다 그런 이미지가 강했다.

새로운 미디어는 편리성과 경제성을 선사하는 대신 새로운 공포와 범죄도 세트로 떠넘긴다. 『목소리의 망』은 이전에 여러 차례 읽었는데, 초판이 1970년에 나왔다는 사실을 알고는 상당한 충격을 받았다.

일찍이 호시 신이치의 책을 좋아하는 어린애가 아동물에서 성인 소설로 넘어가는 교두보, 초단편 소설 작가로서 읽었을 무렵에는, 연작 단편인 『목소리의 망』은 이야기마다 늘 산뜻한 엔딩이 준비되었던 것은 아니어서 왠지 모르게 '흐리멍덩한' 작품이라는 인상을 가지고 있었다.

그러나 이번에 다시 읽어보고 그 흐리멍덩한 '막연한 불안', 그것이야말로 이 작품의 통주저음通奏低音으로 '보이지 않는 곳에서 어떤 무서운 일이 진행되고 있을 것만 같은 이 세계에 대한 불안, 위장된 평온에 의지하여 현실을 보려 하지 않는 사람들, 야금야금 강해지는 관리사회·감시사회' 그 분위기가 이 작품의 이미지를 형성하고 있다는 사실을 깨달았다. 그리고 그것은 고스란히 현재 이 세상에 해당한다. 각각의 단편이 가지는 어중간한 결말의 불온함은 21세기의 고도 정보사회를 살아가는 우리들의 불온함과 완전히 겹쳐진다.

작가의 환시력幻視力은 엄청나다. SF 작가라는 장르성을 빼더라도 호시 신이치가 이 작품을 통해 보여주는 통찰력은 경탄을 금할 수 없다. 『목소리의 망』이라는 제목 자체가 인터넷 사회의 오늘을 예언하고 있다고 생각할 수 있고, 매끈하게 읽히는 표현이 놀랄 정도의 예지력을 가지고 있어, 그때마다 황급히 멈춰 서서 다시 한 번 읽고는 어떻게 이토록 정확히 현실을 그려냈는지 불쾌함마저 느껴졌다.

예컨대 권두의 단편 「밤의 사건」에서 특산물 가게의 주인이 전화로 지금 팔리는 상품 정보를 얻거나 재고를 보충하는 장면이 있다. 이 장면도 처음에는 무심코 지나쳤는데, 생각해 보면 아직 바코드나 POS 시스템도 없던 시대에 오늘날의 인터넷 쇼핑과 같은 일을 예견하고 있다. 그러한 개개의 기술技術이 그려내는 정확한 상황은 그밖에도 얼마든지 꼽을 수 있는데, 가장 놀란 것은 그런 기술을 소유한 사회와 인간의 본질적인 변모에 대한 고찰이다.

멜론 맨션에 사는 주민들은 때때로 '비밀'에 대하여 생각한다. 자신의 '비밀'이 타인에게 알려지는 것이 어떤 의미인지, 그것이 보이지 않는 장소에서 관리되는 것이 어떤 것인지 대하여. 정보화 사회가 진행됨에 따라서 개인의 프라이버시가 서서히 중요한 의미를 가지게 된다는 것을, 지금 우리들은 이미 알고 있다. 그것이 금전적인 가치가 있는 '정보'가 된 것을, 대량으로 매매되는 명부나 누설되는 고객 리스트에 관한 뉴스로 실감한다. 또한 대중이 타인의 가십을 '오락으로써' 탐욕스럽게 소비한다는 것은 TV 편성표를 보면 한눈에 알 수 있다.

호시 신이치는 『목소리의 망』에서 이러한 정보의 변질을 이미 30년 전에 예언하고 있는 것이다. 뉴욕의 대정전이나 도쿄증권거래소의 컴퓨터 오입력으로 단 하루 만에 수백 억 엔의 손실을 발생시킨 사건, 테러 대책이라는 명목아래 온 세상이 감시카메라로 채워지고 있는 모습, 만연한 도청, 보이스피싱 사기 등등.

또한 대정전이 일어나 아이가 밤에 장작불을 바라보는 장면이 인상적인 「중요한 일」에서는 컴퓨터라는 것이 본질적으로 데이터의 축적을 요구한다고 날카롭게 지적한다. 관리사회는 관리 그 자체가 목적이 되어간다. 이 '데이터를 모으기 위하여 사건을 일으킨다'는 발상이 최근 내가 쓴 소설과 중복되어 깜짝 놀랐다. '역시 지금 하고 있는 일의 대부분은 과거에 했던 것이구나' 하고 다시금 절절히 느끼고 말았다.

호시 신이치는 지극히 쉽고 명료한 문장으로 이 『목소리의 망』의 이면에 숨은 주인공이, 네트워크가 형성되는 과정에서 컴퓨터 안에서 태어난 의식이라 밝히고 있는데, 거기서 나는 『2001 스페이스 오디세이』에서 승무원에게 반란을 일으킨 HAL를, 최종 이야기의 마지막 장면에서는 프레드릭 브라운의 단편 「회답」을 떠올렸다.

사회라는 것에 대하여, 진보라는 것에 대하여, 소설을 읽으면서 생각한 것은 오랜만이었다. 거기서 보편적인 작품이 갖는 힘을 엿본 것 같다.

쇼와의 알리바이를 무너뜨린 남자

– 마쓰모토 세이초 『잠복』

일 년 전, 여행 중에 고쿠라의 마쓰모토 세이초 기념관을 처음으로 방문했다. 그때 내 나이는 마쓰모토 세이초가 문단에 데뷔했을 당시와 같은 42세였다. 그것을 현지에 가서 알게 되고, 데뷔 이래 세이초가 이룬 엄청난 작품 수에 압도되어 '지금부터 나는 이 만큼의 양을 쓸 수 있을까?' 생각하니 정신이 아득해졌다.

세상을 떠날 때까지 여든이 넘도록 현역으로 일했던 것을 생각해도 그 정력적인 집필량에는 도저히 이를 수 없다. 끝없이 진열된 책 표지만으로도 박력(마쓰모토 세이초는 실제로 제목 달기에 능하다. 하나 같이 강하고 멋져 보이는 제목들이다)이 넘치고 자택 도서실을 재현한 코너에서는 그 장서량에도 압도

당한다.

나는 그다지 좋은 마쓰모토 세이초 독자는 아니었다. 무엇보다 어떤 작품이든 어둡고 무겁고 끈끈한 이미지가 있었다. 어머니가 자주 읽었기 때문에 『갓빠 노벨스』의 표지에는 익숙했지만, 어린 시절부터 본격 미스터리와 SF를 사랑했던 나는 여하튼 '사회파'라는 딱지가 붙은 작품을 꺼렸다. 그렇지만 한때 '바보의 한 가지 기억'이라는 속담처럼 매번 '미스터리에는 인간이 그려져 있지 않다'고 말해온 인물이라 분했던 마음이 전혀 없었던 것은 아니다. 그 탓인지 오히려 『일본의 검은 안개』시리즈나 『쇼와사 발굴』시리즈 같은 실록을 재미있게 읽어 소설에 대한 인상은 옅었다.

그런데 최근 우연히 계속해서 세이초의 단편을 읽을 기회가 있어 흥미를 느꼈다. 세이초가 이야기를 만드는 방법은 실로 독특하다. 수수께끼를 푸는 것도 아니고, 탐정이 등장하는 것도 아니다. 얼핏 평범해 보이는 사건의 경과를 이야기하는 가운데 전혀 다른 사건이라는 것이 판명되는 패턴이 많아서 시선의 변환에 의외성이 있다. 역시 세이초는 미스터리 작가이자, 엔터테인먼트 작가다.

그리고 '쇼와의 알리바이를 무너뜨린 남자'라는 수식어가 머리에 떠올랐다. '알리바이=부재증명'이라는 말이 민간에 퍼진 것은 세이초의 『점과 선』이 베스트셀러가 된 즈음부터 일 것이다. 그가 일본에 대하여 한 일도 그야말로 알리바이 무너뜨리기였다. 전후 부흥기부터 고도 성장기에 걸쳐서 '없었던 일'로 여겨졌던 것을 그는 차례로 '실은 있었다'고 증명했다. 빈곤, 질병, 차별, 빈부격차, 학력사회, 가족의 균열, 공동체의 붕괴 등등. 그것을 엔터테인먼트라는 형태로 독자에게 보여주었다. 그것은 일본의 역사에서도 마찬가지다. 그가 고대사나 쇼와사에 흥미를 가진 것도 거기에 기만이나 허위의 기운이 느껴졌기 때문으로, 당연한 흐름이다.

그것은 이 『잠복』을 읽어도 한눈에 들어온다. 그 자신이 "애착이 간다"고 말한 이 단편집을 읽고 나는 오랜 만에 '르상티망ressentiment'이라는 단어를 떠올렸다. 「국화 베개菊枕」, 「단비斷碑」, 「돌의 뼈石の骨」는 숨이 막혀오기까지 한다. 불우한 환경에서 태어난 사람이 자신의 재능에 기대어 출세하려고 하지만, 학력이나 가계, 조직의 벽에 막혀 좌절하거나 불우한 생애를 보낸다는 이야기다. 세이초가 우리들의 인생을 덧입혀 무서우리만치 감정이입하고 있다는 것이 절실히 전해지고, 이 세 편을 나란히 배치한 데서는 어떤 강한 의도가 느껴져 솔직히 말해 '이렇게까지 작품을 배치하나?'하고 적이 놀라고 말았다.

그러나 재미있는 것은 그 이후다. 이 세 편 다음으로, 자전적 소설 「부계의 손가락」이 온다. 본래 여기에 가장 르상티망

적 정념이 담겨 있어야 하는데, 여기서 그의 원망怨望이 실로 완성도 높은 엔터테인먼트로 질적으로 달라진다. 앞의 세 편의 작품과 거의 같은 시기에 집필된 것이지만, 자신에 관한 것이라 객관적이 될 수 있었는지도 모른다.

이 단편집 중에서 가장 늦게 쓰인 「사도 유배행」은 좋은 환경에서 태어난 사람에 대한 질투나 삐딱함, 출세지향이라는 완전히 친숙해진 소재를 사용하면서 마침내 엔터테인먼트로써 세련된 깔끔하고 날카로운 신랄한 마무리가 더해져 소설로서의 완성도를 높였다. 여기서 마침내 그는 자신의 부정적 감정을, 상품으로서의 소설에 살리는 기술을 익힌 것 같다. 그런 의미에서 이 단편집에 저자가 애착을 가지는 것도 충분히 이해할 수 있다.

어느새 모두가 '내려와' 버린 세계에서 세이초를 읽는다는 것은 어딘가 향수에 젖은 감개를 불러일으킨다. 위를 향한 강한 야심을 갖고 버둥거리는 시대는 지나가버렸다. 젊은 사람조차 죽기를 각오하고 일해 부자가 되기보다 평범하고 온화하게 살아가길 바란다고 선언하는 시대가 되어버렸다. 그렇다고 해서 세이초가 폭로해온 것이 사라진 것은 아니다. 오히려 이전보다 잘 보이지 않는 형태로 빈곤도, 격차도, 차별도 확산되고 있다. 이 부재증명을 깨뜨려준 기개 있는 엔터테인먼트를, 현대의 우리들은 아직 찾지 못했다.

'덤불 속'의 진상에 대한 고찰

– 아쿠타가와 류노스케 『덤불 속』

　일본인이라면 '진상은 덤불 속에'라 말하는 상황을, 미국에
서는 '라쇼몽 시추에이션'이라 부른다는 것을 최근에 알게 되
었다. '지킬과 하이드'에서는 이중인격, '롤리타 콤플렉스'에서
는 어린 여아취향이라는 식으로 픽션에서 유래한 심리용어가
있기는 해도 일본의 영화 제목이 그대로 사용되다니 재미있다.

　애매한 일본인 취향의 주제답게 '덤불 속' 적인 추리소설은
그 수를 헤아릴 수 없을 정도다. 이렇게 말하는 나도 대단히
좋아해서 『유지니아』라는 장편소설을 썼을 정도다. 이번에 다
시 『덤불 속』을 읽어봤는데, 이 작품이 이른바 '열린 결말'이
라 불리는 타입의 훌륭한 추리소설이라는 데 놀랐다. 게다가
여러 차례 집요하게 읽으면 원조 '덤불 속'의 진상을 추리할

수 있다. 문고본으로 50쪽 정도의 단편인데, 모든 단서가 그 안에 제시되어 있기 때문이다.

『덤불 속』은 전반과 후반으로 명확히 나뉜다. 어느 살인사건을 둘러싸고, 전반은 당사자 이외의 네 명의 증언(객관적), 후반은 당사자 세 명의 진술(주관적)이 대비되는 구성으로 되어 있다. 그렇다면 전반의 증언에서 얻어진 객관적 사실이란 어떤 것인가.

증언① (제1 발견자 나무꾼)

한 남자가 말이 들어갈 수 없는 덤불 속에서 죽어 있었다. 사인은 칼에 가슴이 깊이 찔렸기 때문. 흉기는 발견되지 않았다. 사체 주변에 한 가닥의 밧줄과 빗이 떨어져 있었다. 난투를 벌인 흔적이 있고, 사체 아래쪽 낙엽은 많은 피로 물들어 있었다.

증언② (피해자를 생전에 본 승려)

남자는 말을 탄 여성 동행자와 함께 있었다. 남자는 칼과 활, 화살을 지니고 있었다.

증언③ (다조마루라는 도적을 체포한 관리)

다조마루가 여자가 탄 말과 남자의 활과 화살을 가지고 있었다.

증언④ (여자의 어머니)

남자와 여자는 부부로, 여자는 초혼이었다.(모친의 주관이 개입되었지만) 여자는 매우 억척스런 성격이었지만, 남자는 온화한 기질의 소유자였다.

이 같은 정보가 제시된 뒤 후반, 당사자가 각각 자신이 저질렀다며 살인을 고백한다. 대체 누구의 진술이 옳은 것일까? 먼저 여자의 진술에는 거짓이 있다. 그녀는 삼나무 밑동에 묶인 남편을 찔러 죽이고, 그 뒤 정신을 잃었지만 잠시 뒤 정신이 돌아왔을 때는 이미 남편은 숨이 끊긴 상태였다고 한다. 그러나 증언①에 따르면 뒤로 쓰러져 있던 남자의 아래에 대량의 혈흔이 있었던 점에서 삼나무에 묶인 채 찔려 절명했다면 나무 밑동에 피가 스며들지 않은 게 이상하다. 대량의 출혈은 찔렀던 칼을 곧 빼냈을 때에 일어나는 것으로, 그녀가 자신이 단도를 뺐다는 진술은 없지만 찌른 즉시 뺐든 절명하여 시간이 지난 뒤에 빼 남편을 눕혔든 증언①의 상태로 되지는 않는다.

다음에, 이미 유명을 달리한 남편의 진술이 이어진다. 여기서 마음에 걸리는 것은 밧줄의 상태다. 다조마루와 여자는 '밧줄을 풀었다'고 말한다. 그러나 남편은 다조마루가 '밧줄의 일부를 잘랐다'고 말한다. 그 뒤에 스스로 밧줄을 풀었다고 한다. 그러나 증언①에는 '밧줄 한 가닥'이라 기술되어 있다. 잘린 밧줄을 풀었다면 밧줄은 두 가닥이어야 한다. 따라서 이 진술에도 허위가 있다. 따라서 도적이라면(도적이기 때문일지 모르지만) 의외이리만치 지성과 통찰력을 보이는 다조마루의 진술이 진실을 말하고 있다고 생각하는 것이 타당하다.

여자는 다조마루와 남편이 싸우는 동안에 일단 도망쳐 몸을 숨겼지만, 잠시 뒤에 돌아와 남편이 죽어 있는 것을 발견하고, 근처에 떨어져 있던 자신의 작은 칼을 주워 도망쳤다, 이것이 참된 모습이다. 단언할 수 있는 것은 각각의 진술에 힌트가 있기 때문이다.

포인트는 빛이다. 시간의 경과와 함께 덤불 속에 기우는 태양 빛이 내리꽂힌다. 남편은 죽는 순간, 다조마루와 여자가 떠난 뒤에 지면에 떨어져 있는 아내의 단도가 '빛나는' 것을 본다. 그는 석양이 칼날에 반사되는 것을 목격했던 것이다. 그러나 여자의 진술에 의하면, 남편의 사후 주저하며 모진 목숨을 끊기 위해 "단도로 목을 찔렀다"고 말하기 때문에 그녀는 어느 사이엔가 단도를 다시 가져왔던 것이 된다. 게다가 그녀는 남편의 사체를 두고 '창백한 얼굴을 석양이 비추는' 것을 봤다고 말했다. 이 이미지는 매우 구체적이고 인상적이기 때문에 실제로 남편이 있는 곳으로 돌아온 그녀가 목격한 광경이었을 것이다.

그렇다면 왜 여자와 남편은 이 같은 진술을 했던 것일까? 그것은 분명 당사자 세 사람이 모두 잠재적으로 남편의 죽음을 원하고 있었기 때문이다. 그 이유에 대하여 생각할 때, 다조마루의 경우는 본인의 진술대로, 나머지 두 사람에 대해서는 좀 전의 증언④가 효과적이다. 어머니가 본 딸과 사위의 성격이다.

여자는 수치스러운 모습을 보인 남편을 경멸하고 이를 견디지 못한다. 그 격정의 밑바닥에는 본래 슬그머니 뒤따라온 악당에게, 그런대로 검도 실력을 가지고 있으면서도 나무 밑동에나 묶인 남편에 대한 원망이 어렴풋이 존재한다. 남편은 남편대로, 이제와 다조마루를 쓰러뜨린다고 해도 앞으로 두 사람의 관계는 두 번 다시 전처럼 회복되지 않을 것이라는 점, 또 아내의 성격상 굴욕적인 장면을 목격한 남편, 혹은 아내를 도와주지 못한 남편을 용서할 리 없다는 것을 예상할 수 있다. 그는 그녀를 고통에서 구하고, 혹은 자신을 구하기 위해서 다조마루와 칼을 견주고 싸울 솜씨를 가지고 있으면서도 결국 일부러 칼을 맞은 것이 아닐까? 결국 남편은 무의식중에 죽음을 선택했던 것이다.

여자는 자신이 남편의 죽음을 원했던 것을 가슴 아플 만큼 인정했다. 다조마루가 죽였다고 해도 자신도 같은 죄를 저질렀다, 자신이 죽인 것이나 진배없다는 죄책감을 가지고 있다. 따라서 자신의 단도로, 자신의 손으로 '죽였다'고 믿는다 해도 조금도 이상하지 않다. 또한 남편도 다조마루의 손을 빌려 자살한 것이기 때문에 스스로 자신을 '죽였다'고 해도 순전히 엉터리가 아니다. 결국 그러한 의미에서 세 사람 모두 거짓을 말하지 않는다. 어디까지나 각자가 '진실'을 이야기하고 있다. 뜻밖에도 다조마루가 말했듯이 여자를 빼앗긴 남자는 반드시 죽어야만 했던 것이다.

추신: 오래 전 소설가 오오카 쇼헤이도 범인은 책을 잘 읽어보면 알 수 있다고 말했다. 독자로부터 반론하는 편지도 받았지만, 이런 방식의 책 읽기도 있다.

「잔월」의 행방 — 우치다 핫켄 「야나기 검교의 휴식시간」

　소설가 중에는 판을 바꿀 때마다 자신의 작품에 가필을 하는 사람이 있다. 늘 최고를 지향하는 자세는 훌륭하지만, 내 개인적인 속내를 말하자면 인간은 하루하루 변화하고, 고치는 데는 한도 끝도 없으니 미련하다고 생각한다. 원고를 고치는 정도라면 그래도 낫다. 개중에는 제목까지 바꿔버리는 사람도 있다. 작품의 얼굴인 제목을 바꾸는 데는 용기가 필요하다. 단편이라 해도, 빈번히 '간판'을 바꾸는 작가는 그다지 신뢰할 수 없다.

　우치다 핫켄의 단편 제목은 실로 좋다. 무정한 단어의 나열처럼 보여도 거기에는 핫켄 다운 감각이 서려 있고, 눈곱만큼의 군더더기가 없어 모든 단어가 과부족 없이 내용을 나타내고 있다.

그 핫켄이 유일하게 두 번이나 제목을 바꾼 작품이 있다. 그것이 「야나기 검교의 휴식시간」이다. 처음에 바뀐 제목은 「잔월殘月」이고, 마지막으로 「해변의 소나무」로 안착하는 과정은 실로 흥미진진하다. 그 과정에서 핫켄 자신이 뜻밖에도 걸작을 써버렸다는 사실을 발견했다고 생각할 수 있다.

「야나기 검교의 휴식시간」이 걸작이라는 사실은 틀림없다. 가슴 아픈 서정과 자애로움이 감도는 그 세계는 핫켄답지 않은 듯하지만 사실 핫켄다운 작품이다. 이토록 선명하게 '보이지 않는 세계'를 표현하고 추체험할 수 있는 문장은 좀처럼 찾아볼 수 없다. 무엇보다 훌륭한 것은, 미시마 유키오의 지적을 기다릴 것도 없이 미키 선생과 헤어진 뒤 마지막 장에서 17년의 세월이 흘러 임종을 맞이하는, 가슴을 쥐어짜내는 듯한 문장 하나로 마무리 짓는 부분이다.

원래 핫켄은 어떻게 하면 '제대로 끝내지 않을까'에 온힘을 기울이던 작가다. 이것을 보란듯이 깔끔하게 마무리 짓고, 콧김을 거칠게 내쉬며 자기만족에 빠져 있는 작가가 무엇보다 밉살맞기도 하다. 기묘한 세계로 끌려온 독자를 시치미 뗀 얼굴로 그대로 내버려두고는 불현듯 세계가 암전하듯 무대의 막을 내려버린다.

그런데 「야나기 검교의 휴식시간」은 작가의 의도를 초월하여 뜻밖의 흐름만으로 혼자서, 게다가 완벽하게 끝나버린다. 적어도 이 단편의 집필을 마친 햣켄은 그 같은 사실조차 깨닫지 못했던 것은 아닐까? 그 뚜렷한 증거가 제목인 「야나기 검교의 휴식시간」이다. 쟁箏을 사랑하여, 실제로 검교들과 친하게 지내던 햣켄은 문자 그대로 자신이 친숙한 세계인 '야나기 검교'의 '휴식시간'을 그리기 위해 이 단편을 썼다. 미키 선생은 검교의 세계에 등장하는 조연에 지나지 않는다.

그러나 햣켄이 이 작품을 다시 읽었을 때, 그는 이 작품이 '야나기 검교'의 '휴식시간'을 그린 작품이 아닌, 그 '휴식시간'의 이유를 그린 작품이라는 것을 발견한다. 느닷없는 작별로 이 세상을 떠난 미키 선생, 함께 쟁을 켜고 있자면 매일 연습으로 익숙한 고금이 '맹렬히 송곳니를 드러내고 자신을 향해 밀려오는 듯한 기세를 느끼고', '자신의 가조각이 힘차게 우는' 듯이 만든 미키 선생. 그 미키 선생이 마지막까지 가르칠 수 없었던 어려운 곡이 「잔월」이다. 그것은 원래 어느 장사치 집안의 딸의 죽음을 애도하기 위해 작곡된 곡이고, 그 딸의 법명에서 유래한 곡명이었다. 망자를 애도하는 이 곡이 오버랩 되며 마지막 장에 작품의 중심이 있다는 사실을 깨달은 햣켄이 '잔월'로 제목을 바꾼 것은 자연스러운 결과다.

얼핏 새로운 제목으로 바꾼 것은 옳은 듯 보인다. 그러나 작품을 세 번째 읽은 햣켄은 새로운 발견을 하게 된다. 새로 고친 「잔월」이라는 제목을 이 단편의 간판이라 생각해보자. 젊어서 이 세상을 떠난 여자들. 부모를 앞선 불효, 인생의 봄을 맞이하지 못하고 일생을 마친 애처로움. 그것은 분명 잔혹한 일이고, 「잔월」이 의미하는 부분은 상징적이다. 그러나 이 제목의 경우, 이 단편은 그저 '젊어서 세상을 떠난 여자들을 애도하는' 이야기밖에 되지 않는다. 정말로, 이 단편은 그런 이야기인가?

아니다! 핫켄은 그렇게 생각했을 것이다. 주인공이 애도하는 것은 미키 선생 그 사람이지 과거에 상처받고 죽음을 맞이해야 했던 불특정다수의 딸들이 아니다. 주인공에게 특별한 존재로서, 사라진 뒤에 비로소 소중했던 사람이라 깨닫게 된 미키 선생. 깨닫기까지의 오랜 세월. 그 중요한 미키 선생에게 그녀의 운명을 암시하는 곡을 마지막까지 배우지 못했다는 애석함, 미련만이 이 단편의 핵심인 것이다.

그렇기 때문에 마지막으로 핫켄이 붙인 제목은 무수한 망자를 연상시키는 「잔월」이라는 곡명이 아니라, 미키 선생에게 배울 수 없었던 곡의 소절, 두 번 다시 아무에게도 배우지 못한 곡, 그 누구도 아닌 미키 선생과 함께 노래했던 소절에서 따온 「해변의 소나무」인 것이다. 여기서 비로소 작가는 이 단편이 순애보 이야기라는 것을 발견하고, 인정한 것이다.

연출에서 멀리 떨어져서

― 구제 테루히코 『햣켄 선생 달을 밟다』

『햣켄 선생 달을 밟다』는 구제 테루히코의 책 표지로서는 색다르다. 지금까지의 그의 책은 요염하고 고상한 인상이었는데, 그것과는 전혀 다른 담담한 치자색 커버에 흰 책 제목. 섬세한 화과자 같은, 담백한 달콤함이 감돈다.

우치다 햣켄을 모티프로 한 것은 명백하다. 작중에 등장하는 단편은 각각의 제목에서 『황천』에 실렸던 단편을 다시 조합한 것이 엿보이고, 오히려 빤할 만큼 단순한 네이밍이다. 그러나 일단 읽으면 장정처럼 이색적인 작품이라는 것을 알 수 있다. 서툴기 그지없다. 이 말이 적절한지는 알 수 없다. 그러나 나는 아무래도 작가가 일부러 서툴게 쓴 것으로밖에는 생각되지 않는다. 무엇이 그러한가 하면, 햣켄의 작품을 모방했다고 생각되는 수많은 단편이 그렇다.

생각하면 구제 테루히코는 소설 세계에서는 애초부터 문학에 대한 깊은 조예와 큰 경의를 보이며 우리들 앞에 등장했다. 그 시작이 『1934년 겨울 ─ 란포』라는 것은 말할 필요도 없다. 『1934년 겨울 ─ 란포』에도 에도가와 란포가 썼다고밖에 생각할 수 없는 문장이 여럿 등장했다. 그중에서도 단편 「구치나시히메」(에도가와 란포가 쓴 단편으로 삽입된 것─역주)는 그야말로 란포의 미발표 원고가 아닌가 하고 오인할 정도로 그 기교와 완성도에 현기증이 났던 것을 지금도 또렷이 떠올릴 수 있다.

그것을 생각하면, 구제 테루히코의 최후의 작품 역시 선행 작품·선행 작가의 위작으로 꾸며진 책이란 운명을 느낀다. 과거 온전히 란포가 되어서 그 작품을 모방했던 것에 비해 훨씬 성숙해진 실력을 갖추고 있음에도, 이번에는 햣켄이 될 것을 확신한 것으로밖에 보이지 않는다.

구제 테루히코라면 정말로 햣켄다운, 햣켄의 원고가 아닌지 의심할 만한 원고를 얼마든지 쓸 수 있다. 햣켄이 가진 색다름, 악몽 같은 요령 없음, 평이하지만 그 누구도 흉내 낼 수 없는 문장의 완성도, 기분 좋은 불온한 리듬, 읽고 있을 때의 독자의 마음의 온도와 거리감을 잘 살려낼 수 있었을 것이다. 구제 테루히코가 그 주변의 호흡이나 색채를 몰랐던 것은 아니다. 그러나 그는 이번에는 자신의 존재를 지우고, 온전히 햣켄이 될 것을 선택하지 않았다. 어디까지나 구제 테루히코로서 구제 테루히코의 햣켄을 쓰겠다고 선택한다.

그 증거로 등장하는 단편과 햣켄이 있을 수 없던 가공의 오다와라에서의 생활을 그린 지문이 거의 일체화되어 구별이 되지 않는다. 「소행」, 「밀월」, 「푸른 수염」처럼 흔히 있을 법한 제목의 단편은, 실제 쓰였을지 모르는 단편이 아니라 가공의 세계에서 생활하는 햣켄이 그 세계에서 쓴 단편이다. 그것은 즉 구제 테루히코가 만들어낸 햣켄, 구제 테루히코의 햣켄이다. 따라서 얼핏 너무나도 햣켄다운 모티프로 가득한 15편에 이르는 단편에는 구제 테루히코 본인밖에 담을 수 없는 개성이 짙게 배어나온다. 조금 장난스럽게, 기교와 기지로 가득하고 서비스 정신으로 충만한, 요염하고 신선하고 경쾌한 구제 테루히코의 개성이 말이다. 그것은 마치 베테랑 배우가 역사적 인물을 연기할 때에 자신의 인생을 투영하는 것과 비슷하다. 구제 테루히코는 마지막 작품에서 구제 테루히코로 살아 있는 우치다 햣켄을 보여주려고 한 것이다.

따라서 이미 많은 사람들이 지적하는 대로 작품 속, 오랜만에 썼다는 설정에서 나온 '햣켄 일기장'의 한 구절 "죽는다는 것은, 푸르게 녹는 것일까?"는 구제 자신의 속삭임으로도 보여 독자에게 강렬하게 다가온다.

소설이라는 혼자서 완결할 수 있는 미디어에 발을 들여놓

앉을 때, 그는 연출가라는 입장에서 멀어지려고 했을 것이다. 젊은 시절부터 심취해 읽어온 문학, 깊은 통찰력으로 읽어온 문학. 컬렉터로서 문학사에도 정통했기 때문에, 다른 작가에 뒤지지 않을 것이라는 자부심도 있었을 것이고, 실제 높은 수준의 문장력과 이미지 환기력으로 멋진 작품을 남겼다.

그러나 문학자를 모티프로 한 이 소설은, 여하튼 상쾌하고 경쾌하면서도 감동적인 청춘 드라마 「히미코」나 영국 작가 네빌 슈트의 『해변에서』를 방불케 해 과연 연출가의 소설이라 실감했다. 흡사 파인더 너머로 흐르는 영상작품을 보는 듯 인물의 내면에서 흘러나오는 드라마 그 자체가 아니라 드라마 실체를 외부의 한 시점에서 바라보는 듯해 사실적으로 느껴지지 않는다.

그것을 본인도 알아차리지 않았을까? 그리고 연출가에서 멀어지려 할수록 소설을 연출하는 데 딜레마를 느끼고 있었던 것이 아닐까? 이 작품을 썼을 때, 그것을 분명히 의식하고 있었는지는 알 수 없다. 그러나 자신에게서 멀어지는 것을 그만두고, 자신을 문학자에 투영하여 연출할 것을 선택했을 때, 그제까지 없던 것을 획득한다.

이 소설을 읽는 동안 최근 몇 년간 구제 테루히코가 연출한 연극 『겨울 운동장』의 한 장면이 계속 떠올랐다. 무코다 구니코의 원작으로, 남자들이 가정 밖에 비밀스럽게 유사가

정을 꾸린다는 설정의 이야기는, 무대가 빙그르르 회전하면서 각각의 다른 집 안이 나타나는 세트로 구성되어 있다. 세트가 회전할 때마다 각각의 집에는 희비가 교체되며 전개되는데 마지막 장면이 펼쳐지기 직전, 등장인물로 가득했던 집 안이 아무도 없는 상태로 묵묵히 무대의 조명을 받으며 빙글빙글 계속 회전한다. 나는 그 장면이 매우 인상적이라 내내 머릿속에 남아 있었는데, 새삼스레 지금 그 빛나는 조명을 받으며 회전했던, 아무도 없는 그 집이 구제 테루히코에게는 문학이었다는 생각이 든다.

늘 객석의 어둠 속에서 보는 무대 위의 빛나는 세트. 아무도 없어도, 거기에는 무언가가 있다. 반드시 존재한다. 늘 누군가가 연기하는 것을 기다린다. 그곳은 신성한 장소로, 생계를 위해 일하는 장소이기도 하고, 노는 장소이기도 했다. 그런데 그곳을 신성한 장소로서밖에 다루지 않는 현대 소설가들에게 구제 테루히코는 강한 불만을 느꼈다. 돈 이야기를 꺼내면 실례라는 소리를 듣고, 고객에게 서비스하면 비열하다며 경멸당하고 놀림을 받고 근면하지 못하다며 눈살을 찌푸리고 새로운 시도는 매번 무시당한다. 그런 장소가 그가 사랑하는 장소일 리 없다. 그는 그곳이 가장 자유롭고, 가장 재미있고, 가장 풍요로운 장소라 믿었다.

구제 테루히코는 댄디한 사람이었지만, 한편으로 매우 페미

닌한 사람이었다. '어머니'가 그의 작품의 주요 모티프이기도 하지만, 본인에게도 매우 모성애적인 것을 느꼈고, 작품에도 늘 양성구유적인 시점이 등장한다.

이 작품에서도 동자승 카린이 그 역할을 맡고 있다. 카린의 존재는 흥미로워 우치다 햣켄의 문학에 대한 비평을 토로하는 동시에 구제 자신도 객관적으로 바라본다. 소설가로서의 구제와 연출가로서의 구제를 겸하고 있는 것이다. 그래서 카린은 매우 애처롭고 소녀처럼 가련하기도 하다. 그 애처로움, 가련함은 구제 테루히코의 본질적인 한 부분이다.

햣켄 선생이 "슬슬 물때인가"라며 오다와라를 물러갈 기미를 보일 때, 카린은 '가슴이 짓눌리는' 것 같다. 그 가슴의 통증은 문학과 마음껏 놀지 못한 구제의 아픔이기도 하고, '물때'가 가까웠다고 느끼는 햣켄(그리고 역시 구제 자신)의 아픔이기도 하다.

나의 아픔은 결코 그들의 것만큼 절실하지는 않다. 틀림없이 나 자신의 '물때'를 느끼는 그 순간까지 이해할 수 없으리라. 그러나 넓고 오래되고 전통 있는, 적어도 신성한 무대에서 강하고 멋지게, 그리고 진지하게 끊임없이 노는 어른의 모습을 보여준 인생의 선배가 갑자기 사라지고, 덩그러니 홀로 무대 구석에서 외따로 놀지 않으면 안 되었던 허전함은 이루 말로 표현할 수 없다. 그저 망연자실할 따름이다.

연출과 양식미, 스타 미시마에
흠뻑 취하고 싶다 – 미시마 유키오 『봄의 눈』

　신작 영화를 보러 간 어느 영화관에서 차례로 흘러나오는 예고편에 몸을 맡기고 있다가 갑자기 움찔 몸을 일으켜 세웠다. 무의식중에 '대체 이게 뭐야?'하고 가슴 속에서 소리쳤다. 무슨 영문인지 몰라 다시 보니, 그것은 「봄의 눈」 예고편이었다.

　대체 뭐가 나를 놀라게 한 걸까? 나는 화면을 보면서 잠시 생각에 잠겼다. 일부러 대만에서 촬영감독을 불러왔는지 화면은 매우 유려하고 색채도 아름답다. 극채색의 미시마 유키오에 어울리고 주인공 두 사람도 청초하고 아름답고, 의상도 멋있다.

　그러나 역시 다음 순간, 나는 '대체 이게 뭐야?'하고 소리치고 있었다. 그 요인은 주인공 두 사람의 목소리에 있었다. 화면 속 모습의 장엄하고 아름다움에 비해 귀로 들어오는 목소리가 빈약하다. 대사에 관능미와 설득력이 없다. 무엇보다 가식도 양식미라는 미시마 유키오의 의지를 티끌만큼도 찾아볼 수 없다.

눈으로 들어오는 정보에 의하면, 주인공 두 사람은 엄청난 집안의 도련님과 아가씨인데, 귀로 들어오는 정보는 그저 이웃집 오빠와 언니다. 그 엄청난 차이에 몸이 반응했던 모양이다. 아아, 사토코의 목소리는 성혼 전의 미치코 황후로 바꿔놓고 싶었다. 홀로 어둠 속에서 몸부림친다. 저기, 미시마 유키오의 작품인데, 자연스러운 연기 따윈 제발 그만둬.

본편을 다 본 뒤에도 (이 글을 쓰는 지금 무슨 영화였는지 완전히 잊었다) 나는 「봄의 눈」의 예고편에 대한 내 반응에 대해 생각하고 있었다. 그리고 결국 미시마 유키오는 '그것'이 모든 것이다. 애처로움과 양식미. 그것만을 음미해야 하는 것이라 생각한다.

세상에는 본격 추리소설이라는 분야가 있다. 밀실 살인사건이 일어나고, 탐정이 나타나 용의자를 모두 모아놓고 수수께끼 풀이를 한다는 게 표준이다. 나는 이 분야의 소설을 사랑하고, 특히 일본에는 이 장르를 열렬히 사랑하는 사람들이 많아 스스로 창작하는 사람도 아마 세상에서 가장 많지 않을까. 그러나 그만큼 이 장르에는, 어린애 눈속임처럼 사실성이 결여돼 무시당하는 것도 수두룩하다. 본격 추리소설은 전통 예능의 세계다. 애처로움과 양식미가 모든 것이다. 형태가 있고 형식을 밟아 아슬아슬한 곳에서 형식을 깨면서도 오랜 단골손님을 납득시키는 데 재주를 보인다. 가부키를 봐도 어째서 저런 이상한 화장을 하는지, 어째서 저런 곳까지 나오는지, 어째서 저런 기묘한 포즈를 취하는지 따지지 않는다.

그와 똑같은 말을 미시마 유키오를 두고도 할 수 있다. 그의 소설은 무대 위에서 펼쳐지는 연극이다. 그것을 객석에서 고분고분 황홀하게 감상해야지, 결코 무대 배경의 이면을 들여다보거나 무대 장막을 젖혀봐서는 안 된다. 그것이 미시마를 즐기는 요령이라 나는 믿는다.

기요아키 님, 피부가 아름다워요. 정말, 반짝반짝 하네요. 좋군요. 젊은 사람의 피부는.
봐요, 사토코 님의 의상을, 이토록 화려하네요. 대체 얼마나 할까요.

이것으로 좋다. '연극적'이라는 한 마디로 옭아매는 게 옳은지는 모르겠다. 그러나 언제나 수상쩍은 허식의 냄새가 나는 미시마의 대사가 선명한 것은 무엇보다 희곡이다. 『근대 노가쿠집』이 멋있는 것은 미시마의 대사에 담긴 애처로움이 무대를 통해 진실을 부각시키기 위한 애처로움과 정확히 겹쳐지기 때문이다. 무대라는 허구의 힘을 빌렸을 때, 미시마의 대사에 담긴 무적의 진실이 빛을 발한다.

역시 미시마에게는 저속함이 없다. 영화 예고편을 반추하면서 오랜만에 『봄의 눈』을 다시 읽은 나의 머리에 떠올랐던 것은, 한때 프랑스에서 실천적으로 쓰인 「시네로망(영화소설)」이었다. 머릿속에서 방영되는 영화를 그대로 사실적인 문장으로 적어가는 표현기법으로, 일절 내면묘사 없이 어디까지나 외부에서 본 감정만이 기술된다. 알랭 레네Alain Resnais 감독의 「지난 해 마리앵바드에서」는 이 수법으로 쓰인 알랭 로브 그리예의 소설을 영화화한 것이다.

미시마의 소설도 이것에 가까운 인상을 받는다. 미시마는 무대 정면에서 시나리오에 근거하여 스포트라이트를 비출 곳을 결정하고, 라이트가 비추는 곳을 묘사한다. 그도 또한, 관객과 마찬가지로 무대 뒤의 인간관계나 문제가 일어나는 상황 따위에는 흥미를 가지지 않는 것 같다. 그는 무대 뒤나 옆에 있지 않고, 객석 가장 뒤에서 무대의 훌륭한 결과물을 관객과 함께 만족스럽게 바라보고 있다. 주변의 관객이 그를 깨닫고, "미시마 씨, 좀 전 장면은 멋졌어요"라고 말을 건넨다면 "그 부분 세트는 아주 힘들었어요"라고 싱글벙글 웃는 얼굴로 대답해줄지도 모른다. 그만큼 '구경거리'로써의 미시마의 문장은 훌륭하다. 나는 이번에도 음미하듯 그의 반짝이는 표현이나 비유를 즐겼다.

"비전하妃殿下는 알아볼 수 없을 만큼 분명히 되돌아보지는 않았다. 곧게 등을 편 채로 한쪽 뺨 끝에만 살며시 마음을 담아 향하고, 거기에 슬며시 미소를 새겨 보였다. 그때 갸름한 흰 뺨 옆으로 살며시 귀밑머리가 흘러내리고, 기다란 눈매에는 검은 한 점의 반짝이는 불꽃같은 미소를 머금고, 모양 좋은 콧날은 곧게 저편으로 뻗고 …… 이런 비전하의 옆얼굴조차 제대로 보이지 않는 각도에서 일순 빛나는 그 얼굴의 광채는 마치 어떤 맑은 결정의 단면에 비스듬히 빛이 투과되는 그 찰나에 흔들리는 무지개처럼 느껴졌다."

오, 너무 멋을 냈다. 굉장하다, 그래서 내가 창피하다.

"혹시 기요아키와 혼다는 같은 뿌리에서 나온 식물의 전혀 다른 표현으로서의 꽃과 잎이었을지도 모른다. 기요아키가 그 자질을 무방비로 드러내고, 상처입기 쉬운 알몸으로, 아직 자신의 행동의 동기가 아닌 관능을, 초봄 비에 젖은 강아지 같은 애처로움을 드러낸 것과 정반대로, 혼다는 인생 애초부터 그 위험을 알아차리고, 그 지나치게 밝은 비를 피해 처마 밑에 몸을 웅크리고 있는 쪽을 선택한 것일지도 모른다."

강아지다, 강아지. 비에 젖은 강아지. 이런 문장은 지금도 절대로 쓸 수 없다. 그러나 진심을 말하자면 조금은 써보고 싶다. 그러나 내게는 절대 어울리지 않는다. 이 같은 묘사가 이곳저곳에 흩어져 있다. 아마도 기요아키는 미시마의 분신이고, 미시마는 기요아키에게 자신의 이미지를 덧입혔을 것이다. 따라서 또 한 가지, 미시마라는 스타의 일거일동에 심취해 있는 것이 기쁜 게 아닐까?

실제로 순박한 시골 고등학생에게 미시마는 스타였다. 내가 맨 처음 미시마 유키오의 작품을 읽은 것은 연극부에 들어간 친구에게 추천받은 『근대 노가쿠집』이었고, 그것을 시작으로 『가면의 고백』, 『파도 소리』, 『금각사』를 차례로 읽었다.

『금각사』의 눈부신 묘사에 압도당하고, '아아, 이것이 문학이구나. 이것이 스타의 눈부심'이라며 시험공부를 뒷전으로 미루고 흠뻑 취해 읽고 그 성스러움에 무릎을 꿇었다. 대학 국문과 친구의 오빠 이름은 아버지가 붙여준 '유키오'였고, 영화 「검은 도마뱀」에서 미시마가 연기한 인간박제도 미와 아키히로의 미모와 함께 가슴에 각인되어 있다.

읽어본 사람이라면 누구나 그럴 것이라 생각하는데, 신초문고의 오렌지색 미시마 컬러도 눈에 선하다. 다자이가 검은색이라면 이 선택은 실로 의미심장하다. 책등의 색깔은 우리들 독자의 이미지에 절대적인 영향을 미친다. 그 미시마 컬러를 보면 불현듯 도리이나 신전 같은 종교시설이 연상된다. 생각해보면, 과거 도리이나 신전은 선명한 주황색으로 칠해져 사람들의 이목을 끌고, 신의 영험한 성과가 연출되는 무대였다. 대부분이 의례적이고, 세월이 흐름에 따라 때로는 의미조차 모호해진 상징일지라도 오랜 세월의 경험이 쌓여 호객 효과는 뛰어났을 게 분명하다. 그것은 그대로 고스란히 미시마의 상징이 되기에 저 컬러 선택은 그야말로 절묘하다.

지금 미시마라고 하면 '다테의 회'와 자결 인상밖에 없어서, 미시마를 말하는 사람은 '그날'의 충격과 자신이 그때 무엇을 했는지만을 얘기하는 것은 아무래도 납득이 되지 않는다. 그렇다면 미시마가 단순히 이상한 사람이 되어버리지 않는가. 내가 '언뜻 고상해 보이지만 실은 호색의 세계 문학'이라는 주제로 몰래 선정한 베스트 10(일본은 상당히 높은 순위를 차지한다) 중에서도 상위에 든 『우국』처럼 야한 작품도 있는데.

『봄의 눈』을 영화로 찍는다면 제법 금욕적이고 청초한 아름다움이 있는 일본적인 미남미녀로, 『우국』은 격조 높지만 충분히 외설스럽게 찍어보고 싶다(과거에 한 번 영화화된 적이 있다). 에로스와 타나토스만큼 먼 옛날부터 인기를 모아온 '구경거리'는 없고, 그것을 미시마는 잘 알았다. 하긴 '순사殉死'가 주제이기 때문에 갖가지 불평을 늘어놓는 사람도 있을 테고, 외국 언론은 예에 따라서는 무사도, 할복, 혹은 군국주의에 대한 동경이라는 식의 판에 박힌 비판밖에 하지 않을 테지만.

　게다가『봄의 눈』의 경우, 또 한 가지 읽는 재미가 있다. 이 작품은『풍요의 바다』라는 4부작 중 첫 번째 작품이다.『풍요의 바다』란 무엇인가? 이것은 쉽게 말하면 윤회전생의 이야기다. 좀 더 분명히 말한다면 뭐랄까, 원래 그런 경향이 있기는 했지만 미시마가 완전히 영적인 세계에 발을 들여놓는 이야기다.

　과거에도 그쪽으로 치우친 작가는 많았지만, 나는 철저하게 회의적이고 찰나적인 인간이기 때문에 솔직히 쓸쓸해진다. '아아, 또 한 사람이 손이 닿지 않는 곳으로 가버렸네'하고 쓸쓸히 책을 덮는다. 어쩌면 세속인은 이해할 수 없지만, 모두 영혼의 무대(과연 그런 것인지는 알 수 없지만)로 오른 것인지도 모른다고 일순 생각해보기도 했지만, 역시 납득이 가지 않는다. 아이러니하게도 믿지 않는 작가가 그것을 소설로서 그려내면 진실일지 모른다고 생각하는데, 믿고 있는 작가가 진지하게 그것을 그리면 도저히 진실이라 생각할 수 없다. 그러나 미시마 유키오의 경우는 태연할 수 있다. 그는 진짜로 믿었을지도 모르지만, 그것들조차도 그는 상연물로서 무대 위에서 보여주기 때문이다.

　사람이 모이는 번화가에는 영적인 것이 넘친다. 감동 스토리나 자기계발의 비즈니스 서에는 꽤 높은 확률로 그런 것이 포함되어 있다. 제목에 숫자가 들어가면 그 확률은 더욱 높아진다. 특별히 부정할 생각은 없다. 그런 마음이 전혀 이해되지 않는 것도 아니다. 그래서 마음의 안정을 얻을 수 있다면, 그것도 좋다. 그러나 그런 안이하고 싸구려인 수법에는 증오를 느낀다. 우리는 일 년 내내 플롯에 목숨을 거는데, 쏙쏙 뽑아낸 스토리와 비슷한 구성은 어떻게 좀 해줄 수 없는지. '마법의 말'이나 '몇 가지 습관'으로 간단히 영혼의 무대에 오를 수 있다면 누구도 고생 따위 하지 않을 것이다. 적어도 『풍요의 바다』 정도의 실력은 되어야 한다. 따라서 『봄의 눈』은 그 수준의 실력을 갖춘 본보기로서 읽을 수 있다. 간행은 1969년. 모티프는 불교나 인도 사상. 미시마는 어쩌면 히피족과 만난 것일지도 모른다.

『로쿠메이칸』 비극의 시대

　미시마 유키오의 『로쿠메이칸』 희곡에는 애초부터 '비극 4막'이라 분명히 명기되어 있다. 그는 무슨 생각으로 이렇게 썼을까?

　현대만큼 '비극'이 성립하기 어려운 시대도 없다. 원래 정의나 대의가 퇴색되고 선과 악이라는 이원론이 소멸해버린 지금, 비극과 희극의 경계선도 완전히 녹아버려 모든 것이 상대적인 것으로밖에 보이지 않기 때문이다. 현대에서는 비극이라 불린 것이, 불리는 순간 모름지기 희극이 되어버릴 운명에 있다. 첫째, 본인에게는 비참한 상황이 타인이 보면 웃음이 터지는 것은 동서고금 코미디의 기본이고, 이미 너무도 복잡해져 몽상적이고 부조리 그 자체인 현대에서는 어떠한 비참한 상황도 웃어넘기는 방법밖에 없기 때문이다.

내게는 과거의 '비극'은 한가로운 시대의 산물로밖에 생각되지 않는다. 『로미오와 줄리엣』만 봐도 이상하게 가혹한 이야기 전개나 가사상태가 되는 약에 대한 의문 등 꼬투리가 산더미만큼 있어 신경 쓰이고, 하늘을 우러러 자신의 운명을 한탄하고 슬퍼하는 그들이 느긋하고 둔감해 보여 견딜 수 없다.

게다가 '비극'은 관객이 있기에 가능한 것으로 전체 구도를 봐주는 인물이 없다면 성립하지 않는다. 나의 불행을 철저히 한탄할 시간도 여유도 없는 현대인에게 '비극'은 부러운 환경이라고밖에 할 수 없다. 이 쩨쩨하고 인색한 세상에서는 비참해도 비극은 아니다. '비극'을 음미하려고 해도 "유족을 생각해라"거나 "멋대로 죽어 세상에 폐를 끼치지 마라", "언제까지 울먹거리고 있을 수는 없다. 불행한 사람은 당신 외에도 얼마든지 있다"며 강력한 반격을 가해오기 마련이다. '비극'은 이미 일반인의 손에 닿지 않는 사치품이 되어버렸다.

그럼에도 불구하고 『로쿠메이칸』은 온전히 비극으로서 성립한다. 왜 그런가 하면, 멜로드라마이기 때문이다. 정확히 말하면, 대략적인 줄거리가 멜로드라마라는 것을 자각하고 쓰인 것이기 때문이다(물론 미시마는 그렇게 자각했어도 이 희곡을 단순한 멜로드라마에 그치지 않게 할 배우의 능력을 기대하지만).

요즘 인기 있는 한류 드라마는 70년대 다이에 드라마(일본의 다이에 TV가 70~80년대에 제작한 드라마—역주)나 소녀만화와 유사하다고 지적받는데, 그것들도 요컨대 모두 멜로드라마다. 그 최대 특징은 엇갈림과 우연, 결국 '운명의 장난'이다. 사실 이것은 비극에 고스란히 적용된다.

그리고 우리는 70년대에 멜로드라마와 비극을 몽땅 소비하고 이미 그것을 믿지 않게 되어버렸다. 기억상실이나 입양아, 출생의 비밀을 "설마 그런 일이……"라는 한 마디로 정리하고, 기승전결과 해피엔딩을 있는 그대로 감상할 수 없는 몸이 되어버렸다. 한류 드라마의 인기는 과거 천진했던 시대에 대한 동경인지 모른다.

게다가 게임의 출현으로 이야기 그 자체를 소비했다. RPG를 비롯해 사이코나 메타픽션까지 소비한 사람들은 마침내 이야기까지 믿지 않게 되었다. 『해리 포터』시리즈로 대표되는, 가상의 세계를 다룬 판타지의 융성은 소비해버린 이야기에 대한 진혼곡이라 생각할 수 있다. 그런 모든 것이 소비되어버린 뒤의 불모의 시대가 지금이다. 이것이 비극의 시대가 아니고 뭘까. 시대 그 자체가 비극이 되어버린 지금, 비극이 연명할 여지가 있을까?

『로쿠메이칸』은 그 하나의 회답이라 할 수 있다. 미시마는 지성과 계략이 존재하지 않는 멜로드라마는 결코 비극이 될 수 없고 오히려 희극이 되어버린다는 것을 알고 있었다. 뒤집어 말하면, 분명한 대사와 확신범적인 허식으로 가득한 미시마의 희극이기에 비극이 될 가능성이 있다고 믿고 있었고, 『로쿠메이칸』이 진정한 비극이 되기를 진심으로 바랐다. '비극 4막'의 네 글자에는 그런 그의 자신감과 바람이 담겨 있는 것이 아닐까?

스파이물Espionage에서
교양소설Bildungsroman로 — 사토 마사루 『자멸하는 제국』

　사토 마사루라는 사람이 느닷없이 나타나 내놓는 작품마
다 그 재미로 순식간에 출판·언론계를 석권하는 것을 보았
을 때, 나는 기묘한 감상에 빠졌다. 당시의 독서 메모에도 적
어놓은 것인데, 그 감상은 이랬다.

　'일본은 아직 운이 있다.'

　물론 본인은 520일 간 구류당하고 싶지 않았을 것이고, 이
런 진지하고 유능한 사람이 외교관으로 우리가 모르는 제일
선에서 활약해준다면 훨씬 일본을 위한 일일 테지만, 그래도
역시 이 시기에, 이 타이밍에 사토 마사루라는 사람이 우리의
눈앞에 나타난 데 대해 그런 기분을 느꼈다.

　그래도 TV에 비춰지는 이 나라의 잘나 보이는 사람들은 어느 사이에 저리도 유치해진 것일까? '사려 깊고 강인하다', '선우후락'이나 '국가의 백년대계' 같은 것과는 확연히 멀어 오히려 어린애 같은 천진함마저 느껴지는 것은 순전히 내 기분 탓일까?

저기요, 우리는 그런 어마어마한 일은 바라지 않는데요. 특별히 공중 3회전을 하라거나 못에서 금도끼를 건져달라고는 하지 않았어요. 제발 부탁이니, 보통 서민이 그렇듯 본래 당신들이 해야 할 직무를, 적어도 급료만큼은 제대로 해주세요. 그런 바람을 가지고 있을 뿐인데, 아무래도 그들이 생각하는 '자신이 해야 할', '급료에 합당한', '일'에 대한 가치관이 우리와는 근본적으로 다른가 보다. 그런 의구심을, 일반 공무원을 비롯해 고급 공무원까지 정치놀음을 하는 모두에게서 어렴풋이 느끼기 시작한다.

원래 뉴스거리가 되는 것은 이상한 일이고, 뉴스가 될 정도니 이상한 행위이다. 동일한 직종에 종사하는 대부분의 다른 사람들은 성실히 제대로 일하고 있다(그렇게 믿고 싶다). 그러나 바퀴벌레 한 마리를 발견하면 실제로는 그 10배가 있다는 속설이 정확하듯이 어쩌면 '세금도둑'은 빙산의 일각이 아닐까 하는 생각을 하게 되는 것도 인지상정이다.

그러나 『자멸하는 제국』을 읽는 한 '다행이야. 외무성에도 제대로 된 사람이 있잖아. 제대로 일하는 사람도 있어, 신뢰

할 만한 사람도 있어'라며 일단 안도할 수 있다. 그리고 내가 무엇보다 안도하는 것은 체계를 세우고 닦은 학문이나 벼락치기 공부가 아닌 교양이라는 것이 지금도 세상과 싸우고, 일하는 데 분명한 무기라는 사실을 사토가 증명해주었던 것이다.

여하튼 교양이 사라졌다고 떠들어댄 지 오래다. 국립대학에서조차 '독립채산'이다, '산학연대'다, '실학'이라며 도망치듯이(요컨대 '돈이 안 되는 것은 안 한다'는 것이다), 또 그런 '세상'에 민감한 젊은이들도 '아무것도 모르는 나를 사랑한다', '나는 책을 읽지 않는 인간'이라며 강아지 같은 눈을 하고 꼬리를 내린다.

물은 낮은 데로 흐른다. 과거 간신히 체면을 유지하던 기성세대도 자신들의 교양이 고작 벼락치기였다는 사실에 주춤거리며 그것이 그저 소품에 지나지 않는다고 인정한다. 그리고 교양 따윈 성가시다고 말한다. 결국 세상은 아무것도 몰라도 전혀 문제될 게 없다며 교양 없는 젊은 사람에게 아첨하고 경제활동을 해왔다.

상황이 이렇다 보니, 가만히 있어도 가뜩이나 소심자에 늘 소수 집단에 속해 있던 나는 '그런가요? 역시 필요 없는 것일까요? 교양이라는 것은'라는 의문이 들어 슬그머니 무서워지기 시작했다. 그러한 때에 사토라는 강력한 반론이 등장한 것이다. 나는 그가 몸소 교양의 보편성을 실증해준 데 진심으로 감사하고 있다.

사토의 핵심이 신학이라는 점 또한 재미있다. 그것이야말로 지금 일본에서는 '실학'에서 가장 먼 곳에 있는 것으로 일축 당한 분야이기 때문이다. 내가 처음 접한 사토의 책은『자멸 하는 제국』으로, 자신이 배운 신학을 기준으로 소련이나 그 주변국들의 지식인들 사이에서 인맥을 넓혀가는 점이 통쾌했 다. 젊은 시절에 사고훈련을 하고, 자신의 판단기준을 가진 사 람이 사회에 나가 얼마나 강할 수 있는지를 나는 사회인 20 년차가 되어 사토의 책을 통해 다시 배웠다.

그『자멸하는 제국』을 이 해설을 쓰기 위해 다시 읽었다. 이 책은 처음 읽을 때부터 여러 가지 방식으로 읽을 수 있다 고 생각했는데, 다시 읽고 인상이 완전히 달라진 데 놀랐다. 처음 읽었을 때, 나는 이 책을 재미있는 스파이물 쯤으로 읽 었다. 원래 내가 이 책을 집어든 것도 '소련 붕괴의 과정을 내 부에서 그린 이야기'라 들었기 때문이다. 옛날부터 스파이물 이나 국제모략 같은 것을 좋아했기 때문에 그 연장으로써 즐 겼다.

여하튼 본격 스파이물이긴 하다. '오, 실제로는 이런 일을 하는구나'라며 놀라 기억에 남았던 것도 러시아어를 배우기 위해 영국의 육군학교에 간다거나 뇌물을 어떻게 효과적으로 쓰는가, 적은 밑천으로 대량의 정보를 모으는 '첩보원'의 세밀한 테크닉에 감탄했던 부분이다. 또한 '냉전 중 소비에트, 공산주의, 주변은 모두 적'이라는 장소에서 정보를 수집하는 기법이 '미지의 땅에서 얼굴을 넓히고, 인맥을 쌓아가는 비즈니스맨에게도 도움이 되겠다'는 생각에 어느 잡지에서 비즈니스서로서 읽기를 권했던 기억이 있다.

그러나 다시 읽어보니 그런 인상은 완전히 옅어져 있었다. 그 후 그의 저작을 몇 권 읽고 한층 논리 정연한 서술이 위력을 더하는 최근작을 접한 탓인지, 다시 읽은 『자멸하는 제국』은 실로 싱그럽고 상쾌했다. 와해되어가는 소련을 무대로 한 이 책은 한 청년이 일본 외교관으로서 깊이 자각하고, 또 한 사람의 지식인으로서 성장해가는 과정을 그린 교양소설이다. 사토 마사루란 청년이 어떻게 현재의 사토 마사루가 되었는지, 역사의 흐름에 부응하지 못하고 붕괴되어가는 소련 안에서 그 기초를 차곡차곡 쌓아가는 모습이 개성적인 주변 인물들에 대한 묘한 사랑스러움과 함께 읽는 사람에게 다가온다.

그중에서도 문고판 후기에서도 언급된, 사샤의 인상은 강렬하다. 그 정신적 불안정까지 포함하여 일본에서는 등장할 수 없는 타입의 천재로 시시각각 변해가는 정치적 상황을 읽는 훌륭한 감각이 흥미롭다. 꼭 사토가 다시 한 번 러시아에 가서 사샤와 재회하기를 바라는 독자가 많지 않을까?

그때가 되면 이 『자멸하는 제국』은 또 다른 방식으로 읽힐 것이다.

현재도 차근차근 진행되는 푸틴의 '위대한 러시아 부활의 길'이 그 무렵까지는 어떤 식으로든 나타나지 않을까? 그렇다면 소련 붕괴의 내막과 거기서 누락되었던 사람들의 기록으로, 새로운 러시아의 체제 근간을 찾는 검증자료로 이 책은 다시 주목받게 될 것이다. 폭력적인 것을 내장한 국가, 그 국가가 어쩔 수 없이 무너져가고, 다시 어떻게 위신을 회복해 가는가. 『자멸하는 제국, 그 후』를 사토 마사루의 눈을 통해 다시 읽어보고 싶다.

자, 내가 과거 독서장에 썼던 '일본에 운이 있는지 없는지'는 사토 마사루가 이미 우리 눈앞에 나타난 이상 우리에게 달려 있다. 정말로 일본에 아직 운이 있을까? 우리는 아직 늦지 않았을까? 아직은 아무도 모른다.

어느 단어에 대한 고찰

부모의 일 관계로 이사가 잦았기 때문에 말에 예민해졌다. 하는 말이 다르면 즉각적으로 따돌림을 당하기 때문이다. 동일본지역 내에서 이사하는 동안에는 그다지 느끼지 못했는데, 가장 차이를 실감한 것은 마쓰모토에서 도야마로 이사를 갔을 때였다. 억양이 달라 어린 마음에도 '확실히 간사이 지역에 들어섰구나'하고 생각했을 정도다.

그중에서도 인상적이었던 것은 '다라グラ'라는 말이다. 한때 일본에서 '아호アホ'나 '바카バカ'의 사용분포 조사가 화제가 되었다. 분명 간사이 TV 방송에서 처음 시작했을 텐데, 결국 대대적인 조사 끝에 그 결과가 책으로 정리되어 학술적으로도 큰 평가를 받았다. 그런데 도야마에서는 그것에 해당하는 말이 '다라'였다.

처음에는 무슨 소리를 하는지, 무엇을 의미하는지, 정확히 이해할 수 없었다. 말을 알아듣지 못하는 것은 아닌지 불안했을 정도다. 그러나 무턱대고 '다라', '다라'라고 말하는 것을 보고 아무래도 그것이 동일본지역에서 내가 사용했던 '바카'와 비슷한 것 같다고 알아차렸다. 어린이들은 그런 종류의 말을 사용하고 싶어 하고, 사용하는 장면이 똑같기 때문이다.

그 말이 '아혼다라'라는 말의 줄임말이라는 것을 깨달은 것은 훨씬 시간이 지난 뒤였다. 아마도 처음에는 모두가 '아혼다라'라 말했지만 차츰 지나면서 같은 간사이권에서도 앞부분이 남은 곳과 뒷부분이 남은 곳으로 나뉜 것이다.

왜 호쿠리쿠 지방(후쿠이, 도야마, 니가타 일대를 총칭—역주)은 '다라'가 남은 걸까? 내 나름의 해석이지만, 아무리 생각해도 '눈이 내리기 때문'이라고밖에 생각할 수 없다. 지형이나 기후는 풍토를 형성한다. 풍토는 언어에 영향을 미친다. 폭설지대에 있는 도야마의 눈은 습하고 무겁다. 눈덩이를 만들려면 장갑이 축축하게 젖는다. 홋카이도의 가루눈과는 대조적인, 곧 녹아서 얼어붙는 무거운 눈이다. 그 인상은 그야말로 '파우더'와 '비차비차(습기를 흠뻑 머금은 모습)'이라는 반탁음과 탁음의 차이다. '다라'라고 하는 말이 갖는 무게나 탁음의 영향은 호쿠리쿠의 눈의 무게 때문이 아닐까?

대개 '아호'라는 말은 따뜻한 지방의 말이다. 윗도리를 어깨에 걸치고 유유히 배를 내밀고 걸을 수 있는 기후에서나 할 법한 말이라는 인상이다. 그 증거로 '아호'라 직접 말해보면 알 수 있는데, 입을 크게 벌리지 않으면 안 된다. 한랭지에서 겨울에 이 말을 하면 입 안이 차가워진다. 게다가 눈이 섞여 들어오면 자주 '아호'라 말하기는 힘들지 않을까? '다라'라면 입을 거의 움직일 필요 없이 혀가 치아 뒤에 닿기 때문에 눈도 들어가지 않는다. 게다가 '아호'라고 말하는 데는 'a'와 'o'라는 각기 다른 모음으로 이동하기 때문에 결국 에너지가 필요하다. '다라'의 경우는 동일한 모음이기 때문에 노력이 적게 든다. 기나긴 겨울을 극복할 체력을 보존하기 위해서라도 점차 '아혼다라'에서 '…옹다라'로 변해 갔던 것이 아닐까?

언어라는 것은 재미있어 같은 욕설이라도 '아호'는 낙천적인 기분파, '바카'는 완고하고 융통성이라고는 없는 놈이라는 뉘앙스가 느껴지는데, '다라'의 경우 그 뉘앙스는 '우둔한 자'에 가장 가까울 것 같다. 호쿠리쿠 지역 일대는 하나같이 교육열풍이 뜨겁고, 자택 소유율도 일본 최고인 것은 '다라'가 되지 말라고 어린 시절부터 주입받았기 때문이라는 내 생각은 지나친 것일까?

고도의 기술과 센스 — 시미즈 요시노리 『패스티시 100』

어린 시절의 딸기는 시큼해서 어느 집이든 캔에 든 달콤한 연유를 뿌리고 짓이겨 먹었다. 그리고 아이들은 솔직히 시고 짓이기면 싱거워지는 딸기보다는 접시 하나 가득 든 연유만 마음껏 핥고 싶었다. 그러나 그것은 안 되는 일이었다. 단것, 가장 먹고 싶은 것은 조금만. 이것이 일본의 상식이었다. 이 반동으로 현재 우리는 '어른을 위한 음식'이라며 롤 케이크 한 줄이나 멜론 한 개, 아이스크림 1파인트를 한꺼번에 먹는, 어린 시절의 꿈을 이뤘지만 몸을 망쳤다.

우리 집에 두툼한 교정지가 도착했을 때, 나는 그 한구석에 적힌 제목을 보고 일순간 내 눈을 의심했다. 시미즈 요시노리의 『패스티시 100』 백? 백이나 쓴 거야, 그걸? 아니, 이것은 자선自選 단편집이라 들었다. 결국 스스로 고른 것이 그렇게나 있는 것이다. 세상에 내가 모르는 사이에 그 많은 단편이 쓰였던 것이다. 정말?

나와 시미즈 요시노리의 패스티시의 만남은 '감동적인 순간'이었다. 뜨문뜨문 '패스티시'라는 말을 들었는데, 어떤 것일까 하는 생각에 집어 들어 읽었는데 이 작품이 들어간 단편집이었다. 당시 TV에서는 골프클럽 광고에서 '감동의 순간, 헤드는 회전한다'라는 고급스럽고 왠지 대단해보이지만 딱히 그 의미가 분명하지 않은 카피가 끊임없이 흘러나왔다. 시미즈와의 만남을 완벽히 표현해주는 것이 바로 '감동의 순간'이어서 나는 혼자 크게 감탄했던 기억이 있다.

원래 패스티시는 '문체 모사'라는 의미이다. 그러나 한 마디로 '문체 모사'라 해도 시미즈 요시노리가 아우르는 범위는 무서우리만큼 넓다. 고서기, 백인일수 같은 고전에서 가요곡, 『브리짓 존스의 일기』, 영어 교과서, 헌법 전문, 워드프로세스의 사용설명서, 마라톤 중계, 장기將棋 관전기, 분고해설 목록에 통신첨삭 등등. 대략 사람 손에 의해 쓰인 것은 모두 아우른다.

솔직히 말하면, 나도 이런 걸 해 보고 싶다는 생각이 있어서 이와 비슷한 것을 단편이나 장편을 집필하는 틈틈이 해본 적이 있다. 그 정도라면 우연히 잘 될 때도 있다. 하나나 둘,

고작 다섯 개 쯤은. 맞다, 딱 딸기에 곁들인 연유만큼. 그러나 시미즈 요시노리는 연유를 어른답게 마음껏 먹고 있다. 연유라는 것은 여하튼 우유를 농축시킨 것이라 내용물이 응축되어 있다. 무언가를 모사한다는 것은 원래의 것에 대한 이해가 전제되어야 하고 그것을 흉내 내는 것에 그친다면 당연히 무의미한 것이기 때문에 그것을 딛고 서서 자신의 것을 더하는 고도의 기술과 센스가 요구된다.

연이어 펼쳐지는 멋진 기술을 눈으로 보면서 나는 절절히 공포마저 느꼈다. 이 정도까지? 진심으로? '1권'에 들어가 있는 '한무라 료『에도 군도전』의 해설' 가운데 있는 한무라 료 선생과의 대화에 그 답이 있었다.

"내게는 이것밖에 없다는 일념으로 썼으니까요."

"거짓이란 그저 거짓으로, 뭔가를 위하거나 가치가 있다면 옳지 않지요."

'애절함'도 '위안'도 없고 '울지'도 않는다. 그저 재미있어 하며 깔끔한 것을 쓴다. 맞다, 이 외에 우리들 엔터테인먼트 작가가 바라는 게 또 있을까?

그러나 한편 이 단편들을 읽는 동안에 때때로 혹시 이게 진실이 아닐까, 하는 생각이 든다. '1권'의 2편 시바 료타로의 패스티시 「원숭이와 게의 적」과 마루타니 사이이치의 패스티시 「원숭이와 게의 전쟁이란 무엇인가」가 걸작이라 생각하는

데, 가장 내 마음에 들었던 것은 『작은 아씨들』과 『가루눈』의 조합인 「파우더 스노」다. 정말 다니자키가 루이자 메이 올코트의 작품을 읽었는지는 나도 몹시 마음에 걸린다.

전기傳奇소설이 쓰고 싶다

'전기傳奇'라는 단어를 사전에서 찾으면 '①이상한 것, 진귀한 것을 전하려 기록한 것'이라는 설명문이 나온다. 그 설명 그대로 지금도 그런 것에 매료당하고 그런 것을 쓰며 생활하고 있기 때문에 특별히 불만은 없다. 그러나 지금 일본에서 평소 '전기소설'이라고 하면 야마다 후타로냐, 시바타 렌자부로냐, 악이 강하고 조금 황당무계함이 가미된 역사물, 이런 이미지가 아닐까? 그러나 내가 생각하는 '전기소설'은 다음의 조건을 갖추고 있지 않으면 안 된다.

1. 역사, 고고학, 민속학 등의 깊이 있는 지식이 가득할 것.
2. 작가의 독창성이 있고, 역사나 사물에 대한 해석이나 새로운 설이 제시될 것.

바꿔 말해, 이 두 가지가 충족되면 나는 비교적 넓은 범위에서 전기소설이라 생각한다. 예를 들어 시대소설과 전기소설은 경계가 애매하지만, 추신구라를 첩보전 & 심리전으로 그린 『47인의 자객』(이게미야 쇼이치로)이나 요시하라(도쿄 부근)를 치외법권의 요새로 만든 『요시하라 사과장』(류 케이이치로)는 나로서는 전기소설에 가깝다고 평가한다. 픽션이나 논픽션 중간 즈음에 자리한다고 생각되는 아키시 산진의 『우주의 정원』(툐안지 돌정원의 은유를 밝힌다)이나 세계적 베스트셀러가 된 그레이엄 핸콕의 『신의 지문』(지축 이동으로 지금까지 여러 차례 고도의 문명이 멸망했다는 설)도 전기소설이다. 물론 댄 브라운의 『다빈치 코드』나 유메마쿠라 바쿠의 『음양사』도 어엿한 전기소설이다. 미스터리 대부분이 그렇고, 이자와 모토히코의 『사루마루 환시행猿丸幻視行』이나 움베르토 에코의 『장미의 이름』도 당당히 전기 미스터리다. 최근에는 논픽션 중에도 인류학자 나카자와 신이치의 『땅 잠수부』나 종교학자 가마타 도지의 『성지감각』 역시 전기다. 아, 우메하라 다케시는 서 있기만 해도 전기傳奇다.

거칠게 말하면, 망상의 경계에서도 열렬히 일관된 자신의 가설을 전개하는 것이 전기다. 왜 사람은 '전기'적인 것에 매료당하는 것일까? 어린 시절 '세계의 7대 불가사의'나 '수수께끼 고대문명'에 가슴이 두근거렸던 마음은 지금도 변함없다.

생각해보면 여러 가지 전기(傳奇)소설들을 읽었다. 가도카와 문고의 오렌지색 책등, 에리히 폰 데니켄의 『신들의 전차』, 브린슬리 르 포아 트렌치의 『지구 내부로부터의 비행접시』를 비롯하여(지구공동설은 지금도 존재할까?), 데즈카 오사무의 『라이온북스』(이집트 고대문명은 우주인의 유산이라는 설이 있었다), 쥘 베른과 코난 도일(이 두 사람은 SF이라기보다 역시 전기다).

일본 SF의 절반 정도는 전기소설이다. 한무라 료, 야마다 마사키, 고마츠 사쿄, 미츠세 류. 먼 과거는 먼 미래와 같다. 그다지 과거가 없는 미국에서 미래를 이야기하는 SF가 번성하는 것도 당연하다.

강렬한 인상을 받았던 것은 데즈카 오사무의 『3번째 눈이 뜨이다』와 NHK의 『미래의 유산』이다. 『3번째 눈이 뜨이다』는 이마의 세 번째 눈에 반창고를 붙인 소년 사라쿠 호스케가 고대 문명의 수수께끼를 탐구하는 이야기이고, 『미래의 유산』은 전 세계의 유적을 둘러보는 문명탐사기행이다. 특히 나라의 아스카와 이스터 섬에 심취해서 가메이시가 돌고 야마토 일원이 늪의 바다에 빠졌던 이야기나, 이스터 섬에 전설의 새인간이 날아오는 이야기를 만화로 그렸다. 그때까지도 모리모토 데츠로의 이스터 섬이나 다시리 나제르의 기행문 같은 것도 읽었는데, 토르 하이에르달의 『아쿠아쿠』를 어렵다고 생각하면서도 열심히 읽었다. 그러고 나서 중고교생이 되어 우메하라 다케시의『감춰진 십자가』에 오싹 소름이 돋고, 현대 유일의 전기작가 다카하시 가쓰히코의『용의 관』에 흠뻑 빠져 읽는 과정을 거쳐 현재에 이르렀다.

소설가로서 중남미를 방문하고, 마야문명이나 잉카문명의 땅을 눈으로 보았을 때 감개무량했다. UFO를 조작하는 그림으로 유명한 벽화가 있는 팔렝케, 춘분과 추분인 날에 파라미드에 빛의 뱀이 나타나는 치첸이트사,『스타워즈』의 촬영지인 티칼, 수수께끼의 공중도시 마추픽추를 볼 수 있기를 전기 팬으로서 고대했기 때문이다. 그 기행문을 한 권으로 정리하자며 잡지「무」에서 취재요청을 받았을 때는 '나도 성공했다'고 실감했던 기억이 있다.

자, 지금부터가 본론이다. 잠시 동안 전기적인 것에서 멀리 떨어져 있었지만, 최근 호시노 유키노부의 전기만화『무나가타 교수』시리즈를 느긋하게 읽을 기회가 있었는데 역시 전기물로 재미있었다. 알아둘 필요가 있어 일본의 신도나 민간신앙 관련 책을 읽을 기회가 이어지면서 그 심층세계가 재미있게 느껴졌고 최근『해리 포터』나『다빈치 코드』등 전기적 소설(판타지는 전기의 일종이다)이 세계적으로 유행하는 것도 매우 흥미로웠다.

읽는 장르로서는 굉장히 좋아하는 전기소설과 본격추리소설이지만, 내가 쓰기에는 적합하지 않다고 생각했다. 자랑은 아니지만, 기억력이 없어서 자료를 기억할 수 없고, 논리적 사고가 불가능하다는 점을 심각하게 자각했기 때문이다.

그러나 최근 몇 년간 전기소설이든 본격 미스터리든 창작법은 같다고 생각하게 되었다. 말하기가 좀 어려운데, 제시되어 있는 정보에서 좋아하는 것을 선택해 좋은 그림을 그릴 수 있으면 된다. 많은 점을 찍은 종이가 있고, 그중 숫자가 붙은 점을 순서대로 이어가면 그림이 나타나는 것과 마찬가지다. 이미 점이 찍힌 종이라도 다른 점을 연결함으로써 다른 그림을 완성할 수 있다. 그렇다면 어떻게 깨끗한 그림을 그릴 수 있을까? 황당무계한 이야기나 터무니없는 이야기라도 선이 전부 이어져 제대로 된 그림이 된다면 '이야기'로서는 좋지 않을까?

그렇게 생각하자, 문고 해설로 과거에 읽었던 소설을 다시 읽는 게 재미가 없어지고, 『여름의 마지막 장미』라는 내가 생각한 본격 미스터리(대체 어디가 본격인가? 그런 의견도 있지만)를 쓸 수 있었고, 그러면 전기도 써보자는 생각을 하게 되었다. 단지 본격 미스터리와 다르게 전기소설은 선택해야 할 점이 압도적으로 많아서 무작정 점을 늘려야 한다는 어려운 점이 있기는 하지만.

그런 까닭으로 점을 늘리려고 넓고 얕게 다양한 점을 수집하고 있는데, 그 과정에서 한 가지를 발견했다.

나 스스로는 분명 전기물이 좋다고 생각하지만, 그 뿌리에 대해서는 지금까지 알지 못했다. 물론 만화, 영화, 소설, TV라는 여러 가지 매체의 영향을 받았던 것은 분명하지만, 그 근간이 되는 부분이 어슴푸레했다.

작년에 어떤 에세이 집필을 의뢰받았다. 어린 시절에 읽은 그림책 중에서 인상에 남는 한 권에 대하여 써달라는 의뢰로, 그때 내가 무심코 선택한 것이 조단David S. Jordan의 『The Ogre That Played Jackstraws』라는 책이었다. 좋아하는 그림책, 인상적인 그림책이라 해도 여러 가지가 있기에 그림이나 분위기를 한데 묶어 비교할 수는 없지만 이 책의 기묘한 내용이 무척 인상에 남아서였다.

어느 나라의 임금님이 사는 성 바로 옆에 무서운 도깨비가 사는 성이 있어 모두들 도깨비를 두려워하며 살고 있었다. 도깨비를 없애러 간 사람도 모조리 호된 꼴을 당하고 쫓겨났다. 어느 날 성에서 일하는 시종의 어린 아들이 "그렇다면 내가 가겠다"며 도깨비를 찾아간다. 도깨비는 쫓아내려고 하지만 "놀자"며 찾아온 남자 아이의 손에 들린 것은 장난감뿐이다. 때릴 수도 없어서 내키지 않으면서도 성에 들인다. 성을 안내하는 동안에 도깨비는 인간의 뼈나 짐승들이 보이는 데 부끄러움을 느끼고 그것들을 모조리 다른 것으로 바꿔버린다. 인간의 뼈도 허수아비로 만들고 둘이서 놀기 시작하자 성이 차츰 작아져, 마침내 성에 사는 사람들이 찾아가 보니 작은 텐트 안에서 어린애 둘이 정신없이 밀짚놀이를 하고 있었다.

당시에는 좀처럼 이해할 수 없었지만, 조단은 미국인으로 유럽에서 건너온 이민자들에게 전해들은 이야기를 채록하여 그림책을 쓴 것 같다. 그가 생물학자로 평화운동에 종사했다는 경력을 알면 이 이야기를 좀 더 다양한 의미로 읽을 수 있다. 그것보다도 내가 마음에 걸렸던 것은 조단의 책처럼 유럽에서 북미로 이주한 사람들에게 전해진 이야기로 쓰여진, 내가 매우 좋아하는 책이 있었다는 사실을 떠올린 것이다.

『톰보소의 공주님』이라는, 캐나다로 온 유럽 이민자와 선주민의 민화가 뒤섞인 이야기를 바보Marius Barbeau와 혼야스키 Michael Hornyansky라는 학자가 채록한 책이다. 대체 몇 번을 읽었는지 모를 정도로 반복해서 읽은 책이며, 지금도 손에 들면 반드시 읽게 된다.

이민과 혼혈이라는 세대를 거친 사람들 사이에 전해지는 이야기를 수집해 기록하는 과정에서 살아남은 이야기는 당사자 이외에 학자 기질의 사람이 채집하기도 하면서 상실되거나 누락된 부분도 상당하다. 반대로, 그런 과정을 거쳐서 일종의 객관성이나 우화성을 띠기도 한다. 이야기의 핵심이 강조되든가, 혹은 비슷한 이야기의 핵심이 은폐됨으로써 독특한 분위기가 만들어진다. 나는 이 두 권의 책에 공통되는 그 분위기에 반했던 것 같다. 『톰보소의 공주님』에는 다섯 가지 이야기가 수록되어 있는데 일본어로 번역한 이시이 모모코가 해설에 썼듯이 매우 인상 깊고 재미있다.

지금까지 어린 시절에 읽었던 책, 또는 영향을 받은 책으로 이 책을 여러 번 손꼽았는데, 그럼에도 불구하고 고바야시 노부히코나 로알드 달에 대한 편애와 비교하면 오랜 동안 내 안에서는 '권외'처럼 취급되었다. 그러나 전기소설이라는 관점에서 내가 전기를 좋아하게 된 근원에는 이 책이 중심에 있다고 확신했다. 스릴의 골격이 압도적으로 강력하고 이상하고 진귀하다.

예를 들면, 그 중 표제작인 「톰보소의 공주님」.

어느 왕국에 세 왕자가 있다. 그러나 왕국은 가난하고, 게으른 왕자들은 놀고먹다가 임금의 재산을 탕진하고 만다. 세상을 떠나면서 왕은 "너희들에게 남겨줄 수 있는 것은 곡물창고 안의 낡은 화분뿐이다. 내가 죽으면 한 사람이 한 번씩 그 화분을 흔들어 그 안에서 나오는 것이 각자에게 주는 유산"이라는 말을 남긴다. 이윽고 왕이 세상을 떠나자 원래는 풍습에 따라 유해를 좀 더 두어야 했지만 왕자들은 빨리 그 화분을 흔들어

보고 싶어서 서둘러 매장해버린다.

그런 모습이 몹시 인간다워 새롭게 느껴졌다.

곡물창고 안의 낡은 화분을 흔들어보니 첫째 왕자는 열 때마다 금화가 가득 채워지는 지갑, 둘째 왕자는 불면 많은 병사들이 나오는 나팔, 셋째 왕자는 허리에 두르고 가고 싶은 곳을 말하기만 하면 그 장소로 갈 수 있는 허리띠를 손에 넣는다.

셋째 왕자 쟈크는 아무도 가본 적 없는 나라 톰보소, 그 나라의 더할 나위 없이 아름답다고 하는 공주님과 만나고 싶다는 소원을 말해 공주의 방으로 간다. 아름다운 공주는 돌연 방 안에 나타난 쟈크에게 놀라지만 이야기를 듣고는 "내가 그 벨트를 둘러도 같은 일이 일어날까요?"라고 묻는다. 왕자가 "물론 그렇다"고 하자 공주는 마법의 벨트를 가로채고 쟈크를 쫓아버린다. 쟈크는 자기 나라로 돌아와 형에게 지갑을 빌려 벨트를 되사려고 하지만 그 지갑도 "내가 사용해도 같은 일이 일어날까요?"라고 물은 공주에게 빼앗기고, 다시 나팔을 빌려 병사로 위협하지만 마찬가지로 나팔을 빼앗기고 만다.

이 쟈크의 터무니없는 학습능력에 어이가 없지만(이런 자가 왕자이니 왕국이 가난한 것이다), 무엇보다 끝없는 욕심쟁이 공주, 게다가 꽤 약삭빠른 공주가 웃긴다.

세 번이나 쫓겨난 쟈크는 깊이 반성한다. 고국으로 돌아가지 않고 허름한 행색으로 떠돌다가 물을 마시러 어느 시냇가에 이른다. 거기엔 사과나무와 자두나무가 있는데 사과를 먹자 코가 점점 커지고, 놀라서 자두열매를 먹자 코가 다시 줄어든다. 그러자 그는 이렇게 소리쳤다. "나는 과일을 좋아하는 사람을 알고 있어."

맞다, 사실은 맨 처음 쟈크가 공주의 방에 나타났을 때 공주는 사과를 먹고 있었다는 복선이 있다!

쟈크의 역습이 시작된다. 그는 장사꾼으로 변장하여 공주에게 사과를 먹이는 데 성공한다. 그리고 다음에 의사가 되어서 자두를 가지고 공주 앞에 나타난다. 그리고 자두로 세 개의 보물과 맞바꾸고 아직 공주 코가 줄어들지 않은 동안에 자신의 정체를 밝힌다. 공주는 교태를 부리며 "용서해주세요. 앞으로 사이좋게 지내요"라 말하지만, 그런 공주에게 "당신처럼 코가 긴 공주와는 잘 지내고 싶지 않다"는 말을 남기고 자신의 나라로 돌아온다.

이 같은 멋진 구성, 홀딱 반한다. 그나저나 '톰보소'라는 건 뭐지? 무슨 말이야?

다른 네 가지 이야기에도 '약속'이라는 것이 여지없이 들어간다. 기회는 단 3번. 왕자도 셋. 도전에 성공한 남자에게 주어지는 것은 아름다운 공주님이다. 마녀의 집이 열리지 않는

한. 물론 문은 열리고 왕자의 모습은 말로 바뀌어버린다. 또 마녀에게 쫓기고 세 가지 물건을 던지게 된다는 것도 약속이다. 코끼리를 탄 술탄이 등장하는 등 왠지 모르게 이슬람의 향기가 감도는 점도 재미있다.

생각해보면 지극히 당연한 일이지만 '이상하고 진귀한 이야기'는 기본적으로 여행자나 노인이 '들려주는' 것이다. 그렇다면 마음을 사로잡는 이야기, 혹은 엔터테인먼트의 원점은 사람들에게 전해지는 기괴한 이야기이고 그것이 바로 민화나 메르헨이라는 지극히 당연한 사실을 깨닫게 된다.

그러고 보면 올해는 『도노모노 가타리』가 처음 출판된 지 100년째!로, 처음 『도노모노 가타리』를 읽었을 때의 두근거리던 느낌이나 재미도 『톰보소의 공주님』과 통하는 데가 있다. 그중에서도 산속에 아무도 없는 저택이 있고, 거기서 밥그릇 같은 집기를 가지고 돌아오면 부자가 될 수 있다는 「헤매다 들어간 집」 이야기가 굉장히 좋았던 것은 『톰보소의 공주님』에서 마녀의 집이 열리지 않는 동안 우물에 빠진 것이 모두 금이 되어버린다는 이야기와 일맥상통한다.

시간이 얼마나 걸리든 엔터테인먼트 작가 나부랭이를 하면서 '전기물'을 한 번은 써봐야 한다고 새롭게 다짐했다.

삽화의 마력

아이들 책에는 삽화를 빠뜨릴 수 없다. 어릴 적 책이라는 것을 손에 들기 시작했을 때는 책은 '그림이 있는 것'으로 인식했고, 그림을 보기 위해 책을 펼쳤다. 그림이 없는 책은 그 존재를 이해할 수 없었던 것이다. 초등학교에 올라갈 때까지는 그림책 안의 세계가 그대로 이미지가 되어 나의 머릿속에 살아 있었던 것 같다.

『작은 집』에 흐르는 몇 세대에 걸치는 기나긴 시간.

『생명의 역사』의 빛과 그림자로 가득한 장엄한 시간.

『장갑』의 마이크로 하면서도 매크로한 생물의 세계.

『구리와 구라』의 거대한 달걀로 만든 따뜻한 카스텔라.

『분홍색 기린』의 다양한 색상의 크레용이 되는 나무.

매일매일 반복해 읽어도 전혀 질리지 않아 다시 펼치고, 끝내는 책장 밖 이야기를 스스로 만들거나 얇은 그림책에 불만을 느껴 영원히 끝나지 않는 그림책이 있으면 좋겠다고 상상했다.

 그림책은 물론, 삽화와 세트가 되어서 기억되는 명작 아동문학은 많다. 『이상한 나라의 앨리스』, 『곰돌이 푸』, 『나니아 연대기』, 『어린왕자』, 『둘리틀 선생 시리즈』, 『엘마의 모험』 등등. 이미 이 수준이 되면 본문과 삽화는 그야말로 이야기와 일체가 되어 독자에게 확고한 이미지를 만들어주곤 했다.

 지금도 세부적인 부분까지 기억하는 책 중, 마키무라 케이코가 그림을 그린 『돌의 꽃』이 있다. 올 칼라의 대형 그림책으로 석수장이인 주인공이 '멋진 돌이 있는 장소'로 가서 돌을 깎는 장면의 그림에선 그 돌조각의 아름다운 색채와 반질반질한 촉감까지 전해져와 지금도 당시 상상했던 서늘한 돌의 촉감을 떠올릴 수 있을 정도다.

 책과 친숙해져 점차 긴 이야기를 읽을 수 있게 되면 조금씩 삽화가 줄어들고, 결국에는 그림이 전혀 들어 있지 않은 책을 읽을 무렵엔 상당히 어른이 된 것 같은 기분이 들었다. 지금은 소설에 그림을 붙이면 '이미지를 한정짓는다'고 생각한다.

 나의 그림 취향은 아무래도 옛날부터 어두웠던 모양이다.

여하튼 실험적인 그림이 좋았다. 어린 시절 강렬한 인상을 받은 것은 우노 아키라, 이노우에 요스케, 가타야마 켄, 고바야시 야스히코, 호리우치 세이이치, 아지코 케이코다.

우노 아키라는 어린 시절부터 나의 아이돌이다. 요염하고 어른스러우며, 관능적이면서도 우화적이다. 다음은 이마에 요시토모의 『안녕 아이의 시간』, 포 레이디라는 변형판 시리즈로 나왔던 다치하라 에리카의 『연애하는 마녀』, 제임스 써버의 『아주 아주 많은 달』. 시간과 공간이 맞닿아 있는 듯, 간결한 터치를 매우 동경했다. 그림 그리기를 좋아했던 나는 자주 흉내를 냈지만, 그런 선은 도저히 그릴 수 없었다. 소설가가 되어 『네버랜드』를 연재할 때, "희망하는 삽화가가 있습니까?"라는 말을 듣고 제일 먼저 그 이름을 꼽고 일러스트를 부탁했을 때는 어린 시절부터 이 날까지가 연결되어 있는 듯 생각되어 감개무량했다.

고바야시 야스히코는 고바야시 노부히코의 『나요요 대통령 시리즈』의 삽화도 그렸다. 지금 와 보면, 일러스트 르포의 만물 같고, 보조색 같은 분이었다. 만화에 손 그림 틀이 있어 구석에 낙관처럼 '야스히코'라 그려 넣는 점이 멋지게 보였다. 호리우치 세이이치는 독보적인 디자인력으로 다니카와 슌타로가 번역한 『마더 구스의 노래』 등 유럽을 소재로 한 일러스트가 굉장히 훌륭했다. 아동용 그림책도 수없이 많지만 『그림

동화』에서 주문을 외우면 자꾸만 죽이 끓어 넘치는 냄비 이야기가 있는데 멈추는 주문을 잊어버려 온 동네에 죽이 넘쳐 흐르는 모습을 그린, 먀시 브뢰겔 같은 그림이 내 인상에 남아 있다. 물론 당시에는 유명 아트디렉터였다는 것을 전혀 몰랐다.

좋아서, 아무리 따라 그려도 그릴 수 없었다. 이노우에 요스케, 가타야마 켄의 경우 후쿠인칸쇼텐에서 출간된 「어린이의 친구」 시리즈의 『누군가 파이를 먹으러 왔다』, 『숲의 괴물』 등 어두운 이야기가 좋았다. 앞에서 말한 세계명작 아동문학 중에도 『엘마의 모험』의 그림이 좋았는데, 우노·고바야시·이노우에의 간결한 선을 주체로 한 일러스트와 윤곽을 그리지 않는 그림자로 표현하는 타입이 좋았다. 『엘마의 모험』이나 가타야마 켄, 아지코 케이코는 이 타입이다. 지금은 다른 화가의 그림으로 바뀌었지만, 내가 가지고 있는 『초콜릿 공장의 비밀』도 이 타입으로, 바닥에 공장의 호스가 잔뜩 놓여 늘어져 있는 장면은 굉장히 좋았다.

최근 후쿠인칸쇼텐 출판사에서 나온 월간 그림책 「어린이의 친구」의 50주년 창간기념호 『할아버지가 나무를 심었습니다』에서 역대 「어린이의 친구」를 바라봤는데, 나의 기억에 남아 있는 그림책이라는 것은 이것도 저것도 노리는 집요하고 열등감이 감도는 것들로, 주류인 상쾌한 것, 귀여운 것, 감동적인 것은 전혀 기억하지 못하니 역시 제 버릇은 개 못 준다.

게다가 나의 일러스트의 취향에 결정적인 영향을 준 것은 지금은 이미 휴간되었지만, 야나세 다카시의 책임편집으로 산리오에서 나왔던 「시와 메르헨」이었다. 「호빵맨」이 처음 등장한 것도 이 잡지다. 야나세 다카시의 표지는 늘 선명하고 색이 정말 멋졌다. 초등학교 2학년 즈음부터 고등학생 시절까지 구독했고, 당시의 백넘버는 지금도 전부 가지고 있다.

광고를 전혀 싣지 않고 투고 받은 시로 구성하는 방식의, 지금은 드문 타입의 잡지였는데, 대형 판으로 좋은 종이를 사용하여 컬러인쇄를 하면서, 잡지를 펼치면 한 쪽에는 한 편의 시를 싣고 다른 쪽에는 일러스트를 곁들이는 방식으로 화려하게 만들었다. 동화는 원칙적으로 작가가 썼지만, 나는 미노루를 이 잡지에서 알았기 때문에 지금 읽어도 위협적일 만큼 아름답고 엄청난 걸작이 훌륭한 삽화와 함께 게재되어 내게 강한 영향을 주었다는 의미가 있다.

여기에는 물론 우노 아키라도 그렸고, 하야시 세이이치, 이이노 가즈요시, 스즈키 코지, 다키노 하루코, 기타미 다카시, 마키무라 케이코, 히가시 쿤페이, 구로이 켄 등이 참여했는데 매달 샅샅이 그림을 보았다. 요 쇼메이나 아즈마 이츠코도 여기에 등장한 뒤에 폐간이 된 것 같다.

자크 프레베르의 시나 나카하라 추야의 시를 특집으로 게재하거나 앙드레 모루아나 쥘 쉬페르비엘의 단편을 그림책 방식으로 일러스트를 붙이거나 이노우에 요스케가 포크 가수의 가사를 시리즈로 게재하는 등 상당히 깊이 있는 기획도 있었다. 그랜마 모제스의 그림을 일본에서 최초로 소개한 것도 이 잡지였다.

훗날 프로를 위한 일러스트 콩쿠르가 생겨서(실제로 게재된 시 중에서 자신이 한 장을 선택하여 그림을 붙이는 심사방법. 매달 개최하되 독자투표도 고려하여 연간 그랑프리를 결정한다는 재미있는 형식이었다), 오오타 케이분, 하야카와 시즈노, 기타노 준코, 오타니 토모코도 여기서 나온 기억이 있다. 특히, 나는 하야카와 시즈노가 데뷔할 때부터 좋아해서 「손가락 안경」이라는 시에 곁들여진, 화면 중앙의 둥그런 세피아색 창 너머로 파도가 일렁이는 바다가 보이는 그녀의 응모작을 지금도 똑똑히 기억하고 있다.

이미 그림책 작가로 인정받은 사람도 굳이 말하자면 「시와 메르헨」에서는 어둡고 실험적인 것을 그렸던 것 같다. 「시와 메르헨」은 투고자가 성인 중심이었던 점도 있어서 꽤 어른스러웠기 때문이다. 그중에서도 특히 강한 인상을 받았던 것이 우에노 노리코와 아지토 케이코였다.

우에노 노리코는 『쥐돌이의 조끼』 같은 '쥐돌이 시리즈'로 이미 지위를 확립했지만 나는 단연코 또 다른 주요 캐릭터인

「검은 모자」의 팬이다. 이 아이는 늘 거무데데한 차림을 하고, 문자 그대로 챙이 넓은 검은 모자를 쓰고 있기 때문에 얼굴에 그늘이 져 표정이 잘 보이지 않는 어린 소녀이지만, 상당히 고풍스러운 소녀 이미지의 우에노 노리코의 작품에서는 친숙한 캐릭터다. 또한 그림책 분야에서는 이색적인 캐릭터로 「시와 메르헨」의 '실내여행'이라는 8쪽 분량의 특집에서 맨 처음 본, 루소를 흉내 낸 짙고 요염한 그림도 인상 깊었다. 선천적인 기질인지 나는 양면성을 지닌 아티스트의 작품을 보는 경우, 아무래도 어두운 쪽에 반응하고 만다.

그리고 「시와 메르헨」이라 하면 내게 있어 단연 아지토 케이코다. '빛과 그림자를 그린 화가'라는 말이 그처럼 잘 어울리는 사람은 없을 것이라 생각할 만큼 아지토 케이코가 석양이나 커튼 너머의 빛을 그린 연필화는 나를 매료시켰다. 유감스럽게도 이미 세상을 떠났지만, 언제나 아와 나오코의 동화(최근 전집이 나왔다)와 세트로 기억하고 있다. 그녀의 동화가 또 불온하고 아름답고 무시무시해서, 아지토 케이코의 그림과 절묘하게 아우러졌다. 이 콤비는 최강이다.

이 황금 콤비는 「시와 메르헨」에서 많은 작품을 남겼는데(최근, 즈운샤에서 『꿈의 끝』이라는 책으로 묶었다. 당시 담당 편집자의 열의에 의한 것으로, 최고의 형태라 생각한다. 그러나 그림 사이즈가 작아져 아쉽고 아지토가 꽤 새롭게 그림을 다시 그린 것이 개인적으로는 유감이다. 나로서는 「시와 메르헨」에 게재된 사이즈 그대로 일러스트 무크판으로 묶이길 바랐다!), 내 마음에 드는 것은 「꿈의 끝」, 「목소리의 숲」, 「작은 새와 장미」다.

「꿈의 끝」은 신비한 아이섀도우를 눈가에 바르고 자면 늘 같은 꿈을 꾼다는 이야기로, 소녀는 꿈을 이어서 꾸기 위해서 매일 밤 아이섀도우를 바르고 잠자리에 든다(피부에는 나쁘겠지만). 이윽고 꿈속에서 마침내 '찾고 있던' 남자와 만나지만 아이섀도우를 이미 다 써버린 상태. 그러나 체념하지 않고 그것을 다시 손에 넣으려고 아이섀도우를 제조한 곳으로 찾아간다는 얘기다.

「목소리의 숲」은 사람이 내는 온갖 소리를 흉내 내는 악마의 숲에 갇힌 소녀가 어떻게 해서 숲에서 탈출하는가 하는 이야기다. 「작은 새와 장미」는 배드민턴의 셔틀콕을 쫓아 마을 변두리에 있는 수수께끼의 저택에 들어선 여자 아이가 그곳에서 만난 기묘한 모자母子가 주는 작은 새와 장미 파이를 먹는다는 이야기다.

아와 나오코의 이야기는 다른 세계와의 접점을 주제로 한 것이 많아, 모두 해 질 무렵에 끝을 맺는다. 그 '담백함'과 아지토 케이코가 그린 황혼의 이미지가 혼연일체가 되어서 내가 세계에 느끼는 위화감과 두려움을 눈앞에 보여주는 듯했다.

어린 시절에 봤던 그림책 속의 세계는 지금도 역시 거대한 배경이 되어 내 머릿속과 연결되어 있다. 그 세계를 좀 더 이해하고 싶다, 만끽하고 싶다는 바람을 충족시키기 위해 나는 계속 소설을 쓰고 있는지도 모른다.

추신: 「시와 메르헨」은 일단 휴간했지만, 현재 「시와 판타지」라는 이름으로 계속 발간되고 있다.

내가 뽑은 세계 명작

오늘도 변함없이 책을 사고, 원고도 쓰고 있다.

장편소설 베스트 10

① 『예고된 죽음의 연대기』 가브리엘 가르시아 마르케스

② 『변신』 프란츠 카프카

③ 『반지의 제왕』 J.R.R. 톨킨

④ 『화씨 451』 레이 브래드버리

⑤ 『콜렉터』 존 파울즈

⑥ 『알렉산드리아 사중주』 로렌스 더럴

⑦ 『장미의 이름』 움베르토 에코

⑧ 『바람과 함께 사라지다』 마거릿 미첼

⑨ 『슬픔이여 안녕』 프랑수아즈 사강
⑩ 『악동일기』 아고타 크리스토프

읽은 내용과 읽었을 때의 감정이 지금도 똑똑히 기억난다.
고전적인 세계문학전집은 거의 찾아볼 수 없다. 기억에 남은
것은 역시 장르소설이다. 일단 순위는 매겨 놓았지만 별 의미
는 없다. 『돈키호테』, 『율리시스』, 『잃어버린 시간을 찾아서』,
『롤리타』, 『세월의 거품』은 다른 사람에게 맡긴다. 사실 넣어
야 하는 작품을 너무 많이 잊어버린 것 같지만 『작은 아씨
들』, 『레베카』, 『어둠의 왼손』, 『양철북』, 『개미』 같은 것도 차
례로 합격점을 받고 있다. 에드거 앨런 포나 쥘 베른, 코난 도
일도 넣고 싶었고, 희곡을 넣을 수 있다면 『욕망이라는 이름
의 전차』, 『고도를 기다리며』도 미련이 남는다.

추신 : 잡지 「생각하는 사람」의 '해외 장편소설 베스트 100 특집'에서 실시한 설문조사에
대답한 것. 나 말고는 『반지의 제왕』을 꼽은 사람이 없다는 게 납득이 되지 않는다.

어리광 일색인 소녀 이야기 베스트 10

① 『비밀의 화원』 프랜시스 호즈슨 버넷
궁상맞고 짜증 많고 제멋대로 구는 소녀가 주인공이라는
것과 그 소녀가 우리 자신과 참 많이도 닮아 있다는 충격.
세계에는 반드시 비밀이 있다.

②『어떤 미소』프랑수아즈 사강

『슬픔이여 안녕』도 훌륭하지만, 두 번째 작품에 대한 엄청난 주목과 압박감을 떨쳐내고 쓴 이 작품을 사강은 좋아했다.

③『내 책상 위의 천사』재닛 프레임

어른도 자신이 생각한 것을 세상에 잘 전하지 못하고, 원활히 타협하지 못한다. 우리에게는 그런 시기가 있다.

④『폭풍의 언덕』에밀리 브론테

운명적 사랑. 그것은 모든 것에 상처를 주고 모든 것을 치유하는 것이기도 하다. 동경과 현실을 저울로 재는 어려움.

⑤『레베카』대프니 듀 모리에

신분 상승을 위한 결혼에 감춰진 함정. 그런 결혼은 사실 사업경영 수완과 같은 안주인으로서의 재능을 필요로 한다. 재능이 없는 여자의 비극.

⑥『바람과 함께 사라지다』마거릿 미첼

스칼렛이여, 당신에게 남자는 필요 없다. 화려한 여자는 지루함을 무엇보다 싫어한다. 결국, 보통의 행복과는 무관하다.

⑦『욕망이라는 이름의 전차』테네시 윌리엄스

몰락, 그것은 자존심에 상처를 주고 서서히 인격을 병들게 한다. 자존심과 인생이 조화를 이루기는 어렵다.

⑧『세설』다니자키 준이치로

네 자매. 그것만으로 수많은 이야기가 만들어진다. 아무 일도 일어나지 않는 일상에서도 여자들은 서스펜스를 자아낸다.

⑨『벚꽃 동산』안톤 체호프

인생이란 추억과 되돌릴 수 없는 일만이 늘어가는 것이다. 이것은 그러한 것에 대한 애착을 그린 코미디다.

⑩『아웃 오브 아프리카』이자크 디네센

사람의 행복은 여러 가지다. 머릿속으로만 그리던 생활을 하는 기쁨. 스스로 선택한 삶의 방식을 살아가는 기쁨은 무엇과도 바꿀 수 없다.

영원히 끝나지 않는 여름, 소년의 기억 베스트 10

①『민들레 와인』레이 브래드버리

처음 죽음에 대해 생각하기 시작한 소년. 자신도 언젠가는 죽는다는 것을 깨달은 특별한 어느 날의 이야기다.

②『파리대왕』윌리엄 골딩

세상은 잔혹하고 악의와 좌절로 가득하다. 소년의 앞에는 늘 좌절의 기회가 무심한 얼굴로 구르고 있다.

③『악동일기』아고타 크리스토프

그래도 그들은 계속 살아가지 않으면 안 된다. 악의로 가득한 세계의 이면을 뒤집고, 살아가기 위해서는 곰곰이 생각하지 않으면 안 되고, 냉정해지지 않으면 안 된다.

④ 『양철북』 귄터 그라스

성장을 거부하고 정신을 지키는 보루나 피난처를 만들 필요도 있다. 방어와 공격의 균형을 잡는 것은 어느 시대든 성가신 일이다.

⑤ 『예고된 죽음의 연대기』 가브리엘 가르시아 마르케스

세상은 모순으로 가득하고 사회의 규칙은 때로는 부조리하다. 그러나 그 부조리함을 지키지 않으면 안 될 때도 있다.

⑥ 『환상의 여인』 윌리엄 아이리시

'밤은 젊고, 그도 젊었지만, 밤하늘은 달콤한데도 그의 기분은 쓰디썼다.' 너무도 유명한 문장. 성장한 소년의 앞을 가로막는 것은 여자라는 수수께끼다.

⑦ 『세월의 거품』 보리스 비앙

세상의 난치병으로 늘 여자가 죽는다. 왜냐하면, 남자는 사랑하는 사람을 사랑하는 만큼 깊이 증오하기 때문이다.

⑧ 『다시 한 번 리플레이』 켄 그림우드

인생은 되돌릴 수 없다. 한 번 뿐이기 때문에 기쁠 수도 있고 슬플 수도 있다. 그것을 이 소설은 SF적인 기법을 사용하여 선명하게 보여준다.

⑨ 『인 콜드 블러드』 트루먼 커포티

인생을 송두리째 바꿔버리는 범죄란? 그것을 저지르는 범죄자란? 그들에게 점차 매료당하는 소설가는 그들이 우리들의 거울이고, 이웃이라는 사실을 깨우쳐준다.

⑩『산소리』가와바타 야스나리

확실히 '산소리'로밖에 부를 수 없는 소리가 이 세상에는 존재한다. 그것은 죽음이 바로 가까이에 있고, 미지의 것이지만 친숙한 존재라 알려온다.

추신: 잡지 「마리끌레르」 일본어판의 '나의 문학전집'이라는 기획에 썼던 것이다.
「마리끌레르」는 이 글이 실린 호를 끝으로 휴간되었다.

2

소녀만화와
함께 성장하다

과거의 소녀들이 두려워했던 것은 자신의 짧고,

가장 아름다운 계절이 소비되면서 쥐어짜는 듯한 아픔을 겪는 것이었지만

그녀들은 그같은 아픔을 거쳐 새롭게 태어났다.

본문 〈무시무시한 소녀들〉에서

반복되는 기억의 틈바구니에서

— 하기오 모토 『바르바라 이계』

최근 몇 년간 다원우주의 존재가 논의되고 있는데, 한 가지 내가 개인적으로 물리학에서 주목하고 있는 가설이 있다. 실은 시간도 공간도 연속하지 않는다는 설이다. 어느 쪽도 제대로 순서대로 이어진 것이 아니며 실태는 제각기 떨어져 있다는 것이다. 그 설을 알게 되었을 때는 '그렇겠구나, 역시 그랬어'라며 혼자서 고개를 끄덕였다.

나는 어린 시절부터 이 세계가 한 장의 융단처럼 죽 이어져 있는 것이라고는 생각하지 않았다. 아무리 생각해도 이곳저곳에 뒤틀림이나 포트홀이 존재하고, 이질적이고 모순된 것을 이어 붙여서 전체가 되었다는 것이 세상에 대한 내 이미지였다. 재질이 제각기 다른 조각을 모아서 소위 한 장의 그림으로 그린 모자이크다. 곳곳이 빠져 있거나 움푹 파여 떨어져 나갈 것 같거나, 바람으로 나풀거리며 흔들린다. 그것은 시간에 대해서도 마찬가지다. 어린 시절의 나와 지금의 내가 그대로 연속되어 있다고는 도저히 믿기지 않는다. 이곳저곳 단절되거나, 조금씩 다른 시간이 풀칠한 부분처럼 덧대어 있거나 때로는 역행하거나 작은 밧줄을 그리거나, 경우에 따라서는 다른 내가 이중으로 존재하거나 했다는 게 솔직하고 자연스러운 인식이다.

내가 SF를 읽기 시작한 것은 이 인식을 확인하기 위해서였던 것 같다. SF는 반짝이며 세상이 어떻게 이뤄져 있는지 그 비밀(같은 것)을 가르쳐줄 것 같았다. 그 실마리 중 하나가 하기오 모토의 작품이었다. 처음에 『정령 사냥』 중 한 편인 「문안의 내 아들」을 읽었을 때, 작은 열쇠와 열쇠 구멍이 맞아 철컥 하는 소리가 나는 것 같았다.

영향. 그 하나로 사물을 정리하는 것은 쉽다. 이번에 『바르바라 이계』를 몇 번이고 되풀이 하여 읽고 영향이라는 말이 갖는 너무도 단순한 울림에 회의적이 되었다. 영향. 그것은 단지 대상을 물들여 가는 일방통행이 아니라 필터처럼 상호간에 양방통행이 이뤄지는 대화방식이 아닐까? 시간과 장소를 초월하고, 과거와 미래가 서로를 간섭하는 것이 아닐까?

내가 하기오 모토의 작품을 통해서 SF를 받아들이고, '센스 오브 원더(경이감)'를 느끼고 10월의 일리노이를 여행하고, 화성의 기억을 가지고, 불로불사의 일족을 알았을 때, 나도 역시 일리노이의 가을이나 화성의 태곳적 바다나 순식간에 성장해가는 소녀(혹은 모든 성장하지 않는 소녀)에게 어떤 반작용을 주는 것은 아닐까?

돌발적인 상상이라 생각하지 않는다. 그 같은 일을 우리는 일상 속에서 체험하고 있다. 역사의 기록이 달라진 개정 교과서. 리바이벌이나 리메이크된 이야기. 새로이 번역되어 다시 태어난 고전. 디지털 리마스터링화된 영화나 음악. 그것들은 우리들의 인상과 기억을 다시 칠하고, 과거 그 자체까지도 변화시킨다. 미래는 과거에 간섭하고, 과거는 시시각각으로 다른 것으로 덧쓰인다. 그렇게 과거는 몇 번이고 미래에 나타나는 것이다.

『바르바라 이계』를 다시 읽을 때마다 기이하게 그립고, 애타고, 불안한 마음이 되는 것은 틀림없이 그러하기 때문일 것이다. 지금 읽고 있는 『바르바라 이계』가 나를 물들이고 내 기억을 덧쓴다. 다시 한 번, 다시 한 번, 반복해 읽을 때마다 바르바라가 나의 과거에 간섭하고, 지금 내가 사는 세계에 간섭하는 것처럼 느껴지는 것이다.

하기오 모토의 SF는 늘 그랬다. 『스타 레드』도 그렇고, 『은의 삼각』도 그 변형이었다. a→b→c가 되어야 했던 세계(그리고 c는 대략 무시무시한 파멸이다)의 c라는 결말을 피하기 위해 b가 c에 개입하려 한 결과, a′→b′→c′가 되고, d를 지나쳐 e가 되어버리는, 그런 이야기다. 공통되는 것은 e를 바라는 한은 a도 상처받지 않은 채 고스란히 있을 수 없고, a에 애착하면서도 처음부터 a′라고 했던 것을 받아들이고 살아간다는 것이다.

상실을 예감하는 것. 결국 그것이 세계의 본질이고, 우리들 인생의 진실이다. 하기오 모토의 SF는 거듭해서 그것을 전한다. 우리는 온갖 것들을 잃는다. 젊음이나 생명뿐 아니라, 사랑하는 사람에 관한 기억이나 고향까지. 상실은 잔혹하지만, 구제이기도 하다. 끝이지만, 시작이기도 하다. 그것이 하기오 모토가 반복하여 그런 이야기를 그리고 우리가 반복해 그의 이야기를 읽는 이유다.

무시무시한 소녀들

내가 데뷔작인 『여섯 번째 사요코』를 쓸 때, 응모원고의 권두엔 에피그래프, 즉 비문이 있었다. 책으로 내면서 잘라냈지만, 사실 요시다 아키미의 만화 『길상천녀』의 주인공 카노 사요코의 대사였다.

"학교라는 데 정말 재미있는 곳이네 ⋯ 여러 가지 의미에서 ⋯ (중략) 나, 거기가 굉장히 마음에 들어."

그 『길상천녀』가 심야 드라마로 방영됐는데, 카노 사요코가 평범하면서도 요염한 고등학생으로 변해서 위화감을 갖지 않을 수 없었다. 매춘이 '원조교제'라는 엄청난 말로 바뀌어 등장했을 무렵부터 소녀들은 자신을 상품으로 인식하고 있었기 때문에, 아무래도 최근의 '여고생'을 그린 TV드라마속에는, "이런 이미지죠"라며 혀 짧은 소리로 부리는 싸구려 교태와 (실제 틴에이저가 연기하고 있음에도 불구하고) 왠지 모를 거짓 냄새가 감도는 것이 사실이다. 이미 "더러워!"라 소리치고 "창피해서 죽을 것 같아"라며 얼굴을 붉히는 소녀는 아키하바라나 게임 외에는 사라져 버리고 만 것일까?

옛날부터 '무서운 아이들'이라 부를 만한 장르로, 순수한 아이에게 악마가 깃든다고 하는 이야기는 많았다. 『오멘』이나 『브라질에서 온 소년들』, 『금지된 장난』도 어떤 의미에서 이 계통의 변종일지 모른다. 지금은 전멸 위기에 놓인 장르이기도 하다. 왜냐하면 현재의 아이들이 훨씬 무섭고, 무서운 것이 당연해졌기 때문이다. 무서운 아이들이 단연코 다수파를 차지하게 되었다.

어찌 되었든 이 장르에는 걸작이 많다. 특히 여자 아이가 주인공인 것은 머리가 좋은 미소녀가 아니면 폼이 나지 않기 때문에 여러 가지로 인상에 남는 작품이 많다. 어린 시절 강렬한 인상을 받은 것은 와타나베 마사코의 만화 『성 로잘린드』다. 와타나베 마사코라는 만화가는 프랑스 영화 같은 멋스러운 그림으로 유럽의 상류계급을 그린 사람인데, 무서운 이야기를 실로 무섭게 그려 니시타니 요코와 나란히 '이국적인'

냄새가 나는 만화가다.

『성 로잘린드』는 부유하고 순진한 여덟 살의 미소녀가 희대의 살인귀였다는 이야기다. 소녀 본인은 죄의식도 느끼지 않고 주위 사람들을 차례로 죽인다. "죽으면 반지를 주겠다"는 약속 때문이기도 하고, "거짓말을 했다", "엄마를 울렸다" 등 아무래도 좋은 그런 이유다. 그녀는 매우 머리가 좋은 아이라서, 살인 방법도 실로 독창적이기 때문에 아무도 그녀를 의심하지 않는다. 유일하게 집사가 그 사실을 알아차리고, 부모에게 알려야 할지 고민한다. 이윽고 엄마도 사실을 알게 되어 로잘린드를 죽이고 자살하려고 하지만 실패하고, 집사도 결국 손댈 수 없게 되자 글을 써서 아버지에게 건넨다. 모든 것을 알게 된 아버지는 딸을 평생토록 나올 수 없는 수도원에 보내버린다. 마지막 장면은 비오는 가운데, 로잘린드가 탄 차를 아버지가 고뇌하면서 배웅하는 것으로 끝난다.

죄 있는 아이를 용서하라. 이 이야기는 호평을 받았는지 속편이 나왔다. 엄마가 여행 중이라 믿고 있던 로잘린드는 그녀를 보고 싶어 하다가 몽유병을 앓게 되었고, 결국 수도원을 탈출한다. 그때 감기로 고통 받는 수녀들을 위한 '강한 약'으로 알고 있던 청산가리를 '선의'로 우물에 넣고, 죽어가는 수녀가 "주님 곁으로"라 중얼거리는 것을 듣고 그녀들의 바람을 이뤄주려고 일일이 모두를 십자가에 매다는 끔찍한 일을 저

지른다. 속편은 엄마를 그리워하며 집으로 돌아가려고 하는 로잘린드의 여정(여행 중에 도와준 사람들도 역시 '선의'로 죽였다)으로 그녀를 쫓는 아버지와 경찰이 등장하는 추적물이 되었다. 로잘린드의 천진함과 범행의 잔혹함이 엮어내는 대비가 한층 강력해져 굉장히 무서운데, 마지막에는 눈물이 흐른다. 아아, 신이시여, 죄 있는 어린아이를 용서하소서.

일본 특유의 전통이라 할 전투 미소녀의 계보는 어디서 온 걸까?(아, 유럽에는 잔 다르크가 있던가?) 원래 미소녀 복수물이라는 장르가 있고 야마모토 슈고로의 『고벤五瓣의 동백나무』를 비롯한 극화나 영화에 그 원류가 있었을 것이다. 『여죄수 전갈』이나 『수라 유키히메』, 『아즈미』도 이 계열일까.

이 장르에 대해서 아직 잘 모르던 초등학생부터 중학생 시절까지는, 무서운 미소년이라 하면 소년 드라마 시리즈 『표적이 된 학원』의 다카미자와 미치루였다. 또한 『아이와 마코토』의 불량 서클 리더 다카타 유키(분명 처음 아이가 만났을 때, 그는 나무 아래서 이반 투르게네프의 『첫사랑』을 읽고 있었다. 투르게네프다. 굉장하다). 『스케반 형사』의 아사미야 사키가 등장하는 것은 와다 신지의 『초능력 소녀 아스카』를 거친 얼마 뒤로, 츠츠이 야스타카의 『나나세』 시리즈도 이 무렵이었다.

또 당시 내게 강한 충격을 안겨준 것은 레어드 코닉의 소설 『하얀 집의 소녀』였다. 사실은 굉장히 마음에 들었다. 이것은 조디 포스터가 주연한 영화 「리틀걸」의 원작으로 일본에서 번역서로도 출간되었다. 책 띠지에 영화의 스틸 사진이 실려 있었던 것으로 기억한다. 나는 조디 포스터의 팬으로, 『벅시 말론』의 콤팩트디스크를 영화보다도 먼저 손에 넣었고, 「내 이름은 탤룰라」를 그녀가 노래 부르는 부분은 영화를 보기 전부터 알고 있었다.

레어드 코닉이라는 사람은 이 소설을 쓰기 전에도 공저로 『아이들의 시간』이라는, 실수로 사람을 죽인 아이들이 그 사체를 은폐하기 위해 동분서주하는 서스펜스(오츠이치의 『여름과 불꽃놀이와 나의 사체』)를 썼는데, 그 후 소설 부문에서는 이름을 들을 수 없다.

원작은 양친을 잃은 미소녀가 혼자서 교외의 집에 사는데 이를 수상하게 여기는 어른들이 차례로 찾아온다는 이야기로, 그녀가 부모를 독살했음이 암시되고 있지만 솔직히 말해 이야기 중간은 그리 재미가 없었다. 그러나 마지막 장면이 빼어나 아마도 영화제작자도 이 장면을 촬영하고 싶어서 이 원작을 선택했을 것이라 짐작한다.

마지막 장면. 그녀의 범죄를 확신하면서도 그것을 폭로하지 않는 대가로 그녀를 자신의 것으로 만드려는 남자에게 소녀는 차를 낸다. 물론 남자는 그녀가 부모를 독살한 것이 아닌지 의심한다. 컵을 든 소녀의 손이 부들부들 떨린다. 남자는 일단 앞에 놓인 컵을 드는 척하다가 천천히 소녀의 것과 바꾸고 마시자고 제안한다. 소녀는 얼굴이 창백하게 변하며 말문을 잃지만 그것을 받아들인다. 그러나 소녀가 한 수 위였다. 손이 떨렸던 것은 어디까지나 연기였으며, 그녀는 자신이 의심받는 상황을 알고는 처음부터 자신의 컵에 독을 넣었던 것이다. 남자는 단숨에 차를 마시고는 "이 차에서 아몬드 향이 난다"고 중얼거린다. 소녀는 "그건 아몬드 쿠키 때문이에요"라 대답하고 자신의 차를 한 모금 마신다. 거기서 이야기는 끝난다.

그런데 사실 나는 이토록 마음에 쏙 들었던 『하얀 집의 소녀』의 영화를 지금까지 단 한 번도 보지 않았다. 극장에서 처음 상영될 당시 나는 초등학생이었고 영화관은 그때까지만 해도 많은 사람들로 붐비는 오락이었다. 그런데 내가 보고 싶다고 말하기는 했지만 아무도 데려가주지 않았다(분명 초등학생이 보고 싶어 하는 영화가 '부모를 독살하는 미소녀 이야기'라니 부모도 허락하기 어려웠을 것이다). 커서는 조디 포스터 자신이 이 영화를 그다지 평가하지 않았고 자신의 역할도 탐탁하게 생각하지 않았다는 이야기를 들었기 때문일지도 모른다. 환상의 『하얀 집의 소녀』. 앞으로 보게 될 것인지는 알 수 없지만, 그 마지막 장면이 잘 촬영되어 있기를 바란다.

그런데 우연인지 아닌지 중학생이 되어 친구끼리 처음 보러 간 영화는 브라이언 드 팔머가 찍은 스티븐 킹의 「캐리」였다(생각해보니, 이 책의 표지와 『하얀 집의 소녀』의 표지를 그린 화가는 동일인이었다—흠칫 놀라게 만드는 엄청 무서운 그림이다). 이 무렵부터 초능력 미소녀는 드물지 않게 등장했던 것 같다. 그리고 같은 해 야쿠시마루 히로코가 영화 「야성의 증명」으로 데뷔했다. 서점에 붙어 있던 예고 포스터를 멀거니 바라봤던 것을 지금도 똑똑히 기억한다.

이런 말을 하는 것은 내가 『여섯 번째 사요코』가 가장 좋다고 말하는 것과 같아 싫겠지만, 역시 「야성의 증명」의 야쿠시마루 히로코는 다른 작품에는 없는 기묘한 분위기가 있어서 내게는 「야성의 증명」의 그녀가 모든 것이고 최고다. 그 이후에도 그 그림자를 찾아 그녀의 주연 작품을 봤지만 유감스럽게도 두 번 다시 그런 식으로 나를 사로잡은 적은 없었다. 그토록 히트한 영화 「세일러복과 기관총」도 왠지 모르게 답답한 것이, 주인공은 분명히 호시 이즈미역의 야쿠시마루 히로코이지만 그녀의 시점이 없을 뿐 아니라 그녀의 심정이 전혀 전해지지 않는다. 때문에 그 영화는 오히려 아버지의 눈으로 본 아버지의 영화로밖에는 볼 수 없었다. 그렇듯 소녀들의 기적 같은 시간은 짧다. 실제로 육체적으로도 분명히 소녀의 끝을 자각하고 변모하는 자신의 몸을 따라갈 수 없다. 내 개인적인 주장이지만, 여성작가에게 흡혈귀나 초능력자가 등장하는 걸작이 많은 것은 언젠가 자신이 괴물로 변해가는 듯한 공포를 맛보았기 때문이라고 생각한다. 동성애물이 탄생하는 것도 변모하지 않는 성을 동경하기 때문이다. 그 때문에, 사람들은 그런 모티프에서 수수께끼를 보고, 신성을 보고, 경외감을 품고, 강하게 사로잡힌다.

그것을 구체적인 형태로 만든 것이 『길상천녀』다. 주인공 카노 사요코는 자신의 피를 저주하고, 상황을 저주하고, 과거 여자로 맛봤던 굴욕을 저주한다. 그녀 주위에는 죽음이 가득하고, 그녀는 자신의 손을 더럽히는 것도 꺼리지 않아 남자들을 몸으로 조종하는 것도 주저하지 않는다. 그래도 그녀에게는 고결함이나 성스러움이 감돌고 있다. 바로 그것이, 내가 볼 때도 쓸 때도 소녀들에게 추구하는 것이고 내가 상상하는 '무서운 소녀들'의 실체다.

오늘날 영화에도 드라마에도 '무서운 소녀'는 얼마든지 있지만, 거기에는 성스러움이 없다. 소녀로 있을 때의 굴욕도 아픔도 없고, 본인은 물론 주위에서도 이 시기를 얼마나 비싸게 팔 것인가를 공범자처럼 생각한다. 소비될 것을 전제로 파는 것만을 염두에 두고 있다. 과거의 소녀들이 두려워했던 것은 자신의 짧고, 가장 아름다운 계절이 소비되면서 쥐어짜듯한 아픔을 겪는 것이었지만 그녀들은 그 같은 아픔을 거쳐 새롭게 태어났다. 거기에 성스러움이 있는 것이다.

오바야시 노부히코의 영화 「HOUSE」에서 소녀들이 피아노나 연못에 차례로 먹히는 것은 그런 아픔을 상징한다. 그 잔혹성, 음탕함을 초월하여 마지막에 살아남은 이케가미 기미코가 보이는 고결하고 신성한 아름다움이라니. 『길상천녀』의 주인공을, 「HOUSE」 촬영 당시의 이케가미 기미코가 해주면 좋겠다고, 늦은 밤 만화를 읽으면서 혼자 중얼거렸다.

어떻게 '다음 회에 대한 기대'를
만들어내는가

소설가가 일하는 방식에는 여러 가지 타입이 있다. 나로서는 절대 불가능한 것이 '매일 일정량의 원고를 쓰는' 것과 '연재소설을 한꺼번에 넘긴다'는 일이다. 특히 언제나 준비가 충분하지 않은 상태에서 연재를 시작하는 내게 '연재소설을 정리해 한꺼번에 넘겨 여러 차례 나눠 싣는' 일은 생각할 수도 없다(사실 한 번이라도 좋으니 그래보고 싶다. '여기, 일 년치 원고입니다'라며 홀가분하게 턱 넘겨준다면 얼마나 기분이 좋을까? 옛날에는 어느 정도 써놓은 원고가 있는 상태에서 연재를 시작했지만, 지금은 집필속도가 느린데다 스케줄이 늘 밀려 있어 연재 시작 전까지 원고를 확보하지 못한다).

직접 들은 일이 아니라 알 수는 없지만, 그런 타입의 사람은 연재 12회라면 12회분을 구별해 건네는 것이 아니라 어디까지나 '써놓은 한 권 분량'을 건네고 편집자가 나눠서 게재하는 것 같다. 이것이 내게는 불가능하다. 단행본은 단행본, 연재는 연재다. '연재'에는 '연재' 나름의 시선이 있다고 생각한다. 역시 라이브 감각, 질주감이 그 나름대로 필요하다고 생각한다.

같은 이야기를 드라마화하는 것과 영화화하는 것은 관객에 대한 전략이 전혀 다르다. 당연하지만 정보량과 그 정보의 배분방식이 다르다. 50분 드라마가 4회라면, 매회 기승전결이 있고 도입의 시선잡기, 후반의 볼 만한 장면, 다시 다음 회에 대한 기대를 이끌어내는 마지막을 갖추지 않으면 안 된다.

특히 내게 있어 '다음 회에 대한 기대=미끼'라는 인식이 몸에 배어있다시피 해서, 1회 30장 분량을 연재할 경우 27매쯤 쓰면 무의식중에 '거짓말. 앞으로 대체 어떻게 되려고 그래?'라고 자문하게 된다. 고백하자면 때로는 '이봐, 이렇게 전개하면 대체 다음 회에서 어떻게 해결할 작정이야?'라며 스스로 한심해 할 정도로 해결 방도도 없이 '미끼'를 만들기도 한다. 물론 아무 생각하지 않고 반사적으로 자행하는 일이라 '다음 회' 이후 앞뒤가 맞지 않아 그야말로 지옥을 맛 보게 된다.

단, '미끼'를 만들기 위해서는 어느 정도의 길이가 필요하다. 요사이 활자 매체는 문자가 커져서 같은 크기 지면이라도 원고량은 이전보다 줄었다. 주간지 연재의 경우에 통상 1회 약 15매다. 그래도 15매가 있으면 매회 어떻게든 거창하게 미끼를 만들 수 있는데, 어려운 것은 신문연재다. 1회, 2.5매밖에 하지 않는다. 이 길이로는 매회 '미끼' 만들기는 포기할 수밖에 없다. 그럼에도 어떻게든 기대를 갖게 할 수는 없을까? 이미 때늦은 후회를 하면서 매번 시시콜콜 집착하고 매달린다. 그만큼 나는 '미끼를 만들어야만 한다'는 강박관념이 강하다.

이렇게 된 이유를 안다. 어린 시절에 흠뻑 빠져 읽었던 만화잡지 때문이다. 지금은 단행본으로 나온 후 읽는 사람이 많아졌지만, 과거 만화라는 것은 '연재'로 읽는 것이었다. 연재 만화의 '다음 회에 계속'이 얼마나 원통하고 분했던지! 한때는 「나카요시」, 「리본」, 「하나토유메」, 「별책 마가렛」, 「주간 소년 챔피언」, 「주간 소년 매거진」, 「주간 소년 썬데이」를 나란히 읽었던 나다. '다음 호에 계속!'에 나는 누구보다 분하고 초조해했다.

『공포신문』, 『마타로가 온다!』, 『블랙 잭』은 매회 이야기가 끝나는 형식이라 그나마 좋았지만, 『도카벤』이나 『이야하야 난토모』, 『나는 직각』은 '어떻게 매회 이런 결정적인 장면에서 끝나는 거지?'라며 문자 그대로 발을 동동 굴렀다.

지금까지 잊지 못할 최대(최악) 미끼의 강력함을 맛본 것은

『아이와 마코토』다. 떠올리기만 해도 몸서리쳐지는 마성의 미끼, 『아이와 마코토』. 모르는 사람을 위해 말하자면, 줄거리는 아주 얌전한 요조숙녀와 아주 불량한 사내의 순애보 이야기다. 어린 시절 스키장에서 엄청난 속도로 질주하는 사오토메 아이를 몸으로 막고, 아이의 스키 끝에 부딪혀 이마에 초승달 모양의 상처를 입은 운명의 연인 마코토(마코토의 성은 뭐였더라? 아, 맞다. 타이가였다). 덧붙여 말하면, 여주인공 사오토메 아이는 영화 『아이와 마코토』로 데뷔하면서 배역의 이름을 그대로 예명으로 썼다.

이 만화는 미끼는 무엇보다 훌륭하지만 좀처럼 이야기가 진행되지 않는다. 단행본으로 전 몇 권이 나왔는지는 잊었지만 한 권을 읽어도 거의 이야기가 진전되지 않는다. 그런데 다음 이야기를 읽게 만드는 마무리는 실로 굉장하다. 결국 『아이와 마코토』는 거의가 '미끼'만 있는 이야기였다.

다카하시 루미코가 『시끌별 녀석들』로 등장했을 때도 충격이었다. 무엇보다 파워풀하면서 에너지로 가득찬 속도감 속에서 차례로 등장하는 캐릭터는 기라성처럼 매력적이었고, 아이디어가 풍부하며 밀도가 높아 엄청난 인상을 받았다. 저런 굉장한 이야기를 매주 그린다니 정말 믿을 수 없었다.

의외로 훌륭했던 것은 사토나카 마치코다. 소녀만화 스토리에서 '미끼'를 만드는 것은 꽤 어렵다고 생각했는데(옛날에 한

때 유행했던 '발레' 플러스 '출생의 비밀' 같은 것은 별도로 하고) 『아리에스의 소녀들』의 '미끼'는 놀라웠다. 만화계에서 손꼽히는 이야기꾼이다. 『애플매치』나 『애인은 오직 당신뿐(이 이야기의 전개 역시 놀랍다)』도 좋았다.

그리고 최고의 미끼 등장, 미우치 스즈에. 『유리가면』은 처음에 월간이던 「하나토유메」가 월 2회 간행되는 기념으로 연재했던 것이다. 분명히 말해서 모든 페이지를 암기하고 있다. '도망친 작은 새 …', '아, 지금이야', '독 … 여기에 있는 것은 심사원이라는 이름의 관객' 매회 하나같이 독자의 시선을 사로잡는 미끼의 폭풍으로, 떠올리기만 해도 현기증이 날 정도다. 미우치 선생님, 저는 당신의 『유리가면』을 읽고 이렇게 훌륭한 '미끼'의 여왕이 됐습니다.

어린 시절이라는 것은 하루하루가 참으로 길다. 월간지 발행일을 목이 빠져라 고대했고 그때까지 기다리는 데 절망감마저 느꼈다. 지금도 기억하지만, 초등학교 시절 후지산역 앞의 작은 책방이 발행일이 아니라 배포된 날에 몰래 잡지를 판다는 소문을, 소녀만화 오타쿠인 동급생에게 듣고는 엄마랑 같이 가서 떼를 쓰다시피 해서 발행일 전에 「리본」이나 「나카요시」를 샀던 기억이 있다. 그러나 손꼽아 기다린 만큼 엄청난 기세로 읽어버리고, 다시 한 달이 영원처럼 생각되어 "오 마이 갓!"을 연발하며 매번 하늘을 올려다보았다. 결국 이

성적으로 발행일을 기다리게 된 것은 고등학생이 되었을 때다. 초등학교 6학년 무렵부터 엄마가 "이제 어린 애도 아니니 만화는 졸업해라"고 끊임없이 귓가에 속삭였지만, 여하튼 「하나토유메」에 이어서 「LaLa」나 「부케」 같은 만화잡지가 나오고 소녀만화가 한 단계 더 발전한 시절이었기 때문에 만화를 끊는 것은 무리였다.

'연재'가 일본 만화를 키운 것은 틀림없다. 어떻게 독자를 질리지 않게 할까? 어떻게 독자를 사로잡을까? 어떻게 놀라운 스토리를 전개할까? 그것을 주에 한 번, 기껏 한 달에 한 번, 리얼타임으로 끌어가는 것은 그야말로 만화가와 독자의 사투다. 그것은 현재도 이어지고 있다. 실로 놀랍고 멋진 일이 아닐 수 없다.

그중에서도 '연재'가 아니면 절대로 존재할 수 없었을 것이라 생각되는 작품 하나가 있다. 그것은 이치죠 유카리의 장편 『모래성』이다. 작가는 "여하튼 멜로드라마를 그리고 싶었다"고 말하는데, 여하튼 첫 3회의 전개가 굉장했다. 대하드라마의 도입부에 해당하는 처음 3회의 마지막 장면에서 이야기의 골격이 분명히 드러나는데 그걸 상상했던 독자는 일단 없지 않았을까? 아니, 제1회를 읽고 제2회의 전개, 제2회를 읽고 제3회의 전개를 예상하는 것조차 어려웠을 것이다.

만일 이것이 단편극이었다면, 도입부가 이토록 드라마틱하게 전개되지는 않았을 것이다. 또한, 이 이야기가 소설이나 영화였다면, 이 같은 단도직입적인 진행이 되지는 않았을 것이고, 컷백으로 화자가 회상하는 형태가 되었을 것이 분명하다. 연재만화라는 형식이었기 때문에 이런 전개가 되었다.

그리고 또 하나. 내가 기억하는 사상 최고로 멋있었던 '미끼'는 「리본」에 연재됐던 야마기시 료코의 대표작 『아라베스크』 제1부 중 어느 회의 마지막 장면이다. 『아라베스크』는 '보이지 않는 천재'인 발레리나 논나 페트로와를 주인공으로 한 이야기다.

소비에트 연방의 시골 발레학교 열등생이던 논나는 레닌그라드 발레단의 인기 댄서 유리 미로노프에게 발탁되어 전학하는데, 그곳에서 자신감 부족으로 주연 경쟁에서 패배하고 만다. 그녀는 자신이 있을 곳이 사라지자 도피해 지방의 작은 발레극장에서 청소부로 일한다. 가명을 사용하지만 그녀를 받아들인 늙은 프리마돈나는 그녀의 정체를 간파하고 자신이 부상을 입었을 때 그녀를 대역으로 지명한다.

그러나 늙은 프리마돈나의 조치는 단원들의 반감을 사게 되어 그녀의 상대역이 된 댄서는 무대 위에서 그녀를 밀어버린다. 때마침 객석에는 논나의 고향에서 발레교사를 하는 엄마의 친구 다치아나가 있었는데 그녀 역시 프로 발레리나다. 그녀는 지방공연을 마치고 잠시 들렀던 것인데, 무대 위에서 논나의 춤을 보고 왠지 눈에 익다고 생각한다. 그리고 상대 댄서가 논나에게 악의를 품고 있다는 것을 간파하고 분해한다.

논나의 가슴속에는 지금까지 느껴본 적 없는 격렬한 분노가 부글부글 끓어오른다. 사실상 이번 무대로 자연히 은퇴하게 될 늙은 프리마돈나의 무대를 망쳐버린 사람에 대한 분노와 관객은 무시한 채 자신들의 불만을 해소하려는 사람들에 대한 분노다. 그녀는 상대 파트너를 거부하고 홀로 의연하게 그 어렵다는 토우의 포즈에 도전한다. 마지막 장면에서는 넋을 잃은 상대역을 남기고 논나가 홀로 포즈를 취하고, 놀란 다치아나는 "저런 춤을 출 수 있는 건 분명……"이라 외친다.

지금 그 마지막 장면을 다시 떠올려도 몹시 흥분된다. 더불어 그 페이지 아래쪽에 '리본 ○월호에 계속'이라는 문자를 봤을 때의 충격과 원통함도. "왜 또 이런 장면에서 끝나는 거야. 다음 호에 계속이라니, 제기랄! 너무해!"

아아, 세월은 흘렀어도, 역시나 소리치고 만다. 그러나 이렇게 발을 동동 구르고, 이어지는 이야기에 흠뻑 빠져 있는 것만큼 즐거운 일이 없다는 것을, 지금은 안다. 무엇보다 '미끼'는 '연재'의 가장 큰 묘미이기 때문에.

우치다 요시미를 찾아서

소녀만화라는 말 그대로 소녀시대 내내 만화와 함께 보냈다. 여기저기서 읽었는데, 내가 소녀만화라는 장르를 맨 처음 의식한 만화는 이치죠 유카리의 『크리스티나의 푸른 하늘』과 하기오 모토의 『문 안의 나의 아들』이다.

그때까지도 니시타니 요시코나 다다츠 요코의 만화는 읽었다. 니시타니 요시코는 60년대의 멋스럽고 풍요로운 미국을 그렸고, 다다츠 요코는 왈가닥에 발랄한 소녀를 그리는 데는 타의추종을 불허했다. 다니 유키코의 출생의 비밀 겸 발레 만화나 스즈키 겐이치로의 청춘만화도 읽었다.

그러나 내 안에서는 분명히 이 두 가지 작품을 경계선으로 '그 이전'과 '그 이후'로 나뉜다. 왜 이 두 작품인지에 대해서는 다른 기회에 이야기하기로 하고, 이번엔 재미있는 스토리란 무엇인가 하는 내 현재 기준에 영향을 주었던 초등학교 시절의 '추억의 소녀만화'를 꼽아보기로 한다(왠지 묵직한 이야기 같지만 그리 대단하지는 않다).

◆ 사토나카 마치코『애인은 오직 당신뿐』

이야기꾼이라는 점에서 뛰어난 것은 사토나카 마치코다. 처음 읽었을 때부터 이미 대가였다. 성격이 정반대인 쌍둥이를 그렸던 코미디물『애플마치』, 대사에 집착하는 연애군상들『아리에스의 소녀들』, 스타를 꿈꾸던 소녀의 혹독한 현실을 그린『은막 위의 여왕』등 다양한 만화를 그렸다.

그러나 지금 돌아보면 가장 인상에 남는 것은 그의 작품 중에서 그리 유명하지 않은『애인은 오직 당신뿐』이다. 세 남자에게 구애받은 소녀가 그중 누구를 선택하는가 하는 내용으로 설정만 보면 지극히 소녀만화적인 스토리다. 그런데 그것이 도저히 말로는 설명할 수 없을 정도로 앞을 예측할 수 없는 이야기였다.

연재 1회에서 주인공은 세 남자로부터 구애를 받고 주저하지만, 가장 어른스럽고 온화한 남성과 약혼한다. 그런데 제1회 마지막에서 느닷없이 약혼한 남자가 전사했다는 소식을 받는 데서 '다음 회에 계속'이라는 말과 함께 끝나버린다. 이후 몇 되지 않는 등장인물이 뜻하지 않은 전개를 이어가는 데, 결국 세 사람 중 그녀에게 가장 엄격하고, 그녀 곁을 묵묵히 지켜주던 남자를 사랑하게 된다. 그리고 마지막에 '나의 애인은 오직 당신뿐'이라고 깨닫는 장면으로 끝나는 수수한 이야기였다.

◆ 와다 신지 『은발의 아리사』

와다 신지의 서스펜스적인 색채가 강한 만화에도 흠뻑 빠졌다. 『사랑과 죽음의 모래시계』나 『주작의 문장』은 그대로 2시간짜리 드라마나 영화로 만들어도 손색이 없는 이야기가 많고, 캐릭터 설정도 완벽하여 오락으로서의 완성도가 높았다.

대표작 『스케반 형사』나 작가가 필생의 사업으로 그렸던 판타지 『피그말리온』보다도 나는 『은발의 아리사』나 『초능력 소녀 아스카』가 좋았고 완성도도 높다고 생각한다. 『은발의 아리사』는 때가 오기를 기다리며 참고 지내는 기간이 중요하다는 것을 배운 복수물이다. 부모가 끌려가고 땅속 호수에 갇힌 주인공이 그곳에 먼저 흘러들어와 연명하고 있던 고고학 박사 부부에게서 지식을 배우고 땅밑 세상에서 사냥을 하며 신체능력을 단련하고, 지상으로 탈출해서는 지하에서 배운 능력을 이용하여 복수하는 내용인데, 정말 감탄했다.

아름답고 인간의 지식을 뛰어넘는 능력을 가진 주인공이

사실은 덤벙거리고 수수한 가정부라는 차이가 과거의 '스파이더맨', 혹은 일본에서 널리 인기를 모으고 있는 '미토 코몬'이나 '필살 직장인'과 일맥상통하는 데가 있고, 그것이 만인의 사랑을 받는 요인이라는 것을 배웠다.

◆ 마나모토 타로 『두 사람은 연인』

소녀만화지에서 소녀만화를 그리는 남성작가는 어떤 의미에서 여성작가보다 고결하게 여성을 숭배하는 부분이 있다. 와다 신지를 비롯하여 유즈키 히카루나 아카자 히데하루의 만화에는 어린 마음에도 여성에 대한 존경심을 느낄 수 있었다.

미나모토 타로는 지금은 『풍운아들』 같은 역사 오락만화가로 알려져 있는데, 내가 맨 처음 그를 알게 된 것은 「주간 소녀프렌드」에 연재되었던 『두 사람은 연인』이었다. 매회 4~6페이지 분량으로 한 페이지에 고작 2, 3개의 장면만 있는 그림책 같은 만화다. 선이 매우 화려하고 시적인 정취가 있어 너무 좋았다. 그래서 매주 읽고 또 읽었다. 고백하자면 내가 지금까지 팬레터를 쓴 것은 전무후무하게 타로 한 사람뿐이다.

이 만화를 그릴 때, 레이몽 페이네의 『사랑의 세계여행』을 염두에 두었다는 말을 듣고 과연 그렇다며 혼자 고개를 끄덕였던 기억이 있다. 『두 사람은 연인』의 주인공은 추정연령 6세의 커플, 초주로쨩과 미미쨩. 말풍선이 없는 대신, 장면마다 대사가 시처럼 배치되어 있었다. A5판 변형이라는 그림책 같은 아름다운 단행본이 나왔을 때는 떨 듯이 기뻐서 오랫동안 소중히 간직해왔는데, 슬프게도 이사할 때 제일 먼저 만화는 처분해야 했다. 지금도 없어진 책 중에서 가장 아쉬움이 남는 책이다.

◆ 다카시나 료코『불청객 비서』

처음 읽은 다카시나 료코의 만화는 에도가와 란포의『검은 도마뱀』을 소녀만화 풍으로 변형하여 그린 것이었다. 마찬가지로『파노라마 섬의 기담』을 번안하여 만화화한『피와 장미의 악마』도 잘 만들어졌다. 이 사람은 공포만화 전문가로 미치광이 과학자가 등장하는『지옥에서 메스를 빛내다』나 존 파울즈(그보다 윌리엄 와일러가 찍은 영화의 영향이 크다)의『콜렉터』나『곤충의 집』처럼 무시무시한 이야기에 뛰어났다.

당시 소녀만화는 감동물 담당, 스포츠물 담당이라는 식으로 만화가가 나눠 있었다. 그런데 이『불청객 비서』는 180도 다른, 빠른 템포로 전개되는 코미디물이다. 제목 그대로 온갖 수단을 동원해 일류 기업의 사장실의 비서가 되려고 분투하는 여자의 입신 성공물로 호쾌함이 매우 재미있었다. 무서운 만화를 그릴 수 있는 사람이 코미디도 그릴 수 있다는 것을 (그 반대도 참이다) 깨우쳐준 작품이다.

◆ 다다츠 요코 『로잘린드의 초상』

다다츠 요코는 이야기꾼으로 제대로 된 로맨틱 코미디를 그릴 수 있는 사람이었다. 결국 이 사람도 무서운 이야기를 그렸다. 잡지 「하나토유메」에서 '괴기 시리즈'를 기획했을 때, 7~8개 작품 중에서 가장 걸작이 이것이었다.

수수께끼로 가득한 저택, 그곳에 오는 젊은이들, 불길한 미녀의 초상화. 이 중 한 페이지에서 깜짝 놀랐다. 로잘린드라는 이름, 무슨 연관성이 있는 것일까? 앞에도 말했지만, 와타나베 마사코의 『성 로잘린드』라는 만화도 미소녀 살인귀가 주인공이라는 전대미문의 만화였다.

◆ 이데 치카에 『경계성 인격장애에서 탈출』

사실 이 만화는 정확히 기억하지 못한다. 어느 잡지에 게재되었는지도 잊었다. 그저 고대문명(아마 마야·아즈텍 문명)을 테마로 한 모험 만화였던 것으로 어렴풋이 기억한다. 악이 굉장히 강하게 그려졌다. 저자와 제목만을 똑똑히 기억하는 것을 보면 뭔가 굉장히 강렬한 인상을 받았던 것만은 분명하다. 조만간 다시 읽을 만화로 우선적으로 꼽고 있다.

◆ 야마다 미네코 『사신들의 하얀 밤』

아직 무서운 만화는 이어진다. 이 만화의 공포에 대해서는 다른 곳에서도 말한 적이 있는데, 마지막 장면의 무시무시한 공포는 내 기억 속에서 독보적으로 1위를 차지한다.

야마다 미네코는 「아마겟돈 시리즈」가 대표작이다. SF물 이외에 애거서 크리스티 같은 미스터리도 그렸는데, 나는 『달려라 앨리스』를 비롯하여 그쪽 시리즈가 좋았다. SF물로는 초기 코미디 단편으로 우주인을 믿는 청년과 믿지 않는 청년이 함께 사는데, 어느 날 자칭 '금성인'이라 말하는 여자아이가 찾아온다는 「페럴란드라로 돌아가고 싶다」가 좋았다.

◆ 이치죠 유카리 『웃어요 퀸벨』

여기서 이야기하고 싶은 것은 로맨틱 코미디라는 장르다. 예전엔 할리우드에서든 소녀만화에서든 존재했지만, 현재는 거의 전멸했다. 아마 일본에서 최후로 로맨틱 코미디를 그린 작가는 다카하시 루미코가 아닐까(소녀만화에서만).

『웃어요 퀸벨』은 수도원에서 생활하고 있던 어리숙하고 아무런 장점도 없는 주인공 퀸벨이 사실은 대부호의 딸이었다는 사실이 알려져 갑자기 대부호의 대저택으로 보내진다는 정통 로맨틱 코미디다. 이치죠 유카리는 정통 로맨틱 코미디를 그리는 일류 만화가로 『제미니』도, 『별 내리는 밤에 들려줘』도 수수하고 깡마른 여자아이가 동경하던 멋진 상대와 맺어지는 해피엔드의 이야기다. 옛날에는 마루야마 케이나 야마모토 유코처럼 화려한 로맨틱 코미디를 그리는 사람이 있어 이 장르는 번성했다.

◆ 오오야 치키 『이매진』

프레그레시브 록의 앨범 표지가 될 법한 서양풍의 화려한 그림. 『말썽꾸러기 류류』나 『설앵초』는 그림만 보고 있어도 즐거웠다. 소녀만화를 읽지 않는 사람에게는 잡지 「피아」의 권말에 장기 연재되었던 어려운 퍼즐 그림으로 기억하고 있을지도 모른다. 『이매진』은 환상적인 단편으로 꽤 이색적이라 지금 읽어도 난해한 단편이다. 동일한 장면이 몇 번이나 반복되는 것이 인상에 남아서 나도 모르는 사이에 '소녀만화에서도 이런 게 가능하구나'하고 생각했던 기억이 있다.

◆ 다치카케 히데코 『밀키웨이』

「리본」의 신인만화가 등용문에서 좀처럼 나오지 않는 최고상 '리본상'을 수상한 것으로 기억에 남는 다치카케 히데코. 한때 무츠 에이코나 다부치 유미코와 같이 '캠퍼스 만화'로 묶였는데, 거기에 그치지 않고 정통파 드라마를 그렸다. 『밀키웨이』는 당시에는 보기 드문, 피가 섞이지 않은 형제를 죽였다는 죄책감에 마음의 짐을 짊어진 여자에 대한 속죄와 치유의 이야기로, 혹독하고 안타까웠던 전개가 인상에 남는다.

◆ 미우치 스즈에『폴리아나의 기사』

'이야기가 재미있다'는 점에서는 역시 미우치 스즈에를 빠뜨릴 수 없다. 『유리가면』은 말할 것도 없고 미우치 스즈에의 만화는 하나 같이 재미있었다. 살아 있는 숲을 그린 『초록의 화염』, 고양이가 인간을 습격하는 『금빛의 어둠이 보인다』. 『유리가면』은 미구니 렌타로 주연의 영화 「궁」을 밑바탕으로 하고 있다. 소녀만화로는 드물게 사기물인 『앨리카 빨간 회오리바람』은 탐욕스러운 인형장수를 당혹스럽게 만들기 위해 일단 사재기로 사들인 인형을 고가로 되팔려고 획책하는 내용인데, 너무도 오사카인다워 재미있었다.

유달리 예민했던 것이 공포만화다. 마녀들의 학교로 전학 온 한 소녀의 공포를 그린 『13월의 비극』은 꿈에 나올 정도로 무서웠다. 오컬트Occult물로는 『하얀 영법사』가 엄청나게 무서운데, 분신사바의 장면, 클라이맥스의 괴이한 장면은 공포만화의 역사에 길이 남을 것이다. 현대의 소녀에게 선조인 마녀가 부활하는 『마녀 메디아』, 무시무시한 저주를 그린 『흑백합의 계보』는 모두 무섭지만 재미있었다.

자, 여기서 소개하는 것은 이색적인 작품으로서 기억에 남는 『폴리아나의 기사』다. 일종의 '기묘한 느낌'을 가진 단편이라 할 수 있다. 주인공 폴리아나는 어린 시절부터 위험에 빠질 때마다 반드시 자신을 도와주는 남자가 있다. 그녀는 그를 운명의 사람이라 생각하고 다음에 다시 만날 것을 기대하게 되는데, 사실 그는……. 이런 식으로 기묘한 느낌을 자아내는 작품으로 어린 마음에도 '참 신비로운 이야기를 그렸다'고 생각했던 기억이 있다.

그 외에도 많은 작품이 떠오르는데, 야마기시 료코나 하기오 모토의 작품은 또 다른 형식이기 때문에 일단 이것들이 내 소녀만화 제1기의 핵심이 되었던 작품이다. 이렇게 보면, 역시 나는 일그러진 플롯에 흥미를 가지는 경우가 많았다.

2

「나카요시」, 「리본」, 「주간 소녀프렌드」, 「별책 마가렛」, 「리본 드럭스」, 「리리카」, 「하나토유메」, 「LaLa」. 한때 정기적으로 샀던 소녀만화지다.

「나카요시」에서 이가라시 유미코의 『캔디 캔디』를 읽으면서 '이미 이런 걸 읽을 나이가 지났다'고 생각할 무렵 「주간 소녀프렌드」에서 사토나카 미치코 『아리에스의 소녀들』이 눈에 띄었고, 「별책 마가렛」은 미우치 스즈에와 와다 신지가 「하나토유메」로 옮겨가면서 실패했다. 「리리카」는 산리오가 처음부터 해외에 팔 목적으로 중철에, 대사의 가로쓰기, 올칼라로 예쁘게 만들었지만, 역시 당시에는 읽기가 어려운 데다 게재 작품의 스토리성이 약해 이른 시기에 휴간됐다. 「리본 드럭스」는 계간지로 이치죠 유카리의 『다자이너』 등 볼만한 하이라이트 모음이 특색이었는데 없어졌다. 결국 고등학교를 졸업한 뒤 만화잡지를 사지 않기로 할 때까지 살아남았던 것은 「리본」, 「하나토유메」, 「LaLa」 3개 잡지였다.

소녀만화는 내가 유년기 때에는 거의 학원물이었는데, '꿈'과 '동경'을 실현하기 위해 서양 아가씨를 주인공으로 하는 코스프레적인 역사물도 많았다. 혹은 발레 만화나 스포츠물 출생의 비밀 같은 드라마적인 이야기가 주류를 이루었다.

그것이 어느 때부터인지 외국을 무대로 하는 이야기가 자취를 감추고, 주변의 일상 이야기를 주로 그리게 되었는데, 그것은 역시 무츠에 에이코의 등장이 큰 영향을 미쳤을 것이라 생각한다. 그 조숙하고 초식적인 감성을 지닌 남녀의 등장은 이후 일본 소녀들의 취향을 결정했을 정도다. 그만큼 무츠에 에이코는, 이제까지의 소녀만화의 무대에 오른, 팔등신에 파란만장한 삶을 사는 얌전한 여자들을 '객석에서' 보고 있던 소녀들로부터 열렬한 환영을 받았다. 물론 스토리지상주의인 나는 그녀들의 열광하는 이야기에 크게 당황하고 아무래도 좋은 이런 이야기가 왜 좋은지 내심 놀랐지만, 이윽고 그와 비슷한 만화가 많아지면서 차츰 익숙해졌다.

그러나 여기서 말해두고 싶은 것은 그것이 일상을 그렸던 학원만화라고는 해도 분명히 사실적인 일상이 아니라, 판타지로서의 일상이었다는 점이다. 혹은, 판타지 상품으로써의 일상이라 할 수 있다. 소녀만화가 '진짜' 일상의 사실성을 획득하는 일은 훨씬 나중의 일로, 그 선구자인 구라모치 후사코가 청춘의 아픔이나 볼품없는 모습을 선보이며 등장했을 때 극히 소수의 지지를 받았는데, "왜 이런 감추고 싶은 것, 하기 싫은 이야기를 그리는가?"라며 꺼려했던 사람도 많았다. 주인공에게 친밀감을 느끼는 것은 어디까지나 '설렘'이나 '소녀다운 감상'에 대한 것뿐이지, 자기 자신의 추한 모습이나 아픔에 공감할 마음은 없었던 것이다.

그런 이유로 내가 읽었던 만화잡지에선 '어디에나 있을 법한 평범한 여자아이'가 주인공을 석권하고, 스토리 만화는 미우치 스즈에와 와다 신지라는 그야말로 스토리 만화의 대표격인 두 사람이 옮겨간 「하나토유메」로 자연히 무대를 옮길 수밖에 없었을 것이다(여기서는 내가 구독한 만화잡지에 한한다. 다른 잡지에는 조금 어른스러운 만화도 있었다. 특히 리얼타임으로 읽지 않았던 「뿌치플라워」 등 쇼카쿠칸에서 나온 소녀만화에 대해서는 잘 알지 못한다).

그런데 나름 「리본」에서 얼핏 일상적 '캠퍼스 만화'의 얼굴을 하고 등장한 것이 기요하라 나츠코였다. 『하나오카쨩의 여름방학』이 등장했을 때, 이것을 '나의 만화'라고 생각했던 사람이 많을 것이다. 그것은 어떤 의미에서 획기적인 만화였다. 늘 담배를 피우고 독서를 대단히 좋아하고 멋이나 이성에 대해 전혀 흥미를 가지지 않는 지방 국립대학의 문과생 하나오카짱에게 공감한 남녀는 매우 많았다. 그것은 '깡마른 모범생 타입'의 여주인공이 처음 등장한 만화였다. 대머리에 악마적으로 머리가 좋은 선배, 아름다운 인재로 남자를 좋아하는 주위의 등장인물도 그때까지는 없는 '사실적'인 캐릭터였다.

이 사람은 그 후 성을 테마로 한 청춘물이나 SF를 그리고 (한때 「리본 오리지널」이라는 잡지에 그녀가 그렸던 SF『진주 캐기』 시리즈가 좋았다), 최근에는 센노 리큐까지 그렸다. 그 터치나 캐릭터는 일정하게 훌륭한 수준을 유지하는데, 그 모든 것이 그녀의 '일상'으로 아마 하나오카짱을 그리고 있을 때도 '캠퍼스 만화'를 그리고 있지 않았을까? 지금에 와서 그런 생각을 한다. 반대로 그런 다른 장르를 '일상'으로 녹여냈다는 점에도 획기적이었던 것은 아닐까?

다른 한 사람, 고등학교 시절에 이별한 「리본」에서 끝까지 애독했던 것은 다카하시 유카리다. 그녀의 작품도 역시 얼핏 보통의 '캠퍼스 만화'인데 이상하게 건조하면서, 쿨하고 자기 객관성을 갖춘 영웅들을 그려, 다른 일상적인 소녀만화와는 다른 '사실성'을 느꼈다. 『멋대로 세레모니』도 좋았지만, 내가 좋아했던 것은 「런던 계단을 내려와」라는 단편으로 그 깨어 있는 고요함이 인상적이었다.

그 다음은 스토리 만화의 아지트가 된 「하나토유메」와 유사하게 등장한 「LaLa」인데, 아마 내가 중고등학교 시절에 읽었던 그 두 잡지가 가장 첨예한 소녀만화를 싣고 있었던 것이 아닐까? 특히 「LaLa」는 굉장했다. 실리는 연재, 단편 모두 독창성이 강하고 재미있었다.

「하나토유메」는 창간 당시 월간으로, '고상한' 소녀만화를 지향하고 있었다. 핵심 작품인 야마기시 료코의 명작 발레 만화 『아라베스크』 제2부나 미우치 스즈에의 잔 다르크를 모델로 한 역사물에도 그 경향이 엿보인다.

그러나 『아라베스크』의 제2부를 연재할 때부터 이미 「하나토유메」의 운명은 정해져 있었던 것 같다. 당시 나는 사람들이 선망의 눈빛으로 바라보는 프리마돈나가 된 논나가 궁지에 몰리는 입장이 되어 울먹이기만 하는 제1부의 이야기, 특히 '남의 약점을 잡아 마구 휘둘러대는', 카리스마라고는 찾아볼 수 없는 부분에 불만을 가졌던지, 이번에 다시 읽어도 단연코 제2부가 훌륭했다. 논나뿐 아니라 그녀를 지도하는 유리 미로노프에 대해서도 예술가로서의 '영감'이란 무엇인가라는 테마를 그렸던 것이 훌륭하다.

월간 시절의 「하나토유메」는 그런 식으로 소녀만화에 '고상함'을 모색해왔는데, 그 방향이 또렷이 정해진 것은 월 2회로 간행되면서부터다. 새로운 두 개의 연재물을 필두로 표지를 장식했던 것은 미우치 스즈에의 『유리가면』과 와다 신지의 『스케반 형사』였다. 이후 등장하는 신인도 그때까지 표지를 장식했던 노선과는 상당히 동떨어져 개성적이고 아방가르드한 것이 되어갔다. 이후 『파타리로!』로 널리 사랑받은 마야 미네오, 『가출한 아이』시리즈의 미하라 준, 『에스의 해방』같은 초현실적이고 전위적인 구라타 에미, 그야말로 할리우드와 닮은 멋스러운 영국 단편을 그린 사카타 야스코, 키스에 목숨 건 미카미 나치, 블랙코미디 『검은 몬몬팀』과 메르헨 『작은 다과회』라는 정반대의 장르를 나눠서 그린 팀 네코 주지샤 등등. 모두 편집부의 포용력과 선견지명을 느낄 수 있는 멤버들뿐이다.

야마기시 료코는 도쿄대학 합격을 목표로 하던 엘리트 고교판 『바람의 사부로』가 아닌 『메타몰포시스전』이나 본격 판타지 『요정왕』을 연재한다. 모두 이색적인 테마인데 나는 때마침 발표된 중단편에 강렬한 인상을 받았다. 남녀 쌍둥이의 이상한 운명을 그린 『파뉴키스』, 오늘날 사이코 스릴러의 원조라 할 수 있는 『스핑크스』. 이들 작품의 축적을 거쳐 결실로 맺어진 것이 이후 「LaLa」에서 연재되었던 『해 뜨는 곳의 천자』라 생각한다.

「하나토유메」가 추구한 '소녀만화의 독창성'은 한층 넓은 장소인 월간지 「LaLa」로 옮겨갔다. 「LaLa」가 흔들림 없는 지위를 확립하고 자기 부담으로 신인작품을 연재하게 되자 흥미롭게도 「하나토유메」의 급진적인 분위기에 대한 반동인지 정통파 소녀만화가 나타났다.

『미키 & 유티』시리즈나『그 녀석』,『에일리언 스트리트』의 나리타 미나코나, 정통학원 연애물로 인기가 있던 히카와 쿄코다. 당초 「하나토유메」가 지향한 소녀만화의 '고상함'이 한층 높아져 「LaLa」에 이른 것이다. 특히 이츠키 나츠미가 등장하고『마르체로 이야기』의 풍성한 스토리성과 소녀만화의 화려함의 융합은 어린 마음에도 뿌듯함을 만끽할 수 있었다. 다카구치 사토스미나 사사키 노리코, 독자의 개그센스를 가졌던 사람들도 등장했다.

개인적으로 말하면, 나리타 미나코도 대단히 좋아했는데 (특히 나리타 미나코는 데뷔작으로 순식간에 인기작가가 되었다. 그림이 아름다워 중학교 만화 동아리에서는 그녀의 그림을 모사했다), 내게 매우 중요한 만화가가 데뷔한 것이다.

「LaLa」의 신인상 '아테나상'은 상금도 많고 수준도 높았다. 거기서 가작 정도가 아닌 당당히 본상을 획득하고 데뷔한 것이 시노 유키코다. 여하튼 초보가 봐도 압도적인 그림솜씨가 있었다. 지금도 기억하는 것은, 누구의 평인지는 잊었지만, '좋은 그림 솜씨가 더욱 돋보인다'고 했다. 그만큼 테크닉은 완성되어 있었다. 대표작은 『알토 목소리의 소녀』가 되겠지만, 나는 그 전에 연재되었던 작품 『프레시 그린의 계절』이 좋았다. 이것이야말로 있는 그대로의 소녀들의 이야기라 생각했고, 주인공의 심정에 지금까지 없던 공감을 느꼈다. 사실 내가 쓴 『밤의 피크닉』을 만화로 그린다면 당시의 시노 유키코의 그림밖에는 없을 것이다. 이제는 불가능한 이야기이지만.

여기까지가 나의 '소녀만화 시대'를 훑은 대략적인 이야기다. 대학생 이후, 만화는 단행본으로밖에 사지 않았고, 소녀만화는 마치 '점'처럼 띄엄띄엄 읽었지만, 초등학생부터 고등학생까지 글자 그대로 소녀만화와 살아왔다고 해도 좋다.

이렇게 그 시절을 되돌아보니, 리얼타임으로 잡지로 만화를 읽는다는 것이 매우 재미있는 체험이라는 것을 깨달았다. 이제는 예전과 같이 전심전력으로 연재만화를 읽는 경험은 할 수 없다. 무엇보다 진실로 '소녀'였던 시절에 가장 발전하던 시기의 소녀만화와 함께 성장할 수 있었던 것은 시대적인 운명으로, 행운이었다고밖에 할 수 없다.

내 경우는 「주간 마가렛」 계열이나 쇼가쿠칸 계열, 아키타 쇼텐 계열의 만화는 전혀 읽지 않았다. 그것은 당시 만화를 '빌릴' 수 없어 오로지 산 것만을 읽을 수밖에 없었기 때문이다. 역시 고등학생 무렵에는 조금씩 유연해졌지만, 무엇보다 '돌려주는' 게 안타까워 견딜 수 없었다. 지금 생각해보면 누군가 힘을 합쳐 그쪽 만화잡지를 빌려 읽었더라면 좋았다는 아쉬움을 가져본다. 그러니 여기서 고백하는데 나는 『베르사이유의 장미』도 『SWAN』도 츠무기 다츠도 읽지 않았다. 하기오 모토, 마키무라 사토루, 『에이스를 노려라!』, 구라모치 후사코, 아오이케 야스코, 『악마의 신부』, 요시다 아키미는 모두 단행본으로 읽었다. 만화 단행본을 사는 데 많은 돈을 썼지만, 내가 만회할 수 없는 범위라는 생각에 서점에서 문고본 책등을 그저 바라볼 뿐 선뜻 살 수가 없다. 나아가 다카노 후미코, 오카자키 교코, 나나난 키리코, 안노 모요코, 요시나가 후미의 작품은 역시 내 안에서는 이들이 '소녀만화가'가 아니어서 나의 소녀만화시대는 여기까지다.

긴 시간 개인적 회상담을 들어주어 고맙다. 그런데 비록 구독하여 보지는 않았지만, 늘 마음에 걸렸던 소녀만화잡지가 하나 있다. 「부케」다. 「LaLa」와는 조금 다른 색채의 독자적인 소녀만화다움을 가지고 있어 흥미가 있었고, 마츠나에 아케미나 미즈키 와카코의 작품을 힐끔힐끔 곁눈질해왔다. 그리고 무엇보다, 우치다 요시미가 대표작의 대부분을 그렸던 잡지다.

드디어 우치다 요시미에 대하여 이야기해야 한다. 우치다 요시미야말로 내게 있어 '최후의 소녀만화가'이기 때문이다.

3

현재 내가 가지고 있는 우치다 요시미의 만화는 4권밖에 없다. 『저녁매미의 숲』과 4·6판 『별의 시계 Liddell』 1~3권이다. 지금에서야 어찌할 방도도 없지만, 왜 그녀의 대표작이라 하는 『하늘색과 닮아 있다』나 『안개꽃에 흔들리는 열차』, 리본 마스코트 코믹으로 가지고 있던 「리본 & 리본 디럭스」 게재의 전 단편 『별빛의 배』와 『가을 끝의 피아니시모』를 처분해버렸는지, 지난날의 나를 호되게 꾸짖고 싶다.

그와 동시에, 그 만화들을 처분할 때 내가 이미 소녀만화를 졸업한다는 의식이 있었던 것도 똑똑히 기억한다. 무엇보다 이때 나는 초등학교 입학 전후로 사기 시작하여 계속 수집해 왔던 소녀만화 코믹 수 백 권을 모조리 처분했다. 그 가운데 우치다 요시미의 작품을 남겨두었기에 그녀를 나의 마지막 소녀만화가라 말하는 까닭이다. 그리고 우치다 요시미의 만화 중에서 가장 좋아했던 『저녁매미의 숲』을 남겨둔 것은, 말하자면 기념품 같은 것이다.

아름답고 변덕스러운 여왕 타입의 소녀와 우등생 타입의 수수한 소녀가 서툰 우정을 키우는, 한 여름의 이야기. 산속 별장. 아름다운 친척 소년들. 나의 소설 『굽이치는 강가에서』는 이 이야기에서 영향을 받았다. 내가 가장 좋아하는 타입의 소녀만화다운 한 편이다. 과거 모두의 방을 장식했던 페넌트 같은 것. 좀처럼 펼쳐보지는 않지만 우리 청춘시대의 기념으로서 장식하기에 적절한 제목이었다.

『별의 시계 Liddell』의 경우 『저녁매미의 숲』과는 조금 의미가 다르다. 이 책을 산 것은 일단 소녀만화를 '졸업'한 지 얼마 지나지 않아서였고, 소녀만화로서가 아니라 내가 좋아하는 장르의 번역소설 같은 위치였다. 다시 안 읽을지 모르지만, 책장에는 꽂아두고 싶은 제롬 데이비드 샐린저나 브래드버리의 소설을 보는 것 같다.

우치다 요시미가 「리본 & 리본 디럭스」 시대에 발표한 만화는 거의 전부 기억하고 있다. 데뷔작은 「나미의 장애물경주」로 「리본」 잡지에 실렸다. 다리에 장애가 있는 소녀의 이야기로 굳이 말하자면 감동만화인데, 그보다 1년 뒤에 발표된 「7월의 성」이 강하게 인상에 남아 있다. 미국 건국 200주년 기념일의 이야기로, 주인공 소녀가 "고딕도 아니라면 르네상스도 아니다"라고 중얼거리고 유럽 콤플렉스의 친구를 비웃는 장면을 똑똑히 기억하고 있다. 여하튼 소녀만화 속의 외국은 '서양'과 한데 묶여 있는데 이 경우 미국이 유럽에 대해 콤플렉스를 가지는, 처음 보는 개념이었다.

내 기억이 분명하다면, 한때 우치다 요시미는 오오야 치키의 어시스턴트였다는 설이 자연스레 이야기되고 있었다(사실은 이치죠 유카리의 어시스턴트). 그것은 그림을 보면 분명했다.

화려하고 치밀하고 서구적인 분명한 선으로 그린 그림. 지금 보면 전혀 다르지만, 당시는 이런 터치의 만화가는 드물었기 때문에, 같은 계열의 그림이라고 생각했는지 모른다. 그러나 오오야 치키는 서민에게 호소하는 소녀만화적 '정취' 같은 것이 있었고, 우치다 요시미의 만화에는 독자에 대한 '아부' 같은 게 없었다. 우치다는 굉장한 전문가이기는 했지만 그 기술이 오히려 일러스트적으로 인물을 움직이지 않는다는 비판을 초래했다. 그러나 그것이 오히려 만년에 「부케」에서 꽃을 피운 독특하고 탄탄한 세계의 지주가 되었다.

만년의 대표작으로 내가 가지고 있는 『별의 시계 Liddell』을 봐도 '인물이 움직이지 않는다'는 결점은 해소되지 않는다. 농구 장면을 봐도 소리 없는 슬로모션처럼 보인다. 그럼에도 불구하고 화면이 큰 펼친 면을 사용하기도 했는데, 그 결점이 오히려 완성된 그리스 조각처럼 보이게 했다. 물론 그녀의 탄탄하고 고요한 세계를 한 치의 흔들림 없는 치밀함이 받쳐준다.

그 기술력은 다른 세계의 것을 그릴 때 더욱 크게 발휘되었다. 「펌프킨 펌프킨」이나 「은하 그 별 따기」처럼 다른 세계의 판타지를 디자인하는 데는 지금도 굉장하다. 그런 의미에서 학원물을 그려도 우치다 요시미가 그린 것은 늘 다른 세계였다. 비교적 평범한 사랑을 그린 것이라 생각되는 「가을 끝의 피아니시모」도, 합창부 여학생과 농구부 남학생이 다니는 학교는 사실적이지만 사실이 아니었다.

소녀는 어디까지나 청초하고 투명감이 있고, 운동부 주장인 소년은 조용하고 완숙한 지성마저 감돌고 있다. 학교 밖에는 조용한 초원이 펼쳐져 있고, 두 사람의 데이트는 그곳에서 책을 읽는 것이다. 풀 하나하나가 손끝에 닿을 것처럼 느껴지고 학생복의 빳빳한 옷깃이나 소녀의 머리카락 감촉조차 느껴지는 듯 질감이 있는 묘사. 그런 세부적인 묘사가 사실적이기 때문에, 오히려 만들어진 다른 세계라는 느낌이 강했다. 과거의 옛 일본을 그려도, 다른 나라를 그려도, 거기에 있는 것은 우치다 요시미가 만든 확고한 '또 하나의, 다른 세계'가 되어버린다. 우치다 요시미 만화의 사실성이 소녀만화의 허구를 일종의 잘 만들어진 완성형으로 이끌어 간다고 볼 수 있다. 그런 점에서도 역시 그녀는 나의 '마지막 소녀만화가'다.

우치다 요시미의 만화를 읽는 느낌은 매우 독특하다. 만화라기보다는 시 같다. 그것도 영상시. 타르코프스키의 영화나 NHK에서 「사계 유토피아」 등 실험적인 작품을 촬영했던 사사키 쇼이치로의 영상을 봤을 때와 인상이 비슷하다. 혹은 라이얼 왓슨의 문장이나.

라이얼 왓슨은 지금은 점차 '엉뚱한' 부류로 들어가는데, 한 세기를 풍미한 과학자(전문분야는 뭐였을까?)이다. 『네오 필리어』나 『바람의 박물지』는 읽으면서 감탄한 기억이 있다. 과학과 영적인 경계를 자유롭게 넘나드는 기술은 특히 『별의 시계 Liddell』과 비슷하다. 단지 우치다 요시미의 시선은, 만물에 대한 사랑으로 가득한 로맨티스트 왓슨보다 훨씬 냉철하고 거리감이 있다.

『별의 시계 Liddell』은 그녀의 모든 것을 쏟아부은 문자 그대로의 대작이자 대표작인 것은 틀림없지만, 제1권의 띠지는 '소녀만화의 새로운 신화가 탄생', 제2권의 띠지는 '인간의 심층심리를 파고드는 대형 미스터리', 제3권의 띠지는 '우치다 로망의 진수가 여기에 완결!'이다. 분명히 이 만화의 내용을 설명하는 것은 어렵다. 편집자가 띠지 문구를 뽑는 데 얼마나 고생했는지 어렴풋이 엿볼 수 있다.

'유령이 된 남자의 이야기입니다'라는 문장으로 이야기가 시작된다. 주제는 '지구상 유일하게 이질적이고 삐뚤어진 생명체인 인류는 앞으로 어디를 향하는가?'라는 더욱 소녀만화답지 않고 철학적인 것이다.

오랜만에 다시 읽었는데, 정말 기묘한 이야기다. 주축이 되는 스토리는 앙드레 모루와의 『꿈의 집』이라는 환상단편집과 비슷하다. 밤마다 꿈에 나오는 집을 찾아 헤매다 도착한 곳은 집주인이 유령저택이라며 공포에 떨다가 이사 간 뒤이다. 유령저택이라니 터무니없다며 비웃지만, 관리인이 "유령은 당신이었다"고 대답한다는 이야기이다.

『별의 시계 Liddell』는 시카고가 무대이다. 휴 V. 바이더벡이라는 청년이, 반복되는 꿈속에서 나오는 집과 그곳에 사는 소녀를 찾는다는 이야기다. 사실 휴는 수면 시 무호흡증후군인데 숨 쉬지 않고 심장도 멈춰 있는 상태일 때는 반드시 같은 꿈을 꾼다. 그것은 어린 시절부터 꾸었던 것으로, 꿈속에서 대낮에도 돌연 금목서 향기를 맡거나 목소리를 듣는다. 꿈에 빠져 있던 그는 어느 날 꿈속에서 한 소녀가 도움을 청하는 바람에 그녀를 돕기 위해 이 집을 찾기로 결심한다.

줄거리만 읽으면 의문이 느껴지는데, 이야기의 대부분을 차지하는 것은 휴가 빠져 있는, 휴가 꾸는 꿈에 흥미를 가지고 동시에 두려워하는 주위 사람들의 이야기다. 러시아 혁명 당시에 고향을 떠난 귀족이었던 할아버지 때문에 '이미 잃어버린 고향'을 동경하고, 늘 타지생활을 하며 고독을 친구로 삼던 우라지미르가 또 한 사람의 주인공이고, 일본인 여성 하즈키나 휴를 은밀히 사모하는 디자이너 비 등 등장인물은 꽤 많다(로알드 달이라는 이름의 조수까지 있다). 이 가운데서 휴의 심리묘사는 일절 없다. 그는 이상한 체험을 하는데 누구보다도 '제정신'이고, 정서도 안정되어 있으며 감각적으로도 균형잡힌 아름다운 젊은이다. 그런 그를 주위에서는 '나그네'나 '진화한 인류'로 보고 '그는 우리들과 다른 인간'이라 거듭 이야기한다.

자연계에 없는 것을 차례로 만들어내고 문명이라 부르는, 명백히 지금까지의 생명이 가질 수 없었던 지성을 획득한 인류. 원래 생물로써는 결코 강하지 않고, 특히 도태돼도 이상하지 않은 인류가 지표를 덮은 수십억으로 팽창했을 때, 사람들의 무의식이나 정신은 다음에 어디로 향하는가? '그 다음'의 상징적인 것이 휴가 보고 있는 꿈이고, 꿈속에 등장하는 소녀 '리들(riddle = 수수께끼)'이다.

등장인물들이 내뿜는 키워드는 여러 가지다. '비애'와 '예감'. 특히 '비애'는 '슬픔', '애처로움', '아름다움', '진실', '현실' 등 온갖 글자를 사용해 몇 번이나 등장한다. 결국 이 만화의 진짜 테마는 휴라는 '신인류'가 눈앞에 나타났을 때 우리들 '구인류'가 느끼는 위화감이나 '남겨진 인류의 슬픔'이라는 것을 알 수 있다.

이야기의 결말은 이렇다. 어느 날, 휴는 고물상에서 옛날 사진을 발견한다. 그 사진의 소녀는 꿈속에서 본 소녀이고, 사진에는 'Liddell 1879'라 쓰여 있었다. 집의 실존을 확인한 휴는 우라지미르와 함께 북미 일대를 돌며 가족을 찾는 여행을 떠난다. 마침내 그 집을 발견한 두 사람은 집을 사서 잠시 동안 그 집에서 생활한다. 물론 실존했던 소녀는 이미 죽었고, '현실'에서의 해후는 이뤄지지 않는다. 그리고 어느 날 밤, 휴는 마침내 '저 편'으로 모습을 감춘다. 결국 그 자신이 '유령'이 되었던 것이다. 침대 위에 따스한 인간의 형태만을 남기고. 그것을 지켜본 우라지미르는 다시금 새로운 여행을 떠난다.

이 마지막이 우치다 요시미 본인과 겹쳐 보이는 것은 나만이 아닐 것이다. 우치다 요시미는 '사라진 만화가'라 불린다. 현재 완전히 소식이 끊겼기 때문에 그녀의 작품을 복간하는 것도, 다시 출간하는 것도 불가능하다고 들었다. 이 작품이 「부케」에 연재된 것은 1982년부터 1983년에 이르고, 가필한 최종권인 제3권이 나온 것은 1986년 10월. 이미 20년 이상이 지났다 생각하니 기분이 묘하다.

진부한 상상이지만, 그녀는 '저 편'으로 가버린 것이 아닐까? 그것이 휴처럼 실제 모습이 사라진 것일까? '신인류'로 의식의 진화가 이뤄진 것일지도 모른다. 그러나 연무 같은 빗속에서 우라지미르가 파리로 떠나려고 할 때에 "비 너머는 겨울일까?"라고 그가 중얼거리고, 배웅하는 관리인 노부부가 "다녀오세요. 좋은 여행 되세요"라고 말하는 장면에서 페이드아웃 되는 마지막 장면은 우치다 요시미가 자기 자신에게 보내는 말처럼 느껴진다.

혹은 그녀도 또한 '졸업'한 것은 아닐까? 내가 어느 날 『저녁매미의 숲』을 남기고 모든 소녀만화를 처분하였듯이 어떤 의미에서 자신이 해야 할 일을 모두 마쳤다는 생각에 그녀도

역시 '이제 이것으로 되었다'며 스스로 만화가를 '졸업'했다
고 생각한다.

어둠 속에 있는 신은
보이지 않는다

그렇지만 이야기의 신은, 분명히 있다.

영화나 드라마 속에서 모든 것을 끌어안고 통괄하며,

흔들림 없는 견인력을 갖고 스토리를 끌어당기는 강력한 무엇이.

본문 〈이야기의 신은 한 사람만〉에서

이야기의 신은 한 사람만 – 미국 드라마「24」

「24」라는 미국의 드라마가 있다. 에미상도 받은 화제작이다. 실제로 조금만 봐도 많은 돈이 투자되고 기술과 노력을 쏟아 부은 작품이라는 것을 알 수 있다. 제작자의 기백이랄까, 만전의 준비를 하고 제작에 임했던 열정이 고스란히 전해진다.

그러나 나는 이 드라마를 높게 평가하지 않는다. 아니, 조금도 재미가 없다. 순서대로 설명하면 이 드라마의 소문을 들었을 때, 나는 앞뒤 가리지 않고 '재미있겠다'고 생각했다. 꼭 한 번 보고 싶다고 생각했다. 「섹스 앤 더 시티」 이후 꼭 챙겨 봐야 할 드라마를 만나지 못한 나는 이 드라마에 크게 기대하고 있었다.

미국 드라마는 여하튼 전세계로 팔겠다는 계획이 있기 때문에 막대한 예산을 들여 잘 만든다. 어린 시절부터 「로하이드」 「아내는 요술쟁이」, 「제5전선」, 「형사 콜롬보」, 「미녀 삼총사」 등등, 성장한 뒤에는 「트윈픽스」, 「X파일」로 얼마나 많은 시간을 미국 드라마에 들였을까? 나는 두근거리며 컨디션을 조절하고 시간을 만들어 소문의 드라마 「24」를 연속해서 볼 스케줄을 잡아놓았다.

그런데 3시간 정도 보고는 계속 볼 마음이 사라졌다. 솔직히 말해 맨 처음 1시간부터 어렴풋이 그런 예감이 들었는데 시간이 흐르면 흐를수록 또렷한 확신으로 변했다. 꾹 참고 3시간 동안 봤던 것이다. 그러나 3시간째에 이르자 더 이상 보지 않아도 된다는 판단을 내렸다.

사실 처음 있는 일은 아니다. 맨 처음에는 츠타야에서 비디오를 6시간 분량만큼 빌려와 한 번에 볼 계획이었다가 잠시 잊고 있었다. 그러다 후지 TV의 심야방송에서 며칠에 걸쳐서 연속방송을 한다는 예정이 잡히고, 방송국에서도 대대적으로 선전했기 때문에 그 기억이 떠올랐다. 드라마에 집중하기 위해서는 컨디션이나 기력도 있어야 한다. 때마침 타이밍이 적절하여 다시 한 번 도전했다. 그러나 역시 몇 시간 만에 중단. 게다가 얼마 지나지 않아 맨션단지가 가입한 케이블 TV에서도 연속 방송을 볼 기회가 있어서 집요하게 패자부활전을 시도해봤다. 그래도 역시 도중에 볼 마음이 사라지고 말았다.

왜 그랬을까? 지금부터 그것에 대하여 잠시 설명하고 싶다. 아는 사람도 있겠지만 이것은 리얼타임으로 이야기가 진행한다고 사전에 대대적으로 선전한 드라마다. 1시간 동안 드라마를 보면 드라마 속에서도 똑같이 1시간이 경과한다는 의미다. 그것을 만 하루 분으로 보여주는 것이다. 물론 장소는 눈이 휙휙 돌아갈 만큼 바뀌고, 주인공이 리얼타임으로 추적하는 첫 아프리카계 미국인 대통령 후보의 암살계획과는 별개로, 그의 딸과 딸 친구가 밤에 놀러나갔다가 유괴당하고 마는 사건이나 그 딸을 찾는 아내와의 삐걱거리는 관계나 사건을 일으키는 테러리스트들의 행동도 나란히 비춰진다. 리얼타임을 강조한 연출로써 몇 분마다 병행하는 장면을 분할화면으로 동시에 보여주고, 재깍재깍 음향을 삽입한다. 매우 치밀함이 요구되는 연출이, 이 드라마에서 끊임없이 긴장감을 이끌어가는 데 성공한다.

그런데 나는 드라마에 집중할 수가 없다. 몰입해 보고 싶은데, 그럴 수가 없다. 보면서 제작회의실의 화이트보드, 거기에 쓰인 인물상관도, 드라마 내의 분단위로 흐르는 스케줄, 그것을 둘러싸고 브레인스토밍을 하는 각본가들이 떠오르고 만다. 머리를 흔들어 지우려 해도 좀처럼 사라지지 않는다. TV 속 등장인물과 세트 너머가 언제나 하나가 되어 떠오른다. 그리고 등장인물의 대사에 전략을 다듬고 진지하게 협의하는 스태프의 목소리가 겹쳐져 들린다.

'직장에 또 한 사람, 수상쩍은 사람을 투입하는 게 어떨까?'

'주인공의 불륜상대와 한때 사귀었다는 설정이라면, 그가 그녀 곁에 있을 이유가 되지 않을까?'

'좋아, 여기서 이 남자를 비춰. 몹시 질투심 어린 표정이 이후 행동의 복선이 될 거야.'

'방송 종료 10분 전. 여기서 시청자를 사로잡을 한 장면이 필요해.'

'대통령 후보의 고뇌와 딜레마를 시청자에게 어필하도록.'

'앞으로의 전개에 연관된 중요한 장면이야. 그의 상사에게, 아무렇지 않게 이걸 설명해둘 필요가 있어.'

'딸 친구의 아버지를, 좀 색다른 형태로 써먹을 수 없을까?'

이런 목소리가 시끄럽게 들린다. 마음속으로 '조용히 해줘, 나는 이 드라마를 집중해서 보고 싶어'라고 소리치지만 웅성거리는 소리는 사라지지 않는다.

나는 완벽하게 만들어진 이야기가 싫지 않다. 오히려 프로 작가에 의해 치밀하게 만들어진 각본이 드라마의 심장이라 생각한다. 그러나 드라마를 보는 사이에 그것이 고스란히 보여서는 곤란하다. 드라마를 보고 있을 때는 기분 좋게 빠져들고 싶고 스태프의 얼굴이나 목소리는 느끼고 싶지 않다. 흠뻑 빠져서 보고 끝난 뒤 돌아보고 '아아, 참 잘 만들어진 이야기다. 저기와 저기에 이런 의미가 있었다니'라고 감탄하고 싶다.

「24」의 경우 대단한 역작이고, 스태프도 '어때? 이렇게 엄청난 일을 했어'라고 생각하고 그 노고에 보상받으려는 바람이 강한 탓인지 오히려 그 대단함과 노력이 투명하게 고스란히 보이고 만다. 아무리 애썼다고 해도 관객에게 그것을 보이는 것은 오락물로써 실격이라 나는 생각한다.

게다가 이 드라마에는 또 한 가지 중요한 문제가 있다. 이야기의 신이 존재하지 않는다는 것이다. 결코 농담이 아니다. 나는 제법 진지하다. '대체 그게 뭔가? 어떤 낯짝을 하고 있는가? 본 적은 있는가?' 이렇게 묻는다면, '글쎄요, 한 번도 본 적 없고 잘 몰라서 뭐라 대답해야 할지 모르겠네요'라고 답하는 수밖에. 그렇지만 이야기의 신은, 분명히 있다. 영화나 드라마 속에서 모든 것을 끌어안고 통괄하는, 흔들림 없는 견인력을 갖고 스토리를 끌어당기는, 강력한 무엇이. 그런 존재가 우수한 영화나 드라마 속에는 반드시 깃들어 있다. 멜로드라마든, 호러든, 코미디든, 엄청난 대작이든, 독립영화든 상관없다. 그리고 그런 존재는 늘 '한 사람'뿐이다. 얼굴은 보이지 않지만, 강한 개성을 가진, 결코 추상적이지 않은 유일한 존재다. 그것만 있으면 다소의 결점이나 모순은 아무래도 좋다. 관객은 오로지 드라마의 힘에 몸을 맡기고 아무리 먼 장소라도 얌전히 따르고, 다소 난폭하게 잡아끌어도 불평하지 않는다.

「24」에는 그것이 없다. 몸을 맡기고 싶은 선도자가 느껴지지 않는다. 우수한 팀은 존재하지만 그보다 고차원에 있어야 하는 신은 존재하지 않는다. 데이빗 린치나 샘 레이미 같은 주요 인물의 얼굴이 필요하다는 의미가 아니다. 사실, 이 「24」와 같은 인상을 이전 「다크 엔젤」에서도 느낀 적이 있다. 그때도 여러 번 보려고 했지만 그때마다 그만두었는데, 제임스 카메론이 제작 총지휘를 맡았지만 이야기의 신을 조금도 느낄 수 없었기 때문이다. 오랜 세월 묵혀온 기획이라 들었는데, 전혀 생기가 느껴지지 않아 도저히 그렇다는 생각이 들지 않았다.

비유하자면, 이들 드라마는 수학여행 같다. 수학여행은 몇 년 전부터 정해져 있다. 돈을 적립하고 준비하고 정해진 일정에 맞춰 계획을 세운다. '수학여행' 그 자체가 목적이고 어디에 가는가, 무엇을 하는가는 다음 문제다. 많은 사람을 한꺼번에 데리고 가는 것이 전제이기 때문에 자연히 세세한 부분까지 정해진, 분 단위의 스케줄을 짜둔다. 당연히 스케줄 소화가 목적이 된다. 분명히 많은 사람이 예정을 소화했고, 무사히 끝났지만 학생들은 무엇을 봤는지 제대로 기억하지 못하고, 베개싸움만이 인상에 남는다.

그러나 본래 여행이란 가장 개인적인 즐거움이다. 어디에 가고 싶다, 지금까지 가본 적 없는 먼 곳에 가고 싶다, 낯선 것을 보고 싶다. 그런 식으로 '여행을 떠나고 싶다'는 충동이 일고 기대하고 목적이 있어 비로소 여행이 시작된다. 같은 욕망과 목적을 가진 사람이 모여 단체여행을 한다. 이것이 옳은 순서다.

그런데 '뭔가 두근두근 가슴 설레는 재미있는 드라마를 보고 싶다'가 아니라 '리얼타임으로 진행하는 24시간짜리 드라마'라는 '야심적인' 시도가 목적이 되고, 그 목적에 스토리도 등장인물도 예속당하는 형태가 되어버리는 것이다. 목적은 달성되겠지만 본래의 드라마를 보는 즐거움은 이의적二意的인 지위로 만족하는 것이다.

이야기의 신은 '이야기하는' 존재로 대체될 수 있다. 영화나 드라마가 '이야기된' 지 오래다. 과거의 영화에는 거침없이 들려주는 '스토리'가 있었다. 이야기의 신은 영화의 한 편마다, 드라마의 한 회마다에 깃들어 있었다. 그렇지만 지금은 '스토리'는 없고 복잡한 플롯만이 있다. 혹은 심상풍경이라 부르는, 자신의 이야기는 하고 싶지만 다른 사람의 이야기는 듣고 싶지 않은 영화만이 많아졌다. 영화작가는 매일 태어나는데, 영화감독은 사라지고 있다.

세계에서 3인칭이 사라지고, 1인칭만의 세계가 되어가고 있는 것이다. 그러나 사실 3인칭과 1인칭은 동일한 것이다. 개인의 1인칭인지, 인간의 1인칭인지의 차이다. 적어도 그 한 단계 위에 세계의 1인칭이 있어서 그것을 '이야기할' 수 있는 것이 이야기의 신이라고 나는 생각한다. 그리고 인간의 1인칭과 세계의 1인칭을 그리는 것이 지금 점차 어려워지고 있다.

1인칭이 세력을 넓혀가는 세계는 진절머리가 난다. 자기표현의 영화 따위는 사람에게 보이지 마라. 당신의 심상풍경 따윈 흥미 없다.

부탁하지도 않았는데, 장황하게 불평해봤다. 요컨대 뭔가 재미있는 드라마가 보고 싶다. 세 번이나 도전하고 좌절했던 「24」에는 기대를 저버렸다는 원망이 있다(그것을 어디서 해소할지는 내가 알아서 할 일이다). 게다가 「24」는 왠지 현장이 팽팽히 긴장해 있을 것 같고, 스태프도 등장인물도 모두 스톱워치를 손에 쥐고 있는 것 같아서 조금도 즐겁지 않다. '같은 주제로 저예산으로 재미있게 찍을 수 있는데' 하는 아쉬움을 갖는다. 원래 누군가의 하루를 화장실부터 욕실까지 빠짐없이 밀착 촬영하면 '리얼타임으로 진행하는 24시간 드라마'가 된다고 생각하지만.

추신: 그 뒤에도 「24」는 시즌 6까지 이어지고, 아직 보지 않았지만 「메이킹 오브 24」는 샀다.

비욘세가 훌륭하다 – 영화 「드림걸즈」

영화 「드림걸즈」의 DVD를 반복해 보고 있다. 나는 은근히 뮤지컬을 좋아해서 「드림걸즈」도 극장에서 3번을 봤는데, 최근 DVD가 나와서 가장 마음에 드는 장면을 여러 차례 보고 있다. 보너스판에 들어 있는 메이킹 영상이 훌륭하고, 연기자들의 오디션을 비롯하여, 조명 디자이너나 프로덕트 디자이너 등의 스태프가 일하는 모습도 성심껏 보여주고 있어서 보는 재미가 있다.

「드림걸즈」는 원래 브로드웨이 뮤지컬로써 무대에서 출발한 세 흑인 여성 보컬그룹의 성공스토리이다. 독보적인 가창력으로 리드 보컬을 맡고 있던 에피는 매니저의 농간으로 리드보컬에서 물러나고 용모가 빼어난 디나가 리드 보컬이 된다. 영화에서는 이 디나 역을 비욘세 놀즈가, 에피 역은 제니퍼 허드슨이 연기하고 있다(무대에서는 제니퍼 홀리데이가 연기했다).

비욘세는 인기 그룹 '데스티니스 차일드'의 리드 보컬이다. 아버지는 음악계의 유명한 프로듀서인데 어린 시절부터 프로 가수를 꿈꿔 초등학교 때부터 스스로 그룹을 형성해 꾸준히 활동해오다가 스무 살이라는 젊은 나이에 성공했다. 그 독립심과 프로 근성은 훌륭하다. 그녀는 디나 역을 열망해, 영화의 모델이 된 보컬그룹 슈프림스의 활동 영상을 철저하게 리서치하고 오디션에 임하면서 안무나 패션도 스스로 생각했다고 한다.

한편 에피 역의 제니퍼 허드슨은 신인이다. TV 오디션방송 '아메리칸 아이돌'에서 최종까지 남은 빼어난 가창력의 소유자인데 한 심사위원이 외모만 보고 "네가 아이돌이 되는 것은 무리"라는 혹평하는 바람에 우승을 놓친 사연이 있다. 영화판 「드림걸즈」는 등장인물과 출연자의 인생이 오버랩되는 것으로도 화제가 되어 제니퍼 허드슨은 첫 출연한 이 영화로 아카데미 조연여우상을 수상했다.

물론 빼어난 가창력을 필요로 한 에피 역을 찾기란 어려웠다는 것은 잘 알지만(메이킹 필름에서는 에피 역 찾기를 위한 오디션에 상당한 시간을 할애한다), 그래도 역시 영화 「드림걸즈」가 성공한 요인은 디나 역에 비욘세를 앉힌 게 가장 크다고 생각한다.

　첫째, 지금 이 시대에 용모는 평범하지만 가창력은 뛰어난 타입은 스타가 될 수 없다. 한 사람이 하나의 예능을 선보이는 시대는 이미 끝났다. 지금은 종합력의 시대. 현대 일본의 여자라면 이 영화를 보고 에피에 감정이입을 하는 경우는 거의 없을 것이다. 여하튼 에피는 '내가 노래를 더 잘하는데, 디나는 내 남자와 자고 리드보컬을 훔쳤다'고 믿고 불평하며 일을 저버린 여자다. 현대 여성은, 프로의식이 강하고 당당한 태도의 디나에게 훨씬 공감하고 그를 동경한다. 실제로 비욘세는 자신의 그룹에서도 "지각하거나 연습에 의욕이 느껴지지 않거나 프로서의 성취욕이 없는 사람은 그만두게 했다"고 하니 이미지에 딱 맞고, 최근 감칠맛이라고는 없는 '미인' 여배우로 가득한 할리우드에서 오랜만에 '미인을 봤다'는 느낌에 황홀했다. 이 완벽한 디나 역이 있기에 에피 역이 돋보이는 것이다. 그러기에 비욘세보다 제니퍼 허드슨의 평가가 높은 것에 의문을 느끼고 무심코 흥분하기도 했다.

　최근 좋은 뮤지컬 영화가 드물지 않게 등장하고 있어 매우 기쁘다. 그렇지만 옛날부터 뮤지컬이 좋았던 것은 아니다. 대학에 들어갈 때까지 봤던 뮤지컬 영화는 고작 「웨스트사이드 스토리」나 「사랑은 비를 타고」 정도였고, 오히려 어린 시절에는, 누구나 품는 의문이었던 '왜 이야기 도중에 느닷없이 노래를 시작하거나 춤을 추는 걸까?'라는 생각이 강했던데다 히치콕의 영화나 스파이 스릴러가 더 좋았기 때문에 뮤지컬은 질색이었다.

그런데 대학에 들어와 뮤지컬이 좋아졌다. 대학에서 빅 밴드에 들어가 재즈를 듣기 시작하면서부터다. 밴드에서 연주하는 스탠더드 넘버라 불리는 곡은 영화나 뮤지컬에서 사용하는 곡이 많았다. 유명한 「As Time Goes By」는 영화 「카사블랑카」에서 험프리 보거트가 "샘, 그 곡은 연주하지 말아요"라고 중얼거리는 바로 그 곡이다. '그래, 교토로 가자'고 하는 캐치프레이즈의 JR 도카이 CM에서 편곡되어 흘러나오던 「My Favorite Things」도 영화 「메리 포핀스」 중에 나오는 곡이다. 지금은 이미 끝났지만 과거 요도가와 나가하루가 해설자로 활약했던 '일요영화극장'이란 영화방송의 주제곡 「So in Love」도 원래는 셰익스피어의 「말괄량이 길들이기」를 바탕으로 한 뮤지컬에 나오는 「Kiss Me, Kate」라는 곡이다. 아는 음악이 늘어나면서 그 곡이 나오는 영화도 조금씩 보게 되었다. 도쿄에 와서 명화좌에 가게 된 것도 그런 이유다.

그리고 재즈를 듣게 되자 탭댄스를 보는 것이 훨씬 재미있어졌다. 탭 솔로는 재즈의 드럼 솔로를 듣는 것과 비슷한 데가 있어서 즉흥 스텝을 보는 것이 즐겁고, 보다 뛰어난 스텝을 보기 위한 환경이 만들어지면서 결국 뮤지컬이 좋아졌다는 것이 내 분석이다.

뮤지컬 영화에서 탭 댄서라 하면 프레드 아스테어와 엘리너 파웰을 꼽을 수 있다. 나는 아스테어와 명콤비였던 진저 로저스는 별로 눈에 들지 않았지만 엘리너 파웰의 스텝은 늘 나를 흥분시켰다. 아스테어와 파웰은 「브로드웨이 멜로디 오브 1940」에서 함께했는데 여기서 춤추는 파웰은 굉장했다.

코니 윌리스라는 미국 SF작가는 해리슨 포드의 열광적인 팬이다. 그녀는 또 뮤지컬 영화의 팬으로도 널리 알려져 있는데, 가상의 기술을 발달시켜 영화 속에서 프레드 아스테어와 춤추는 게 꿈이라 말하는 여자와 영화감독을 꿈꾸는 남자와의 사랑을 그린, 뮤지컬 영화에 대한 사랑으로 가득한 『리메이크』라는 소설을 썼다.

거기서 윌리스는 주인공에게 "프레드 아스테어는 좋지만, 진 켈리는 별로"라 말하게 한다. 말하자면, 진 켈리는 '자신이 굉장히 대단한 일을 하는 양' 과시하듯이 추는데 아스테어는 '분명 어려운 스텝인데도 지금 생각난 듯이' 춤추는 듯 보여서 좋다는 것이다. 이것은 윌리스의 의견일 텐데 충분히 납득할 수 있다.

나는 진 켈리도 좋지만 '힘이 들어간' 그의 댄스를 보자면 나까지도 힘이 들어간다. 그러나 아스테어의 경쾌한 댄스를 보고 있으면 이쪽이 홀가분하게 떠오르는 것 같다. 아스테어가 완벽주의자라는 사실은 유명한데, 이미 계산된 주도면밀한 연습에 의해서 얻어진 '경쾌함'을 자신의 것으로 만든 댄서는 그 이외에는 보지 못했다. 체격 조건은 결코 좋지 않지만, 젊은 시절부터 노안이라 연미복에 실크모자, 손에는 지팡이를 든 옷차림이 잘 어울리고 춤추는 순간의 포즈도 정해져 있어 우아한 분위기가 감돈다. 슬로모션이나 애니메이션 합성, 군무가 보통의 템포로 펼쳐지는 영상에 두 배의 템포로 춤추는 자신의 영상을 겹치는 등 여러 가지 실험적인 것도 시도했는데, 그가 빠르게 춤추는 각각의 포즈가 순간 멈춘 듯이 보이는 것은 그가 가진 시간감각이 정확해 단 한순간이라도 의식하지 않은 포즈가 없기 때문일 것이다.

아스테어의 영화 중 좋아하는 것은 엘리너 파웰과 같이 나온 「브로드웨이 멜로디 오브 1940」와 주디 갈랜드와 출연한 「이스터 퍼레이드」, 시드 카리스와 출연한 「밴드 왜건」이 있다. 모두 쇼 비즈니스물이다.

고바야시 노부히코도 어디서 썼지만, 주디 갈랜드는 때때로 눈에 광기마저 보이는 천재소녀 가수로 출세작인 「오즈의 마법사」 때부터 이미 성공할 싹수가 보였다. 이 영화의 유명한 곡 「오버 더 레인보우」는 미국인에게 주디 갈랜드가 어딘지 모르게 불행으로 치닫게 될 것 같은 느낌을 가져다준 곡이라는 내용을 다큐멘터리에서 본 적이 있다. 역시 영국 연극을 영화화한 「작은 목소리」의 클라이맥스 장면에도 사용했던 그녀의 노래 'Come Rain or Come Shine'은 왠지 온몸의 털이 곤두서는 것 같은 기백이 있는 연주로 들을 때마다 소름이 돋는다. 그래도 「이스터 퍼레이드」의 갈랜드는 본래의 화니 페이스 쪽의 캐릭터가 잘 어울렸고, 아스테어와 함께 나온 무대의 장면도 좋았다. 원래 진 켈리가 출연할 예정이었는데, 이미 은퇴했다고 생각했던 아스테어가 멋진 댄스를 선보이며 복귀한 작품이다.

「밴드 왜건」에서도 무슨 까닭인지 아스테어는 몰락한 스타역으로 등장한다. 친구인 각본가 부부와 새로운 무대를 만들어 반격을 꾀하고자 발레리나인 시드 카리스와 함께 나오는 이야기다. 시드 카리스는 뮤지컬 영화의 여배우 중 가장 좋아하는 배우다. 귀족적인 미인에 스타일이 좋고, 춤도 박력이 넘친다. 에른스트 루비치의 「니노치카」를 바탕으로 한 「실크 스타킹」에 아스테어와 같이 출연한 모습도 좋았지만, 역시 「밴드 왜건」의 카리스가 최고다. 이 영화 덕에 검고 짧은 머리 미녀가 좋아졌는데, 당연히 영화판 「시카고」의 캐서린 제타 존스도 황홀하다.

카리스는 「엔터테인먼트」에서도 안내원 역할로 등장하는데, 나이를 먹어도 등이 꼿꼿하고 스타일이 좋아 귀족적인 아름다움은 변함이 없었다. 그리고 무슨 까닭인지 DVD판 「애니여 총을 들어라」도 카리스를 소개해(권리관계인지 계속 기다렸지만 「애니여 총을 들어라」의 비디오판은 끝내 나오지 않았다) 득을 본 것 같았다. 「애니여 총을 들어라」는 원래 영화화될 당시 주디 갈랜드가 주연을 할 예정이었지만, 건강상의 이유로 베티 허튼이 연기해 호평을 받았다. 허튼은 사실 발랄한 미국 미인으로, 표정이 풍부하고 호쾌한 느낌에 잘 어울린다. 갈랜드였다면 이렇지는 않았을 것이다.

자, 뮤지컬 영화와 비슷한 것으로 음악영화라는 것이 있다. 노래하고 춤추고, 쇼 비즈니스를 그리고 있어도 뮤지컬 영화가 아닌 것도 있다. 로이 샤이더가 보브 포스를 모델로 하여 안무 겸 연출가를 연기한 「올 댓 재즈」는 전편에 노래와 춤이 가득하지만 뮤지컬은 아니다. 영화판인 「코러스 라인」도 의심스럽다. 그레고리 하인즈와 새미 데이비스 주니어의 탭댄스가 훌륭한 「탭」도 뮤지컬이 아니다. 최근에는 동성애자였던 콜 포터의 생애를 그린 『드 러블리』도.

이것들은 인생의 직유 혹은 암유로서 노래와 춤이 사용되고 있다. 안 된다. 아류다. 그런 것은 뮤지컬 영화가 아니다. 뮤지컬 영화는 노래와 춤의 멋을 강조하기 위해 음악을 양념으로 사용하고, 음악적 깊이를 위해 인간의 인생을 사용한다. 이것은 매우 큰 차이다. 「드림걸즈」는 주요 인물 6명의 인생의 우여곡절을 그린 영화이지만, 결코 노래와 춤은 그들의 인생에 예속되어 있지 않다. 따라서 멋진 뮤지컬 영화인 것이다.

추신: 한 사람이 하나의 재능으로는 성공하지 못한다고 말했지만, 그 이후 수잔 보일이라
는 사람이 등장. 하룻밤 사이에 스타덤에 오르는 믿지 못할 일도 있었다!

불확실한 공포 — 영화 「포스 카인드」

「포스 카인드」(올라턴드 오선샌미 감독)라는 영화를 봤다. 미국 알래스카 주에서 실제로 일어났던 사건을 영상화한 것이라 선전한다. 실화를 기반으로 한 영화는 드물지 않지만, 이 영화의 새로운 재미는 실제로 감독이 체험자를 인터뷰한 영상과 사건 때에 촬영했던 영상을 부단히 재현 영상으로 담았다는 것이다.

영화에 의하면 알래스카 주의 한 지역은 실종사건 빈도가 매우 높아 FBI의 출동이 두드러지게 많은 장소라 한다. 그 지역에 사는 정신과 의사가 불면증으로 고민하는 환자가 많다는 사실을 알아차리고 카운슬링으로 최면술을 걸어 원인을 찾기 위해 이야기를 듣는데 모두가 비슷한 체험을 하고 있다

는 사실을 밝혀낸다. 실제로 무슨 일이 일어났는가? 정신과
의사가 이끌어낸 가설은 옳은가? 이에 대하여 감독은 분명히
밝히지 결론을 관객의 판단에 맡기고 있다.

이야기의 진위나 영화의 완성도가 어찌됐든 나는 이 영화
를 새로운 수법의 호러로서 흥미진진하게 봤다. 이전부터 호
러 서스펜스를 한 편 쓰고 싶었는데, 이토록 호러물이 융성한
현대에 과연 어떤 식의 접근이 좋을까? 어떤 것이 무서울까?
끊임없이 생각해왔다.

때때로 "무서운 책을 가르쳐 주세요"라는 요청이나 "지금까
지 가장 무서웠던 책은?"이란 설문을 받곤 한다. 그때마다
'공포란 무엇인가?'라는 고민에 빠진다. '공포'라는 것은 인종
이나 세대를 초월하여 보편적인 감정인 동시에 지극히 개인적
인 것이기도 하기 때문이다.

벌레가 무섭다, 불결한 것이 무섭다, 맹수가 무섭다, 병이
무섭다, 스토커가 무섭다, 실업이 무섭다, 재해가 무섭다, 이러
한 물리적이고 현실적인 '눈에 보이는' 공포에 우리는 매일
위협당하고 있고 실제로 이런 것이 예고도 없이 찾아와 이를
없애느라 애쓴다. 그러나 그 한편에서 '눈에 보이지 않는' 공
포, '존재할 리 없는' 공포라는 것도 분명히 존재한다. 내가 흥
미를 가지고 그려보고 싶은 것은 물론 이쪽이다.

「포스 카인드」는 '존재할 리 없는' 공포를 눈앞에 내보이지

않고 '보이는' 접근의 가능성을 보여주었다. 인터뷰 영상, 카운슬링 영상, 경찰의 감시영상이라는 1차 자료를 사용하여 '간접적'으로 보여주는 테크닉은 참고가 되었다.

그런데 사진이나 비디오 영상 등 '촬영된' 시각자료라는 것은 어째서 저리도 기분 나쁜 것일까? 실물을 찍으면서도 '어쩌면 가공한 것일지도 모른다'는 의심이 불현듯 뇌리를 스친다. '프레임 밖과 프레임 안은 전혀 다른 것이 있는 게 아닐까' 하는 기만의 예감. 소위 허구가 비집고 들어갈 여지가 있지만 반대로 진짜일지 모른다는 믿음의 경계선을 오가는 점이 무서웠던 것이 아닐까?

며칠 전, 어떤 사람과 유령이야기에 대하여 이야기했을 때, 스티븐 킹의 작품 중에서도 『샤이닝』을 경계로 하여 소위 유령이야기는 끊기지 않았는가 하는 주장이 나왔다. 요컨대 80년대 이후의 '모던 호러'는 너무 재미있다. 사이코 호러가 등장하면서 장르는 세분화되고 테크닉은 세련미를 갖췄다. 또, 초대박 히트도 나와 인재도 풍부해진 결과, 적어도 내게 있어선 모던 호러는 완전히 엔터테인먼트가 되어 '무섭다'는 느낌이 전혀 없다.

본래 유령이야기는 수수하고 싱겁고 틈 많은 건조한 것이다. 그것은 소위 옛날이야기나 추억담을 들려주는 기분이다. 평범한 얼굴을 하고, 이미 알 것도 같아서 질리는 감도 있다.

일상 속 연회가 끝나고 몇 명만이 남아 더러운 접시나 빈 술병을 앞에 두고 담배를 피우면서 불현듯 "지금 생각난 건데……" 혹은 "누구한테 들은 얘기인데……"라는 말을 전제로 깔고 시작되는 이야기. 결말도 해설도 없지만 한 순간 서늘한 손이 어깨를 어루만지는 것 같은 감각. 그것이 내가 생각하는 '공포', 내가 추구하는 '공포'다.

무엇보다 나는 '지금 생각난 건데'나 '누구한테 들은 얘기인데'라는 말이 무섭다. 과거의 어느 시점을 되돌아보고 그건 뭐였을까 하고 생각한다. 당시는 보면서도 이렇다 하는 생각을 하지 않았다. 혹은 그 가운데 있어 상황을 제대로 이해하지 못했다. 그러나 지금이라면 시점이나 처지가 다르기에 당시 무슨 일이 일어났는지 알 수 있다. 그리고 다시금 오싹 소름이 돋거나 식은땀을 훔치거나 웃음기가 사라진다. 그래, 이것이 '무섭다'는 것이다. 무서워지는 것은 '알아차린' 순간이고 무언가를 발견했을 때다. 또 '알아차린' 때와 '알아차리기' 전과의 낙차가 크면 클수록 '공포'도 커진다.

이에 대해 이전에도 어디선가 말한 적 있는데, 뒤늦게 알아차리고 비로소 공포를 느낀 체험 두 가지가 불쑥 머릿속에 떠올랐다. 하나는 아침의 통근전차. 평소처럼 북적이는 전차 안에 한 멋진 여자가 앞에 앉아 있다. 쉰이 넘어 보이는 여성이지만 나이와 상관없이 아름답고, 몸에 두르고 있는 것도 멋스럽다. 힐끔거리며 바라보고 저렇게 나이 들면 좋겠다고 생각하고 있을 때, 드디어 종착역에 도착한다. 통근객이 서둘러 내리고 그녀도 조용히 자리에서 일어섰다. 그때 그녀가 무릎 위에 커다란 금발의 여자아이 인형을 안고 있는 것을 보았다.

그 모습을 본 순간 머릿속이 새하얘졌다. 왜 포장도 안 한 인형을? 그녀는 태연한 표정으로 인형을 안고 또각또각 하이힐 소리를 내며 개찰구를 향해 걸어갔다. 그 뒷모습을 보면서 비로소 소름이 돋았다. 이상한 분위기는 나만 느낀 것이 아니다. 그녀와 스쳐 지나는 직장인들이 모두 괴이한 표정으로 되돌아봤다.

또 하나는 회사원 시절, 친구와 한 잔 하고 나서 한 잔 더 할 생각에 한밤중 아파트에 들어갔을 때의 일이다. 당시 내가 살고 있던 아파트는 1층에 3세대, 2층에 3세대뿐인 고즈넉한 곳으로 모두 여자들이 살았다. 나는 1층 가장 안쪽에 살았는데 친구와 시끌벅적 수다를 떨며 통로로 들어섰을 때 1층 가운데 방 앞에 한 여자가 서 있었다.

긴 머리의 20대의 젊은 여자였다. 나와 친구는 그녀의 뒤를 지나쳐 내 방에 들어갔는데, 다음 날이 되어서 그 여자는 대체 누구였을까 하고 얘기하는 동안 점점 무서워졌다. 무엇보다 새벽 1시가 넘어, 넘은 시간이었고, 비가 추적추적 내리는 추운 밤이었다. 그런데 그녀는 문 앞에 꼿꼿이 미동도 하지 않고 서 있었던 것이다. 우리가 지날 때도 꿈쩍도 하지 않고 문에 얼굴을 붙이고 있어서 얼굴도 보이지 않았다.

이 두 가지는 떠올리기만 해도 무섭다. 어쩌면 실없는 얘기일 수 있지만, 여러 가지로 해석할 수 있다는 점이 아무래도 무섭다.

내가 무섭다고 생각한 책도 단순하고 막연한 공포를 다룬 것이다. 무서운 소설 가운데 지금도 최고로 꼽는 것은 애거서 크리스티의 『끝없는 밤』이다. 이 소설, 크리스티 자신도 애착을 보였는데 왠지 그 이유를 알 것 같다. 전편에 깃들어 있는 불길하고 애절한 분위기, 멈추지 않고 술술 들려주는 이야기가 무서우리만치 현실 속으로 집약되어가는 모습이 아름답다.

그러나 여하튼 무섭다. 등장인물의 대화가 어디를 읽든 불길하다. 그중에서도 가장 무서웠던 경우는 시골로 이사 온 주인공이 환경에 적응하고 "매우 잘 지내고 있다"고 이웃사람들에게 이야기하자, 그들이 눈살을 찌푸리며 "주의하지 않으면 안 된다. 그건 페이라는 것인데, 어떤 재앙 전에 찾아오니 들뜬 기분을 억누르는 게 좋다"고 말하는 부분이다. 이 부분만 발췌해도 공포가 전해진다. '페이'라는 말의 떨림이나 좋은 기분에 찬물을 끼얹는 듯한 불온한 충고 사이의 낙차에 오싹 소름이 돋는다.

혹은 필립 K. 딕의『죽음의 미로』. 조난 상태에 있는 우주
선 안에서 승무원이 죽어간다. '클로즈드 서클closed circle' 안
에서 모두가 정신적으로 무너져가는 동안에도 변함없이 일상
적인 대화가 이어지는 장면.

일본 소설이라면 단편이 압도적으로 무섭다. 가와바타 야스
나리, 다니자키 준이치로, 사토 하루오, 이나가키 다루호. 근
대 소설은 공포로 가득하다. 우치다 햣켄이라면 나는 「사라
사테의 음반」보다도 「도쿄일기」가 무섭다. 평소처럼 아무렇지
않은 얼굴로 아무리 생각해도 이상한 상황을 들려주는 그
'평범한 태연함'이 무서웠다.

그러나 가장 무섭다고 생각한 책은 단연코 성서다. '무서운
책'이 무엇인지 설문을 받을 때마다 그렇게 적었다. 나는 어
린 시절에는 기독교 계열의 유치원에 다니고 한때 교회의 주
일예배반에도 다녔는데, 매번 들려주는 성서의 일화에 막연
한 공포감을 느꼈다. "포도주는 나의 피요, 빵은 내 살이
다"라는 말이 무서워 12월이 되면 종이로 만든 포도나무에
내 이름을 적은 나뭇잎 종이를 붙이는 것도 꺼렸다.

고등학교 시절에 구약성서와 신약성서를 한 차례 읽었는데,
그 지나친 부조리에 깜짝 놀랐다. 거기에 그려진 신의 행동은
너무나도 지리멸렬하고 변덕스러워(그렇게밖에 생각할 수 없었
다) 인간들에게 엄청난 재앙을 내린다. 그 이유도 설명하지 않

고, 설명했다고 해도 전혀 납득할 수도 없는 말도 안 되는 이유였다. 이 같은 텍스트가 성립한 과정이나 텍스트를 지지해 온 사람들의 정념을 생각할 때마다 오싹오싹 무섭다.

이처럼 공포라는 것은 막연하고 설명할 수 없고 어렴풋해서 윤곽이 없다. 모습을 보이지 않는다. 형태가 보이지 않는다. 보이지 않고 관객 자신에게 각각의 '무서운 것'을 상상하게 만드는 게 최고의 공포다.

역시 무서운 것으로는 천하장사급인 셜리 잭슨의 소설『힐 하우스의 유령』은 두 차례나 영화화되었는데, CG를 구사한 두 번째 영화보다도 처음의 흑백영화가 단연코 무서웠다. 바람에 흔들거리는 흰 커튼. 계단 위에서 내리쬐는 어렴풋한 빛. 그런 몽롱한 기운이 보는 사람의 마음속에서 누구나 공감하는 원시적인 공포를 부추긴다. 「포스 카인드」도 가장 기분이 나빴던 것은 상담 받는 환자가 최면술에 걸려서 하나같이 "창가에 흰 부엉이가 왔다"며 고통스럽게 고백하는 장면이었다. 흰 부엉이.

그런 공포의 형태를 소설로 쓰고 싶다는 욕구는 상당히 인간의 근원적인 곳에 뿌리박혀 있는 것 같다. '무서운' 소설을 쓰기 위해서는 어떻게 하면 좋을까? 지금 무엇이 무서울까? 아마도 나이를 먹어갈수록 그때그때 공포를 느끼는 대상은 달라질 것이다. 이것은 작가인 내게 주어진 영원한 과제다.

딸들의 수난 - 연극「에이미」

현대는 '딸의 시대'라 생각한다. 적어도 일본은 그렇다. 정확히 말하면 아들에게는 많은 것을 기대하지 않게 되었고 누구든 딸에 의지한다. 결과적으로 딸이 아들 역할까지 겸하지 않으면 안 된다. 이것은 세계적인 추세가 되지 않을까 하는 예감이 든다. 지금 세계는 기대에 부응하지 못하는 내성적인 아들에 환멸을 느끼고 있기 때문이다.

과거의 세계는 아버지와 아들의 것이고, 권력과 상속, 통치와 지배가 드라마의 대부분을 차지하고 있었다. 그러나 피라미드형을 벗어내 네트워크화 하는 현대 세계 속에서 혈통이나 상하관계와는 다른 커뮤니케이션이 중요해졌고, 사람들은 엄마와 딸의 드라마에 사실성을 느끼고 만다.

몇 년 전에 본 연극 「엄마가 내게 말한 것」도 4세기의 엄마와 딸을 주제로 한 것으로, 그 중 엄마의 대사 "너는 나보다도 훨씬 먼 곳에 가지 않으면 안 된다"가 인상에 남았는데, 작가는 나와 동세대의 영국 여성으로, 역시 지금 딸들은 전 세계에서 동일한 말을 듣고 있다고 생각했다. 어머니가 기대한 만큼 '무슨 일이든 아들처럼, 좀 더 먼 곳으로' 가려고 했던 딸들이 '적당히 좀 하고 결혼해 아이를 키워온' 어머니 자신에서 벗어나 어이없어 하는 부분도 말이다.

1947년생인 극작가 데이비드 헤어의 이름은 낯설었다. 일본에서 상연된 「마른 계절 속에…」와 이번에 상연되는 「에이미Amy's View」의 두 작품을 읽은 것이 처음이다. 엄마와 딸의 이야기인이었으니 작가가 영국인인 만큼 영국에서도 이미 '딸의 시대'가 도래한 것일지도 모르겠다.

아버지를 뛰어넘는, 혹은 아버지로부터 독립하는 것이 명쾌한 목표로 자리하는 아들과는 달리, 엄마와 딸의 관계는 끊으려 해도 끊을 수 없기 때문에 밀접하고 복잡한 것이 된다. 의존과 지배, 공감과 혐오를 분간하기 어렵고 더 미묘해진다. 그것이 현대인의 미묘하고 복잡한 인간관계와 겹쳐진다.

「에이미」의 경우 이야기는 더욱 복잡하다. 어머니 에즈미는 연극배우이고, 딸 에이미의 남편 도미니크는 TV 방송업계의 사람으로 딸은 대립하는 두 사람 사이에 끼어 있기 때문이다.

에이미는 엄마를 마음 깊이 사랑하고, 최고의 친구로 인정하면서도 엄마의 지배에서 벗어날 수 없다는 사실에 고통스러워한다. 또 자신이 선택한 남편을 엄마가 인정하지 않는 것, 그리고 남편이 그녀를 불행하게 만든다는 생각에 상처받는다.

「Amy′s View」란 에이미가 어린 시절에 손으로 만들어 발행했던 신문의 이름이다. 그 내용의 대부분이 엄마를 인터뷰했던 것인데 엄마를 존경하고, 집을 자주 비우는 엄마를 찾던 딸의 심정을 느낄 수 있어 애절하다.

이 두 작품에 한정된 것일지 모르지만 헤어의 작품은 시대배경과 여자들의 확고한 고집이 호응하는 형식을 취하고 있다. 그리고 그 소신의 끝에 희생되는 것은 늘 선량한 사람이다. 그 무엇보다 돈벌이가 최고인 세계에서 과거의 상식이던 성의는 애물단지로 전락하고 부질없는 것이라 야유 받는다. 「에이미」는 경제뿐 아니라 연극이 오락이나 미디어의 상위에서 미끄러져 추락하는 과정을 배경으로 하고 있다. 아마 헤어의 인식이 반영되었을 것이다.

영상 미디어가 등장하기 전, 오랫동안 연극은 오락의 최고자리에서 군림했다. 특히 셰익스피어의 나라 영국에서 연극배우는 존경받고 상당히 높은 사회적 지위를 차지했을 것이다. 그러나 과거 인기 연극배우였던 에즈미는 점차 일이 줄고 CM 내레이션이나, 자신이 얕잡아보던 TV 드라마에 출연할 수밖에 없는 상황에 내몰린다. 에이미의 부탁으로 자신의 방송에 출연해 달라고 시큰둥하게 의뢰하는 도미니크는 에즈미에게 이렇게 묻는다. "연극은 죽었습니까?" 에즈미는 대답한다.

"언제나 연극은 죽었어. 소설은 죽었어. 시는 죽었어. 이번 주 유행했던 이것은 죽었어, 저것은 죽었어. 그런데 단 한 가지 죽지 않는 것이 있지. 나만은, 나만은 절대 죽지 않았어. TV는 죽었다! 언론매체는 죽었다! 결코 그런 말은 하지 않아, 왜일까? 어째서 언론만이 수명이 긴 것일까!"

이전에 어느 여류작가가 에세이에서, '문학은 죽었다'고 몇 십 년 전부터 말하고 있는데 그렇게 생각한다면 서둘러 문학의 세계에서 나가 다른 것을 하면 되는데 그렇게 말하는 사람일수록 문학의 세계에 눌러앉아 끊임없이 '문학은 죽었다'고 되뇐다는 문장을 읽고 쓴웃음을 지었다. 글을 쓰는 사람은 조금도 '죽었다'고 생각하지 않고 일하고 있는데, 문학은 몇 십 년이나 '계속 죽고' 있다. 아마 연극도 비슷한 상황이 아닐까? 이 작품은 1997년의 것인데, 현재의 헤어는 어떻게 생각하고 있을까? 21세기를 맞이한 오늘날, 그야말로 TV도 언론매체도 죽어가는 이 상황을.

'죽었다'고 단정하려는 것은 늘 남자들이다. 특히 심상찮은 불안으로 가득한 현대의 남자는 세상을 끝내고 싶어 안달이 난 것처럼 보인다. 그러나 여자들이 연기하는 한 아무도 죽이지 않고 연극도 죽지 않는다. 무엇보다 여자는 아이를 낳고 키우는 것부터 시작하기 때문이다. 원래 자신이 고통스럽게 낳은 것은 간단히 죽이지 않고, 죽일 수도 없다. 어쩌면 '엄마와 딸'의 시대는 끝나가는 세상이 무의식적으로 SOS를 요구하는 시대인지 모른다.

사업 계승의 실패 — 연극「리어왕」

　역시 계약금만으로는 안 된다. 스스로 번 돈이 아니기 때문에 머리를 숙일 때는 호들갑스럽게 감사하지만, 이후 남의 돈으로 얻은 것이라는 사실을 까맣게 잊고 만다. 멋진 맨션에서는 이미 나의 화려한 생활이 이뤄지고 있다. '아버지, 하나밖에 없는 손님용 방에 앉아 계시면 안 돼요.' 리어는 장녀와 차녀가 있는 곳에 처음부터 두 세대 주택을 지어야 했다. 두 곳 모두 상주할 비용을 마련하고, 그 관리비용이 누구한테서 나와야 하는지를 분명히 해둬야 했다. 생전 증여도 안 된다. 살아 있는 동안에 결코 명의를 바꿔서는 안 된다. 성이 역사적 건조물이라면 재단법인으로 만들어 유지관리비는 기금에서 나오고 간단히 매각되지 않도록 한다.

거기서 생각한 것은 코델리아다. 그녀는 어렴풋이 나쁜 예 감을 가지고 있지 않았을까? 아직 세 자매의 막내로 귀여운 애완동물처럼 총애를 받는 동안에는 좋다. 그러나 이대로는 아무리 재산을 물려받아도 아버지는 자신이 돌봐야 할 것이 다. 어쩌지? 아직 젊고 아름다운 나이에, 저런 완고하고 강한 아버지와 한 지붕 아래서 내내 같이 살다니. 나의 청춘은 어 떻게 되는 거야? 그것이 그 서두의 쌀쌀맞은 발언과 이어진 다. 그녀는 그 한 마디에 모든 것을 걸었다. 그 대사가 일으킨 파문을 물끄러미 관찰했다. 이 무렵 아버지는 변했지만, 예상 대로 격앙하여 충신 켄트마저도 처단한다. 그 순간 그녀는 아 버지를 간파했던 것이다.

어쩌면 프랑스 왕과 이미 이야기가 되었을지도 모른다. 두 언니의 타산적인 박정한 성격도 미리 알고 얼마 지나지 않아 아버지를 버린다. 게다가 켄트 공이 사라지면 나라는 흔들린 다. 내란은 필연이었다. 거기에 추방된 늙은 왕을 구하러 가 면, 마지막에는 반드시 나라를 손에 넣을 수 있다고 프랑스 왕을 설득했던 것이다. 그녀의 계산은 완벽했다. 그러나 역시 세상 물정 모르는 젊은 아가씨였고, 서자의 설움까지는 계산 에 넣지 못했다. 설마 자신이 죽임을 당할 것이라고는 예상도 하지 못했던 것이다. 이리하여 부모도 자식도 죽음으로 끝나 고 허무한 무대에 막은 내려진다.

"자녀에게 비옥한 땅을 남기지 마라."

옛날 사람은 이렇게 말한다. 물론 셰익스피어도. 「리어왕」은 저출산에 고령화가 진행되는 일본의 현대 이야기로서 우리 앞에 모습을 나타낸다.

리얼리티와 리얼리즘의 틈바구니에서

― 영화 「카뮈 따윈 몰라」

    사람도 세상도, 어떻게든 장르를 나누고 싶어 하는 것은 어느 시절이든 어떤 카테고리든 마찬가지다. 이렇게 말하는 나도 데뷔 당시는 호러작가라 불렸고, 책을 낼 때마다 다른 장르(로 보이는) 소설을 썼더니 취재하러 오는 사람들마다 '장르'를 빈번히 묻기에 "특별히 구분하지 않는다"고 지겹도록 대답했다. 그랬더니 "대체 어떤 장르의 소설가인지 분명히 하라"며 오히려 내게 화를 내는 이를 만난 일도 한두 번이 아니다. 결국 사람은 딱지를 붙일 수 없는 것에 불안하고 불쾌함을 느끼는 것이다.

    영화감독 야나기마치 미츠오의 경우, 그 점에서 문제는 없다. 지금 내게 있는 4편의 DVD에는 모두 판에 박은 듯이 '리얼리즘'이라는 문자가 새겨져 있고, '문제 제기', '충돌'이라는 단어도 보인다. 요컨대 야나기마치 미츠오의 작품은 '사회성' 있는 '현실을 꿰뚫어 본' 사회파 영화라는, 분명히 구분하기 쉬운 라벨이 붙어 있었다. 그런가 하면 나카가미 겐지의 이미지와 세트로 사용되는 '신화성'이라는 말도 자주 듣는다. 나도 영화평이나 포스터에서 그런 인상을 받고 나의 취미와는 그다지 맞지 않을 것이라 생각했었다.

그러나 「카뮈 따윈 몰라」를 봤을 때의 충격은 야나기마치 미츠오라는, 영화에 탐닉한 한 영상작가의 발견이었다. 원래 이 영화를 보려고 생각했던 것은 영화를 만든 젊은 사람들의 이야기이며, 극중극이 나온다는 '무대 뒤 이야기' 및 '메타픽션'이라는 내가 좋아하는 주제와 겹쳤기 때문이다. 그러나 실제로 스크린에서 이 영화를 봤을 때, 최후의 충격적인 살인 장면 그리고 그것을 카메라맨이 오래도록 잡아 훌륭하게 픽션과 현실을 반전시키는 그 멋진 장면, 더불어 엔드 롤에서 묵묵히 피를 닦는 장면, 그런 것이 나의 취향을 충분히 만족시키고, 나아가 영상작가 야나기마치 미치오라는 강렬한 인상을 남겼다.

그리고 영상작가라는 관점에서 보면 '사회파'와 한데 묶여 왔던 지금까지의 영화도 사실은 매우 탐미적이고, 원래 매우 영화적인 감독이었다고 깨닫는다. 「19세의 지도」의 영원히 이어지는 언덕길이나 골목에서의 신문배달 장면(신문배달이라는 것은 세계 제일의 영화적인 직업이 아닐까? 대사를 필요로 하지 않고 일상풍경 속에 개개의 활동을 예감할 수 있다는 점에서 드라마의 시작으로 딱 어울린다)이나 걸작 「안녕, 사랑하는 나의 대지여」의 도입부, 어린 자녀의 장례식 날의 일식 장면은 멋지고 아름답다. 정말, 지금 생각해도 그렇다.

최근엔 왜 이것을 영화로 찍었는지, 왜 두 시간짜리 드라마로는 안 되는지 하는 의문이 드는 영화만 상영되고 게다가 히트까지 하는지 생각해봤다. 과연 그 소재가 영화적인가, 정말로 영화로 촬영할 필연성이 있는가 하는 의미에서 야나기마치 감독이 촬영해온 작품은 하나같이 지극히 영화적이고 영화 이외로는 존재할 수 없는 소재와 영상이었다.

그에 비해 「카뮈 따윈 몰라」는 이해하기 쉬운 소박한 모티프로 가득하다. 거장 로버트 아트만을 생각나게 하는 롱 테이크, 「미국의 밤」을 방불케 하는 트러블이 이어지는 영화 만들기와 스태프의 연애사건, 등장인물이 보여주는 영화 오타쿠.

솔직히 전반에는 깨끗한 캠퍼스에 예쁘장한 요즘 젊은이들의 군상을 그리는 것이라 생각해서 "나는 고질라를 용서할 수 없다"고 외쳤던 그 소녀가 이토록 어른스러워졌구나, 또는 이국적이고 귀족적인 미소녀가 소리를 내며 잠에 취해 수프를 먹는 대비와 환멸이 재미있다 싶었다. 또 그 스토커 짓이

묘하게 사실적이라서 무서운 톱 모델 출신의 소녀(나는 그녀에게 오카자키 교코의『헬터 스켈터』주연을 맡기고 싶다) 등 귀여운 여자들의 사소한 묘사를 즐겼는데, 이렇게 두 번째 DVD로 보니 과연 이것이 확실히 현재의 젊은 사람들의 리얼리티였다. 역시 야나기마치 미치오 감독은 '리얼리즘'의 감독인 것이다.

과거 1960년대의 청춘은 '따끔따끔'한 것이었다. 「19세의 지도」도 인정받지 못하고, 어떤 자도 될 수 없는 사회 밑바닥에서 울분의 나날을 보내고 따끔거리는 통증을 안고 청춘시절을 보내는 청년의 '청춘영화'였다.

그러나 현재 젊은 사람들은 그렇지 않다. 야나기마치 감독은 그것을 간파하고 훌륭하게 묘사하고 있다. '혜택'을 받았지만, 무균실 안에서 반질거리던 카메라의 표면에 발톱을 세우는 청춘. 그들은 그날이 올 때까지 모든 현실을 은폐하고 있다. 그날이란 결국 사회에 나오는 그날까지다. 그들은 느닷없이 외톨이가 되어 현실과 맞닥뜨려야 한다. 그 무시무시한 '현실'이 곧 코앞까지 다가와 있는 것을 알아차리고 있지만 여하튼 그들의 일상은 온화하고, 쉬지 않고 젊음을 만끽한다. '따끔거리지'는 않지만 '욱신욱신' 풀솜으로 목을 조르듯 완만한 막막함, 질식감은 서로에게 상처를 준다.

그런 의미에서 「카뮈 따윈 몰라」는 한없이 리얼리티가 있는 영화다. 게다가 그 안에서 다루는 소재는 '지루한 살인자'이다. 현실에 있었던, "사람을 죽여보고 싶었다"는 소년의 살인. 부조리라는 말조차 알지 못하고, 스스로 부조리가 될 수도 없는 희박한 현실감 속에서 살아가는 젊은이들. 엔드 롤에서 다다미의 피를 닦는 장면도, 노파의 시체가 뒹구는 장면도 실은 스크린 밖에 있는 관객을 향해 '시범삼아 영화를 위해 사람을 죽여봤다', '이렇게 많은 피가 나올 줄 생각지 못했다'며 화기애애하게 뒷정리하고 있는 기록이라 여겨진다. 이는 '현재'의 리얼리티로 가득한 것을 포함해 도저히 한 마디로 말할 수 없는, 메타픽션인 동시에 매우 야나기마치 감독다운 리얼리티 영화다.

'재미'의 정의를 거부한 재미 — 영화 「추격자」

한마디로 말하면, '한정된 시간 내에 용의자의 집을 찾아내는 이야기'다. 이 지극히 단순한 이야기가 엄청나게 재미있다.

용의자가 맨 처음부터 드러나 있고, 경찰서에서 일찌감치 연쇄살인을 털어놓는다. 그러나 증거가 없다. 이윽고 이 용의자마저도 증거 불충분으로 석방된다. 한편, 맨 처음에 용의자를 우연히 잡은 전직 경찰인 주인공은, 그가 찾고 있는 여자를 감금하고 있다는 용의자의 고백을 처음부터 믿지 않고, 그녀의 행방을 찾아 용의자의 행적을 더듬는 가운데 그가 이상하다는 것을 서서히 알아차린다.

그러나 이 영화를 '잘 만들어진 영화'나 '재미있는 영화'로 간단히 말해버리는 것에는 저항감이 있다. 물론 세세한 부분이 '잘 만들어진' 영화라 말할 수 있다. 용의자가 정신과 의사와 주고받는 말이나 젊은 여형사와의 대화. 그가 석방된 이후의 서스펜스. 수갑, 휴대전화, 담배라는 소품이 매우 유용하게 사용되고 있다. 기가 세고 귀여움이라고는 전혀 없는 소녀가, 주인공과 몸 파는 여성과의 대화 속에서 어머니의 신상에 일어난 일을 깨닫고, 비가 내리는 중 달리는 차 안에서 얼굴을 찡그리고 대성통곡하는 장면. 모든 것이 쉴 새 없이, 긴장감으로 가득한 세련된 영화다. 그러나 오락이라는 측면에서는, 어디까지나 예정된 진행을 거부하고, 리듬을 깨고 있다.

　그렇다고 해서 '충격적인 범죄형 서스펜스'의 틀에 담으려는 것에도 의문이 있다. 왜 그런가 하면, 이 영화에서 무서운 것은 엽기살인이나 범인의 내면 그 자체가 아니라, 전편에 걸쳐 '불가능한 일'을 이렇게까지 보여주고 있다는 데 있다. 비 오는 뒷산을 파헤치고, 채석장을 완전히 뒤엎는 형사들. 화풀이를 해대고, 예측이 잘못된 수사를 반복하는 주인공. 화면은 오로지 쓸데없는 노력들의 퍼레이드다.

　우리들은 자신도 모르는 사이에 스크린에서 '가능한 것'을 보고 싶다고 생각한다. 많은 불가능한 일이 있어도 스크린 속이라면 마지막에는 틀림없이 '해낸 일'을 눈으로 볼 수 있을 것이 틀림없다고 무의식중에 믿는다. 그것은 현실의 세계에는 '불가능한 일'이 넘칠 정도로 많기 때문이다. 그런데 이 영화는 서슴없이 우리들의 기대를 저버리고 현실을 생생히 보여주고 있다.

촬영과 조명도 훌륭하다. 한국영화를 볼 때마다 느끼는 것은, 여기엔 분명한 '어둠'이 있고, '어둠' 속에 육신을 가진 인간의 삶이 살아 숨 쉬고 있다는 것이다. 반대로, 일본영화에서는 이런 것이 도무지 느껴지지 않는다. 일본 영화의 어둠은 '불이 켜지지 않은 곳'이고, 공허하고, 아무도 없다.

해외에서 돌아오면 늘 도쿄의 이상한 밝음에 깜짝 놀라고는 한다. 세계를 구석구석 비춰 그늘을 추방하는 것은 벽에 그린 그림이나 애니메이션처럼 더할 나위 없이 2차원에 가까운 것이다. 일본의 영상도, 현상도 완전히 인간의 형상을 지우고 애니메이션에 가까워지고 있는 것 같다.

아이돌의 유적 – 비틀즈에 대하여

1. 무섭고 기분 나쁜 것

나는 연예계 소식에 늦다. 특히 개그 쪽은 질색이다. 버라이어티 방송이라는 것이 싫어서 그런 종류는 전혀 보지 않는다. 모래를 씹는 듯한, 짧고 판에 박힌 듯한 코멘트를 듣고 있자면 견딜 수가 없다. 그러나 최근 TV 방송 대부분이 버라이어티 방송이다. 그리고 거기에 출연하는 사람들 대부분은 개그맨이다. 따라서 그들을 볼 기회가 없는 나는 추석이나 설날에 시골집에서 TV를 보면서 가족에게 이런저런 설명을 듣는 게 습관이 되었다.

그런데 최근 내 자신이 그런 종류의 방송을 왜 싫어하는지 이유를 알게 되었다. 나는 어린 시절부터 코미디가 무서웠던 것이다. 무서운 것을 피하는 것은 어린 애에겐 당연한 일이다. 진짜 코미디라는 것은 강렬한 독을 내뿜는다. 자존심과 콤플렉스의 틈에 있는, 감출 수 없는 광기가 감돌고 있다. 아무래도 나는 개그보다 그들이 내뿜는 독과 광기에 강하게 반응하고 만다. 따라서 모두가 웃고 있는데 혼자서만 새파래져 있는 상태가 되어버린다. 주위가 즐거운 듯이 웃는데 도무지 혼자만 웃을 수 없는 것은 상당히 괴로운 일이다. 그렇게 해서 무의식 중에 회피하게 되었던 것이다.

여하튼 무서웠다. 요코야마 야스시가 무서웠고, 우에키 히토시도 무서웠다. 만화 「가키데카」도 무서웠고, 「마카로니 호렌소」도 질색이었다. 실은 아카츠카 후지오의 만화도 전부 무서웠다. 비토 다케시나 마츠모토 히토시도 '무서워. 기분 나빠'라는 게 솔직한 첫인상이었다. 채플린의 단편영화조차 광기를 느끼고 흠칫 놀랐다. 다행인지 불행인지 최근 몇 년간 무섭다고 생각하는 개그맨은 나타나지 않았다.

왜 이런 이야기를 하는가 하면 비틀즈의 첫인상도 '왠지 무섭다. 오싹한 게 기분 나쁘다'는 것이었기 때문이다. 실은 그 인상은 비틀즈를 반복해서 듣는 지금도 달라지지 않았다. 중학교 시절에 처음 들었던 음반에서는 명곡의 폭풍에 황홀해했지만 오늘날 다시 들어봐도 왜 이렇게 무겁지 하는 생각을 한다. 그들은 아이돌이었는데. 아니, 분명히 말해 나는 그들의 데뷔곡부터 이미 끝의 기운이 감돌고 있는 듯 느꼈던 것이 아닐까?

2. 처음부터 고전

예술 분야에는 등장한 순간부터 고전인 작품이 있다. 처음 나타난 것인데, 그 이전의 상태 같은 건 상상할 수 없는, 훨씬 전부터 존재했던 것처럼 느껴지는 작품이다.

그 쉬운 일례로 영화 「불의 전차」의 주제곡을 꼽고 싶다. 이 곡은 아마 누구든 한 번은 들어본 적 있는 멜로디로, 자주 사용되는 유명한 곡이다. 아카데미상 작곡상도 받았다. 그러나 나는 이 곡이 이 영화의 주제곡이라는 사실을 몰라 처음 영화를 봤을 때는 놀랐다. 이 영화는 1981년 작품이다. 그렇게 새로운 것인지 전혀 모르고 감각으로는 1960년대 정도의 것, 훨씬 옛날부터 있던 곡이라 생각했던 것이다.

내 경우, 들을수록 기분이 가라앉는 곡이 몇 개는 있는데 비틀즈도 그렇다. 특히 「헤이, 쥬드」나 「노르웨이의 숲」이 그렇다. 너무 노숙하게 들리는 그 목소리. 거칠게 외치는 듯한 무거운 목소리는 록이라 하기에 충분하고, 록 이외의 어떤 것도 아니지만, 왠지 나는 비틀즈는 비틀즈라는 장르이지 록이라 생각되지 않는다.

3. 새된 목소리의 비밀

어린 시절의 나는 지금보다 훨씬 현명했다. 어느 시기, 아마 기적처럼 색안경이 벗겨지고 세계가 투명하게 보였다. 내가 오 랫동안 가져왔던 의문은 것은 왜 록이나 가요 콘서트에서 모 두가 일어나서 아우성을 지르는가 하는 것이었다. 박수는 연 주에 대한 평가라 납득할 수 있다. 그런데 사람들은 문자 그 대로 "꺄악"거리고 눈은 광기를 띠는 등 아무리 봐도 이상한 흥분상태에 있다. 어떻게 갑자기 그런 상태로 돌입할 수 있는 지. 부끄럽지도 않은지. 무엇보다 저토록 바보같이 비명을 지 른다면 중요한 노래를 들을 수 없지 않을까? 나는 노래 방송 도중 객석에서 들리는 '새된 목소리'에 대해서도 공포를 느꼈 다. TV를 보고 있다가 흠칫 놀라 뒷걸음질 쳤다. 사생팬은 그 존재도 행동도 전혀 이해할 수 없다.

모습을 보기만 해도 흥분하고, 비명을 지르고, 눈물짓고, 실신한다. 대체 왜일까? 비틀즈의 영화 「하드 데이즈 나이트」 에서 거리를 도망치는 장면이 그 후 여러 차례 패러디되었는 데, 내게는 조지 로메로의 영화 「살아있는 시체들의 밤 2 — 시체들의 새벽」의 한 장면으로 보인다. 그렇게 대중은 그들을 죽이고 싶어 한다. 네 사람의 몸뚱이를 갈기갈기 찢고 피를 빨고 뼈를 핥고 싶어 한다.

아마도 서기 0년 전후에 나타난 그 남자 주위에서 그런 경향이 두드러졌을 것이다. 남자는 민중을 열광시키고 위정자를 경계하게 만든다. 민중은 남자를 찾아내어 의무를 부여하고 숭배하고 연신 가마를 태우고 이후 거기서 끌어내려 매도하고 책형을 가한다. 그리고 참혹하게 죽인 뒤에 드디어 훌쩍훌쩍 눈물을 흘리고 전설화한다.

현재 언론매체도 전통에 매수되어 이 같은 빤한 순서를 따라가고 있는데, 원래 이 패턴을 침투시킨 것은 비틀즈인 것 같다. 아이돌이 아이돌인 중에는 사랑받지만, 이윽고 그들이 거기서 물러나기를 원하는 순간, 사람들은 손바닥을 뒤집듯이 그들을 두들겨댄다. 그것조차도 오늘날까지 답습되는 전형적인 아이돌의 길이다.

아이돌은 아이들(idle). 그렇게 우리 무책임한 민중은 우상에 대해서 더할 나위 없이 태만하다. 사고 정지로 모든 선택을 우상에게 맡기고 황홀해하며 침을 흘린다. 정신을 잃고 자신도 잃어버리고 만다. 우상이 되는 쪽에서 보면 대단한 민폐이지만, 그 한편에는 시대적 요청이나 사람들의 무의식의 작용으로 우상이 되는 자가 반드시 나타나는 것도 사실이다. 비틀즈는 그야말로 그런 존재였을까?

4. 진화와 수렴

처음부터 '고전'으로 완성도 높은 음악을 들고 느닷없이 등장한 그들이지만, 그 이후의 진화도 훌륭하다. 희대의 멜로디 메이커 폴과 존의 곡이 두려우리만치 든든한 대들보로 우뚝 서 있기 때문에 내부 인테리어는 아무래도 좋다. 오케스트라의 사용이나 민족음악과의 융합, 녹음 트럭 등 아마 오늘날 생각할 수 있는 모든 방법을 구사한 데서 보듯 영화나 레코드 재킷, 새로운 라벨 제작 등 아트나 비즈니스의 분야에서도 선구자였다.

그러나 진화가 빠른 것은 수렴도 빠른 것이 세상의 이치다. 재즈나 SF라는 분야가 그랬던 것처럼 과거의 것을 파괴하고 새로운 것을 만들어내는 것, 이것이 곧 존재의 이유인 분야는 엄청난 기세로 진화가 진행되는 대신에 정체도 빠르다.

약 8년간의 비틀즈 활동이 긴 것인지 짧은 것인지 알 수 없지만 그들이 믿을 수 없는 밀도로 그 세월을 달려왔던 것은 분명한 사실이고, 자연스러운 흐름으로 진화와 수렴을 이룬 것은 뮤지션으로서 행복이라 생각한다.

5. 환시자들

재즈를 좋아하는 사람에게 어느 곡이 좋은지 묻는 것은 재미있다. 그 질문에 모두들 주저하는 모습을 보는 것도 재미있다. '자칫 대답을 잘못했다가 무시당하면 어쩌지?', '멋지게 보이는 곡이 뭘까?' 이런 속내가 고스란히 보이는 것 같아서 즐겁다.

내친김에 나의 경우 좋아하는 곡은 너무나도 많고, 매년 달라지는데 대개 꼽는 것은 「Night and Day」, 「All The Things You Are」, 「Fly Me to the Moon」 이들 3곡이다. 로맨틱하고 쓸쓸한 곡이 좋다.

마찬가지로 사람들에게 비틀즈에 대해 묻는 것도 재미있다. 어떤 앨범을 좋아하는지 묻는 것도 좋고, 좋아하는 3곡을 꼽아달라고 하고 그것으로 그 사람을 이해할 수 있을 것 같아 흥미롭다. 나 자신도 비틀즈의 어느 곡이 좋은지 물으면 앨범은 「Rubber Soul」, 곡은 결국 「Strawberry Fields Forever」가 된다.

그러나 좋다고 해도 복잡하다. 내가 비틀즈에게 느끼는 불온함, 서늘함, 울적함이 가장 여실히 드러난 곡, 그것이 「Strawberry Fields Forever」이기 때문이다. 곡 도입부의 기타에서 이미 '아, 제발 그만둬'라고 말하고 싶어질 만큼 강렬한 절망감이 엄습해온다. 그러나 그들은 이에 응하지 않고 팔짱을 끼고는 '자 함께 가자'며 곡은 나를 이끌고 간다. 그리고 곡 전체에 가득한, 그 쓸쓸함. 체념과 관망, 염세관, 무엇보다

실제로 「Strawberry Fields Forever」는 리버풀의 고아원이라
한다.

처량함. 필경 내가 비틀즈에 느끼는 것은 어찌할 바 모르는
쓸쓸함이다. 그것이 나를 우울하게 만들고 불안에 떨게 한다.
내게는 비틀즈의 곡 전체에 체념과 관망이 감돌고 있는 것
같다. 그 「All You Need Is Love」에서조차 '사랑이 모든 것을
가능케 한다'는 말을 반복하지만 그들은 전혀 그것을 믿지
않는 것처럼 들린다. 저 페이드 아웃되며 흐르는 구절, 바흐
의 인벤션은 모든 것이 돌고 돌아서 어떤 해결도 보이지 않는
부조리한 미래를 환시하는 듯한 기분을 만든다.

비틀즈는 음악적으로 엄청난 속도로 진화하다가 일종의 존
zone에 돌입해버린 것은 아닐까? 무언가를 필사적으로 추구
하는 사람은 영역을 초월하여 보통사람 눈에는 보이지 않는
것을 본다. 그들은 당시 의식하고 있었던 것은 아니지만, 처음
부터 먼 끝의 비전을 보고 있었던 것 같다.

한때 그들은 자신들을 우주인처럼 느끼고 있었던 것은 아
닐까? 노란 잠수함Yellow Submarine이 아니라 우주선으로, 그
누구도 본 적 없는 세계로 유배당한, 고독한, 말이 통하지 않
는 우주인. 따라서 해산 후 그들은 조금 안도하는 듯 보인다.
폴은 평범한 팝의 세계에 '귀환'했다는 안도감에 얼굴표정까
지 달라졌다. 그러나 존은 통과한 채 '존zone'에 남아 사기꾼

인 채로 세계에 환시를 계속 보여주었다. 그것이 그런 죽음을 맞이한 원인이 되었을 것이다.

또 한 가지 솔직히 말해보자. 나는 비틀즈가 무섭다. 기분이 나쁘다. 그래도 역시 그들의 곡을, 그들의 쓸쓸함을, 그들의 노래에 느끼는 끝의 비전을 사랑한다. 그 쓸쓸함에, 향수마저 품고 만다.

Strawberry Fields Forever. 처음 이 곡을 들었을 때부터 지금도 하늘 아래에 펼쳐지는 너른 야생 딸기밭을 천천히 달려가는 무수한 아이들의 영상이 머리에 떠오른다. 영원 따위는 없고, 그들은 영원 따윈 믿지 않는다. 딸기밭이란 나의 이미지로는 곧 죽음이다. 그들의 세계에서는 죽음과 삶, 혹은 허구와 현실과의 갈림길은 그리 또렷하지 않다. 계절도 시간도 흐릿한, 구름 낀 새하얀 하늘 아래, 지금도 우리는 딸기밭을 달리고, 어딘가에서 기다리고 있을, 유일하고 영원한 잠을 향해 계속 달리고 있다.

글 을   마 치 며

어린 시절의 책을 둘러싼 기억 중에서 지금도 선명히 기억
하고 있는 것은 이와나미쇼텐 아동서의 두 종류 팸플릿이다.
하나는 60쪽 가량의 컬러형이다. 호리우치 세이이치의 그림
책으로 만들어졌는데 조금 닳은 느낌의 바지 주머니에 손을
꽂은 소년이 주인공이다. 제목은 '책을 읽으라고 말하지 마세
요!'이다. "책을 읽어라, 읽어라, 하면 오히려 읽고 싶지 않
다"고 소년이 중얼거리는, 일종의 독서계몽책이었다. 나는 당
시 얼마든지 책을 읽고 싶었기 때문에 왜 이런 제목의 팸플
릿을 냈는지 전혀 짐작할 수 없었지만 어느 시대든 아이들은
책을 읽지 않는 어른들로부터 "책을 읽어라, 읽어라" 하고 귀
가 따갑게 듣는다.

281

그리고 또 하나는 '이와나미 어린이 책'의 카탈로그로, 유아 대상의 그림책부터 중학생 대상까지 책의 표지 사진과 줄거리가 나란히 있던 것이라 늘 봐도 질리지 않았다. 제목과 표지만 보고 어떤 내용인지 멋대로 상상하고 즐겼는데, 당시 가장 마음에 들었던 제목은 영국 아동문학계의 중진, 윌리엄 메인의 『사과 과수원이 있는 토지』였다. 그러는 사이 이 책을 샀는데, 제목에 대한 망상기간이 너무 길었기 때문에 진짜를 읽어도 그 수수한 내용이 잘 어울리지 않았던 것을 지금도 기억하고 있다. 여하튼 유아기부터 책 제목에 대하여 평범하지 않은 흥미가 있었던 것은 분명하다.

아마 일곱 살 즈음부터 '이야기'의 제목을 끊임없이 생각했다. 물론 누군가 부탁한 것도 아니고, 스스로 써서 발표하려고 생각했던 것도 아니다. 정말로 버릇이라고밖에 말할 수 없는 습관이고, 철이 들 무렵부터 낙서장에는 포스터처럼 제목과 그림, 3행 정도의 캐치프레이즈가 적혀 있었다.

그 습관은 내내 이어져 현재도 계속되고 있다. 지금도 스스로 쓰는 게 제일 좋지만, 어디까지나 누군가 '써야 할 것', '있으면 좋은' 이야기의 제목인 것은 변함이 없다. 그런 까닭으로 제목만큼은 지금도 많이 비축해두고 있다.

그 하나가 『토요일은 회색 말』이었다. 새로운 연재를 시작했을 때, 제목 리스트를 보고 '어느 것으로 할까. 어떤 이야기일까'라고 생각한다. 제목이 결정되면 대개 이야기의 성격도 60~70퍼센트는 결정된다. 그러나 『토요일은 회색 말』이 나설 기회가 좀처럼 없었다. 늘 검토하지만, 좀처럼 등장시킬 방법을 찾지 못하는 제목이기도 했다. 내 이미지로는 '코끼리는 잊을 수 없다'거나 '만날 때는 언제나 타인'처럼 클래식한 미스터리나 '막다른 골목 1번지'나 '기린이 있는 방'처럼 아동문학에 사용하고 싶은 제목이었다.

그러나 어느 장르에도 좀처럼 맞지 않아 이제는 나설 기회가 없을 것만 같았다. 마침 쇼분샤의 홈페이지에 에세이를 연재하자는 제안을 받고, 책이나 영화 등 서브컬처에 대한 에세이를 쓰자고 생각했을 때, 미스터리와 아동문학이 다수 등장하기도 하고 어린 시절부터 일방적으로 의지해왔던 책에 대한 에세이의 제목으로 이것이 어울리지 않을까 하고 불현듯 떠올랐다.

이리하여 이 책의 제목은 『토요일은 회색 말』이 되었다. '어디가? 왜 이런 제목을?'이라는 의문을 떠올릴 수도 있지만 내 안에서는 오로지 이것밖에는 없는 제목이었다.

온다 리쿠

우에쿠사 진이치 植草甚一 (1908-1979)

평론가이자 수필가. 산책과 찻집, 책과 영화, 재즈를 몹시 사랑했던 사람으로, 관련된 에세이를 다수 남겼다. 독자적인 문체와 시선으로 영화, 재즈, 해외 미스터리의 평론과 소개를 해왔으며, 술자리에서도 술을 마시기보다 홀로 영어나 불어 책을 읽을 정도로 매우 개성적인 그는 많은 젊은이들의 지지를 얻었다. 저서로 『영화밖에는 머리에 없었다』 등이 있다.

아쿠타가와 류노스케 芥川龍之介 (1892-1927)

소설가. 동서고금의 고전을 현대적으로 되살려냈다. 도쿄대를 졸업했고, 1916년 「신사조」 창간호에 발표한 단편 「코」가 나쓰메 소세키의 호평을 받으며 문단에 데뷔하였다. 초기에는 고전을 소재한 작품을 발표하다가 차츰 자기 주변에 일어나는 일을 테마로 한 작품을 발표한다. 하루 180개비를 피웠던 헤비 스모커로, 1927년 죽기 2년 전부터 자살할 기회를 노리다 약을 먹고 음독자살하였다. 주요 작품으로 『라쇼몽』, 『코』, 『어느 바보의 일생』 등이 있다.

우치다 핫켄 內田百閒 (1889-1971)

소설가, 수필가. 1914년 도쿄대 독문과 졸업. 1911년 나츠메 소세키의 문하생이 되어 작품을 교정하는 일을 돕다가 스승이 사망한 뒤에 전집 편찬에 참여한다. 스승의 『몽십야』나 에른스트 호프만의 작품에 영향을 받아 존재의 불안감을 꿈이나 환상에 빗댄 소품, 단편을 집필했다. 주요 작품으로 『저승길』 등이 있다.

구제 테루히코 久世光彦 (1935-2006)

연출가, 소설가. TBS에서 다수의 TV드라마를 히트시켰다. 1954년 제작사 녹스를 설립하고 무대 연출에도 참여했다. 1994년 소설 「1934년 겨울-란포」로 야마모토 슈고로상 수상. 1999년 「성스러운 봄」으로 예술선장 수상. 2006년 허혈성 심부전으로 사망하였다.

미시마 유키오 三島由紀夫 (1925-1070)

소설가 겸 극작가. 전후문학의 대표적인 작가로 세계적으로 작품이 번역되었다. 16세 「문예문학」에 「꽃이 만개한 숲」을 발표하는 등 이른 시기부터 재능이 엿보였다. 도쿄대 재학 중 문단에 입문하고, 졸업 후 9개월간의 공무원 생활을 거쳐 본격적으로 작가생활을 시작하였다. 1949년 「가면의 고백」이 주목받으면서 화려하고 현란한 미시마 문학을 구축했다.

사토 마사루 佐藤 優 (1960-)

전직 외무성 직원, 문필가, 평론가로 활약 중. 『국가의 덫 외무성의 라스푸틴이라 불리며』를 2005년에 출판하여 큰 반향을 불러일으켰다. 이 작품으로 제59회 마이니치 출판문화상 특별상을 수상하였고 이후로는 신문·잡지 등에 외교평론이나 문화론을 집필하고 있다. 최근 저서로는 『야만인의 도서실』, 『신사협정 나의 영국이야기』, 『제국시대를 어떻게 살까』 등이 있다.

지은이 **온다 리쿠** 恩田陸

1964년 미야기 현에서 태어났다. 1992년에 『여섯 번째 사요코』로 데뷔한 이래 『밤의 피크닉』, 『유지니아』, 『호텔 정원에서 생긴 일』로 각종 문학상을 받았다. '온다 리쿠 월드'라는 말이 있을 정도로 팬층이 탄탄한 작가이기도 하다. 추리와 미스터리를 합친 요소에 스멀스멀 공포심이 피어오르는 것이 특색인 온다 리쿠의 작품 세계는, 연간 200권 이상의 책을 읽는 온다 리쿠의 서력書力에 그녀 고유의 상상력이 더해져 탄생했다. 책과 여행을 사랑하는 온다 리쿠가 다른 작가의 작품들을 어떤 시각으로 읽고 자신의 세계로 흡수하는지, 독자는 이 책을 통해 그녀의 머릿속 화학작용을 들여다볼 수 있을 것이다.

옮긴이 **박재현**

1971년 서울에서 태어났고 일본 외국어전문학교 일한 통·번역학과를 졸업했다. 온다 리쿠의 팬들이 대부분 그렇듯 우연히 『여섯 번째 사요코』를 읽은 이후 온다 리쿠 월드에 사로잡혀 있다. 뜻하지 않게 들어선 세상 속에서 온갖 이야기들이 선사하는 놀라움과 즐거움에 중독되어, 미로 같은 그녀의 작품세계에서 한동안 살고 있는 것이다. 이 책은 온다 리쿠가 들려주는 책과 영화에 대한 이야기다. 아마 온다 리쿠의 팬이라면 본문 곳곳에서 데자뷰를 느낄 것이다. 그리고 그녀의 신간을 읽을 때마다 이 책을 떠올리게 될 만큼, 어쩌면 온다 리쿠 작품 세계의 근간을 이해하게 될지도 모른다.

토요일은
회색 말

초판 1쇄 발행 | 2014년 6월 9일

지은이 | 온다 리쿠
발행인 | 김우진
발행처 | 이야기가있는집
등록 | 2014년 2월 13일 · 제 2014-000062호
주소 | 서울 마포구 월드컵북로 375 이안오피스텔 1단지 2306호
전화 | 6215-1245
팩스 | 6215-1246
전자우편 | editor@thestoryhouse.kr

ISBN 979-11-952471-1-0

이 도서의 국립중앙도서관 출판시도서목록(CIP)은 서지정보유통지원시스템
홈페이지(http://seoji.nl.go.kr)와 국가자료공동목록시스템(http://www.nl.go.kr/kolisnet)에서
이용하실 수 있습니다. (CIP제어번호 : CIP2014015131)